U0107341

后浪

[比利时] 托马斯·冈兹格——著　武峥灏——译

*Assortiment pour une vie meilleure*

THOMAS
GUNZIG

# 太冷、太热、太早、太迟

## 美好生活的什锦拼盘

SPM
南方传媒　花城出版社

中国·广州

图书在版编目（CIP）数据

太冷、太热、太早、太迟：美好生活的什锦拼盘 /（比）托马斯·冈兹格著；武峥灏译. -- 广州：花城出版社，2023.6
ISBN 978-7-5360-9835-0

Ⅰ. ①太… Ⅱ. ①托… ②武… Ⅲ. ①故事－作品集－比利时－现代 Ⅳ. ①I564.45

中国国家版本馆CIP数据核字(2023)第028872号

著作权合同登记号：图字：19-2023-006 号

© Éditions Au diable vauvert, 2009
Simplified Chinese edition arranged through Dakai – L'agence
本书中文简体版版权归属于银杏树下（北京）图书有限责任公司。

With the support of the Wallonia-Brussels Federation

出 版 人：张　懿
编辑统筹：朱 岳　梅天明
责任编辑：郑秋清
责任校对：梁秋华
特约编辑：王介平
技术编辑：薛伟民　林佳莹
装帧设计：墨白空间·杨和唐

书　　名　太冷、太热、太早、太迟：美好生活的什锦拼盘
　　　　　TAILENG、TAIRE、TAIZAO、TAICHI：MEIHAO SHENGHUO DE SHIJIN PINPAN
出　　版　花城出版社
　　　　　（广州市环市东路水荫路11号）
发　　行　后浪出版咨询（北京）有限责任公司
经　　销　全国新华书店
印　　刷　天津中印联印务有限公司
　　　　　（天津宝坻区天宝工业园区宝旺道2号）
开　　本　880毫米×1194毫米　32开
印　　张　11.5
字　　数　240,000字
版　　次　2023年6月第1版　2023年6月第1次印刷
定　　价　59.80元

# 目录

# 餐前小食和兔肉酱

1

　　杀手从一开始就知道自己是一名杀手。这一点，他从很小的时候，从他开始形成自我意识的时候就知道了。当他知道在他之外还有一个世界存在，当他意识到生与死之间存在着巨大的鸿沟，杀手就明白了，他是一个摆渡者，他是一个杀手，他生来就是为了收取性命的，这是他的内在本质，对此他无能为力，这就和头发的颜色、鼻子的形状一样，尽管可以加以掩饰，但从基因上来说已经先天决定了，他就是一名杀手，他的使命，存在的中心意义，就是杀戮。

　　本故事开始的时候，杀手已经44岁了。而且就和我们所想的一样，他已经取过性命了。除此之外，他还做过不少事情。他在大学里读的是经济学，本科论文写的是《中小企业人力资源管理》，还得了一个"优异"的评语。他先撩后娶了一位体重 54 公斤、身高 1.69 米的女子。他有一个儿子，夫妻俩一致同意取名叫作格雷戈里。这个故事开始的时候，格雷戈里 11 岁了，喜欢踢足球，喜欢"网聊"，看过《黑客帝国》《指环王》《速度与激情 2》（看了三遍）。杀手已经工作 15 年了，他总是喜欢反复强调"我一直都是自力更生的""我不欠任何人的"。为了付学费，他在那慕尔门的 Quick 快餐店打过工，"闻了整整 5 年薯条味"。后来他没靠走后门，就在德罗亨博斯一家多媒体公司应聘并获得了职位。等到投机泡沫破灭，纳斯达克相关股值蒸发之后，杀手的职业生涯"自然而然地"转向了医药行业。他回复了一些招聘广告，向不同企业自荐了简历，参加了没完没了的面试，其中两次是荷兰语的，一次是英语的，他通过了心理技术学考试，忍受了一个神经语言规划培训师的胡说八道，成功地在一家德法合资控股公司获得了管理职位。这家控股公司靠一项防治部分类型高血压疾病的有效分子专利赚了大钱。出于物流方面的考虑，公司总部设在布鲁塞尔，就在马都地铁站和植物园地铁站之间。这对杀手来说倒是正好，不仅因为他就是布鲁塞尔本地人，而且因为有很多事情杀手都可以接受，就是不能接受有一天要到伊克塞尔、圣吉尔、布瓦弗尔或于克勒以外的地方生活。

在故事的这个阶段，关于杀手我们须要了解的两个重要信息就是：第一，他已经杀过生了；第二，他的妻子名叫卡特琳娜。死在杀手手里的包括（据不完全统计）：

– 蚂蚁（数目不详）；

– 苍蝇（数目不详）；

– 蝴蝶（六只，杀手估计的数字）；

– 仓鼠（两只，他堂姐的仓鼠，他故意把仓鼠笼子放在热
　　得发烫的暖气上面）；

– 鹦鹉（一只，还是他堂姐的，他在鸟食盒里放了盐酸毒
　　死的）。

　　说到卡特琳娜，主要必须了解的是，在故事的这个阶段，
她并不知道杀手其实是一名杀手。她对杀手所用的称呼通常
是"亲爱的"（大白天、通电话的时候、在朋友家的时候），有
的时候也会管他叫"我的肥兔子"（某些夜晚），或者弗朗索瓦
（严肃讨论或争吵的时候）。卡特琳娜也有自己的工作。她在布
鲁塞尔一所"平权"学校当法语老师。虽然她颇有文学天赋，
而且非常喜爱兰波的诗，但她在学校的工作并非一帆风顺（经
常有人称她为"婊子"）。

　　最后，作为导言部分的结束语，我们必须知道的是，杀手
就在我们认识他的那一刻，决定将其杀手天性发挥到极致，也
就是说要取一个人的性命，并且暗自下定决心，将不惜一切代
价，绝不后退一步。

2

杀手非常聪明。这一点他在许久以前就知道。上学的时候他经常会感到无聊，小伙伴常常不理他，因为他很难和他们玩到一块。开始的时候，杀手努力做过许多尝试，他试过打弹子，他还试过丢沙包、捉迷藏、"老狼老狼几点钟"、踢足球、打篮球、跳山羊、"小蜜蜂"，以及其他种类的游戏，但他始终也没法融入游戏中去。相比而言，他还是喜欢眺望操场四周整齐排列的松柏、研究学校大门的液压系统、偷听大人的谈话、观察鸟儿筑巢，当然还有杀戮。杀掉一朵鲜花，杀掉一只昆虫，而且一边杀戮一边观察其他小朋友，想象如果用手指捻死其中一个会是怎样的情景，想象事发后可能会引起的骚动，校长把他叫到办公室，行为手册上惨不忍睹的评分，妈妈的脸色，爸爸的脸色。因为杀手非常聪明，所以他推迟了他的行动计划。但他从未忘却他依然是一名杀手。

杀手非常聪明。这一点在他25岁的时候得到了证实。那时候他刚毕业，参加了一家临时工作中介公司组织的心理测试，测了智商。140，惊人的数字。分析型智力、综合性智力、适应能力……所有这些他那时候就已经知道了，直到那时他一直在生活中进行调整适应，从未间断。

杀手具备那些力图自我理解的人应有的智慧。他知道，知道这一点其实并不难，他知道永远也不能让别人发现他的内心本质。他知道自己必须隐藏起来，他必须混迹于芸芸众生之中，混迹于他称之为"平民"的人群当中，否则他的生活就会变成一场灾难。他知道必须让自己看上去再正常不过，而要做到这一点，他就必须装出能有情感的样子。他一直为自己没有情感反应而感到困惑。为什么其他小朋友会热烈期盼圣诞老人，并且会因为圣诞老人的光临而欢呼雀跃？为什么其他小朋友会相互结下历经多个学年而牢不可破的友谊？为什么后来同样还是这些小朋友会在青春期燃烧的荷尔蒙的刺激下，用约会、派对、通宵、稀奇古怪的避孕手段、明码密信、流言蜚语钩织起如迷宫般的复杂关系？杀手无法理解，但是为了避免自己的生存因为与社会格格不入而遭受致命威胁，他装作什么都懂。圣诞老人就要来了？他会手舞足蹈地欢跳庆祝。生日马上到了？他会向全班同学发出邀请，并亲自组织大家在花园里做游戏。女生和爱情？他会模仿其他男生的做派，定约会、写情书、通宵熬夜。所有见过杀手的人都会觉得他是一个正常的男生，热情友善，热爱节日和生活，是一个好同学、一个殷勤的男友、一个体贴的情人、一个前程似锦的出色年轻人。

因此，读经济学第一学年的时候，卡特琳娜在杰夫克礼堂跨学院联谊晚会上与杀手邂逅，并且一见钟情，对此谁也不会感到惊讶。他俩开始经常见面，一起出去玩，杀手的幽默风趣让她开怀不已。这个傻白甜的女孩来自乌鲁维圣朗贝尔，是家里的独生女，她有驾照，开着一辆大众高尔夫 TDI，如果让她去参加冬奥会她也表示毫无压力，她父母开朗热情，她写得一手好字，住在比勒大街的大学生宿舍里，头脑灵活，绝不会不切实际。杀手再也找不到比她更加合适的了，就这样他成了她的"亲爱的"、她的"肥兔子"，有时候也是她的"弗朗索瓦"。

弗朗索瓦和卡特琳娜已经结婚 14 年了。弗朗索瓦 44 岁，卡特琳娜 43 岁。她身材依旧苗条，面容依旧姣好，一直爱着她丈夫。今天她没做晚饭，但准备了适合边看电视边吃的冷餐盘。一家三口一边吃着一边观看电视节目《特派记者》有关大型超市安全问题的一期。格雷戈里很快就要去上床睡觉了。入睡之前，他会看一下《特洛伊英雄》第 6 册。弗朗索瓦已经有一个半月没给卡特琳娜交公粮了。弗朗索瓦对此记得一清二楚，因为他每次都会做记录。在他看来，时间已经很长了。这不正常，会引起注意的。今晚他俩要做爱。

而明天他就会选一个人杀掉。


### 3


杀手睡了一个好觉。他如愿和他老婆卡特琳娜做了爱。为了让她忘掉他已经 6 个星期没碰过她了，他使出了浑身解数。他出色地装出温柔似水，他出色地装出浓情似火。他在做爱的时候和事毕之后，抚摸了卡特琳娜的头发。他紧紧盯着卡特琳娜，目光释放出深情的电波，他甚至还对她说了"我爱你"，还说了两次。

今天的早晨和大多数早晨没什么区别。卡特琳娜起得比他早一些，好有时间梳妆打扮、照顾格雷戈里。等杀手下楼走进成套家装的"厨房饭厅"的时候，他老婆和儿子早饭都快吃完了。

"早安。"卡特琳娜说道。

"早安，爸爸。"他儿子说道。

"早安。"他回应道。他走到卡特琳娜身边，轻抚她的脖颈，亲吻她的头发。他用手掐住儿子的双肩，儿子笑着挣脱。他给自己倒了杯咖啡。整个场景充满了情景喜剧的即视感。现在杀手要巧妙地话锋一转。

"我想请一天假。今天感觉好累。"他平静地吐槽道。

卡特琳娜略带惊讶地抬眼看他。杀手眨着"肥兔子"的眼睛看着她。他深知今天无论如何也不能变成"弗朗索瓦"。他补充道：

"我会给公司打电话的。之前两个月所有人都跪了。我真的想什么也不做过上一天。你懂的。"

卡特琳娜眼中流露出担心的目光。弗朗索瓦立刻把脚从桌子底下伸到老婆的大腿上，暗示昨夜的旖旎放浪。他嘴角挂着会心一笑，强调说道：

"我真的累死了。"

他的必杀技奏效了。卡特琳娜展颜一笑，站起身来，亲了他一口，然后去给格雷戈里准备出门的鞋子。

"好好休息吧。如果有空的话，帮我去买点东西。"她出门前说道。

杀手心想她这话倒也凑巧，他正好想去买东西，因为他打算在 12 点到一点半之间去商场物色他的猎物。

杀手有着 140 的智商，能让麻省理工学生疯掉的心理测试对他来说不过是轻而易举之事。他接受过那么多热衷于神经语言规划的蠢货所做的面试，让他觉得自己都快变成能在 10 秒钟内找到迷宫出口的小白鼠了。这就是为什么，杀手确定，猎物必须通过随机的方式进行选择，尽可能不要和他牵扯到任何情感因素。

猎物必须：

——在人流高峰时间段的公共场所以随机的方式进行选择（比方说工作日中午的百货商场往往会和周六一样拥挤）。

猎物不能：

——选择儿童或妇女（以首次谋杀的猎物来说过于敏感的类型，但小试牛刀之后不妨可以考虑）。

猎物应该：

——在 30 到 50 岁之间。

猎物不能：

——属于过于显眼或边缘化的社会圈层，例如流浪汉、同性恋，或外部特征带有明显宗教色彩。

总而言之，猎物必须是一个普普通通的人。

杀手冲了澡，然后一边听着让·皮埃尔·雅克曼在法国电视一台频道把某位部长骂得狗血淋头，一边仔仔细细地刮了胡子。

他吃了早饭，洗了碗碟，整理了床铺，收取了信件，看着一张电信催款单皱了皱眉头，扔掉了一些广告宣传单，只留下了"弗朗"产品目录，以后可以在点烧烤炉的时候派上用场。当他出门的时候，电烤箱上的电子钟显示已经是十一点三刻了。

狩猎就此拉开帷幕。


4.


杀手常去的百货商场就在滑铁卢街的尽头。那家百货商场有杀手偏好的品牌和商品，那里的各个货区，杀手闭着眼睛也能找到。杀手喜欢去那家商场的另一个原因就是，那家商场是少数几个配备了自助扫码付款系统的大卖场之一，能让杀手节省不少弥足珍贵的时间。况且那家商场也是离他家最近的，走路过去就行。12 点刚过几分钟，杀手来到百货商场。他拿了一个红色的购物篮和一个自助扫码器，然后步入货架之间。

他把注意力集中在 30 至 50 岁之间的普通男性身上。符合标准的男性比他预想的要多，前来购买三明治的职员、自由职业者、雅皮士、失业者、运动员、休假一天的欧盟公务员……衣冠楚楚的成功人士在挑选意大利调味酱，不修边幅的闲杂人等在速冻冷柜前闲逛，面色苍白的"夜猫子"对着速溶咖啡的标签犹豫不决，还有看上去心急火燎的人行色匆匆……所有在西欧大城市能够找到的各色猎物在杀手眼前一一闪过。那家百货商场简直就是名副其实的猎物展示厅。杀手心中交织着平静与兴奋。兴奋的感觉让杀手感到愉悦，虽然他对兴奋这种情感并不熟悉，但这并不妨碍他在心中感到一阵快意。虽然愉悦却危险，兴奋会让他冲昏头脑，犯下错误。杀手对杀手界的往事了如指掌。他深知有多少前辈先贤都是因为一时兴奋而马失前蹄。密尔沃基食人魔、汉诺威屠夫、波士顿扼杀者、西雅图杀人魔、拉尔夫·安德鲁斯、"山姆之子"大卫·伯科威茨、理查德·贝格沃尔德、高速路连环杀手威廉姆·博宁、泰德·邦迪、理查德·卡普托、强尼·诺曼·柯林斯、迪恩·科尔、杀人魔杰夫瑞·达莫、阿尔贝特·德萨尔沃、亚伯特·费雪、"胖子杀人小丑"约翰·韦恩·盖西、"人皮杀手"爱德·盖恩、哈维·默里·格拉特曼、埃德蒙·肯珀、约翰·保罗·诺尔斯、兰迪·卡夫、鲍比·乔·朗、赫伯特·穆林、迈克尔·罗斯、约翰·杰拉德·谢弗、"高速公路冷血杀手"杰拉尔德·斯达诺、韦恩·威廉姆斯、兰道尔·伍德菲尔德、赫布·鲍迈斯特、罗伯特·贝尔德拉、基斯·杰斯帕森、阿瑟·肖克罗斯、威廉姆·莱斯特·萨夫、亨利·路易·华莱士、丹尼斯·尼尔森、格尔德·温津格、约阿希姆·克罗尔、贝拉·基斯、莱塞克·佩卡尔斯基、多纳托·比朗西亚，还有许多，所有这些既让他满怀敬意又令他感到不齿的前辈先贤，全都或早或晚出于火热的激情而自以为能与上帝比肩。杀手有着140的智商。他是这世上最深谙中庸之道的人，既能轻易通过最邪恶的企业心理学家的心理测试，也能随心装成模范职员、咄咄逼人的领导、有人情味的主管。他对《心理障碍诊断与统计手册》第四版的熟知程度就和别人熟知《圣巴巴拉》[1]的人物一样。他了解罗夏墨迹测验[2]就像别人了解惠斯特纸牌游戏的规则一样。他从没兴奋过，也永远不会兴奋，上帝并不存在。他有无数的证据可以证明这一点。

　　杀手不想在商场里耽搁太久，他不想做出任何突兀而不自然的举动。他必须有所决断。现在他在熟食货区。蔬菜货架那边有两三个人在转悠。他决定了，要拿他们当中一个作为猎物。他走了过去，拿起一只塑料袋，往里面装了几个青柠檬。他的左边是一个高个子男人，年近40岁但看上去快50了，一身海蓝色西装应该挺贵的，但实在谈不上品位，那条斜条纹领带同样也是如此。他看着像是一个嗜酒如命但从未喝醉过的证券经纪人。杀手对这个男人没什么感觉。在杀手右边的那个男人年纪要轻一些，衣着随便但不失雅致，牛仔裤、看不出牌子但肯定不便宜的浅色篮球鞋、皮革表带的电子手表，一部超贵的手机随随便便地插在屁股口袋里。除此之外，他脸部线条相当柔和，算不上英俊，却也别具魅力。那男子把精心挑选的苹果装进塑料袋，然后一边朝秤台走去一边掏出手机。他用大拇指飞快地按下一个电话号码。一秒钟之后，他开口说道："我是马克啊，没有乔纳金苹果了，我拿了些青苹果。还有什么要买的吗？行，我过10分钟到家。"

　　那个男人的名字叫作马克。马克，杀手所知最为普通的名

---

1　《圣巴巴拉》是美国全国广播公司（NBC）播出的一部电视剧，1984年推出，于1993年结束。——译者注（本书所有注释均为译者注，后不注明。）

2　罗夏墨迹测验是投射测验的一种，属于人格测验。

字。马克的嗓音在 1 万赫兹到 1.2 万赫兹之间，听上去像蜂蜜或是天鹅绒一样柔和，没有明显的口音，很可能有着极其正常的社交生活。马克就是一个完美的、理想的猎物，猎手梦寐以求的目标。马克在"快速通道"排队付款。杀手在自助扫码通道排队。他比马克先付完钱。

他在商场外面等着马克。


## 5

马克付完钱走了出来。杀手躲在一边装作在看贴在商场入口处的小广告。马克走出商场，杀手祈祷马克不是开车来的。如果马克开车来的话，事情就变得复杂了，杀手必须乘上停在几米外候客的出租车，但这太过冒险了。他已经预见到这种令人担忧的可能性了。幸好，马克是步行离开的，杀手可以悄悄跟在后面。他们一前一后拐进了一条环境雅致的小路，接着是另一条。过了一会儿，马克走进一幢楼房。

杀手露出微笑。这下他知道猎物住在哪儿了，可以进入下一阶段了。他走进楼房门厅察看门铃名牌，马克·勒格朗和索尼娅·马耶尔，五楼左门。马克·勒格朗。马克·勒格朗。马克·勒格朗。听上去不错，对猎物来说是一个好名字。"马克·勒格朗失踪，警方未做评述""马克·勒格朗仍然杳无音信""马克·勒格朗的女伴指责警方调查不力""马克·勒格朗，平静生活的回顾""案发当日有人目击的欧宝可赛轿车并非有效线索""马克·勒格朗的父母表示：我们儿子身边只有朋友""运河中打捞出来的尸体或许就是马克·勒格朗"……

杀手回到家时，刚过下午两点。在卡特琳娜和格雷戈里到家之前，他还有点时间想想用什么方法把马克·勒格朗杀掉。谋杀的方法，这是他从学生时代就一直思考的问题，他需要找到一个"让他觉得舒服的方法"。他不喜欢使用白刃，太多不确定性，太不讲究，他见过太多电影或者小说里凶手都是因为血衣而暴露的。此外，还有下毒、电击、绞杀、点穴等种种稀奇古怪的方法。但是这些在他看来总归不太靠谱，未经多年研习就没法有效加以掌握。他思来想去，最后觉得最好的办法还是动用枪支。虽然枪支会发出响声，但是直觉告诉他，与枪支的诸多优点相比，枪声只是一个小问题。使用枪支最大的问题在于，他不知道可以上哪儿搞到枪，也不知道要花多少钱。娘的，有的时候，杀手深恨自己为什么没有长在美国！出生在这里，布鲁塞尔，比利时，就好比爱因斯坦出生在以狩猎采摘为生的新石器时代，就好比莫扎特出生在莫桑比克的小渔村里，这简直就是浪费，天大的浪费，白瞎了他的天赋异禀。在这里，到枪械店购买一件武器，比登天还要难。他熟知有关射击运动员执照发放的 2003 年 10 月 22 日法令，那简直就是一场行政噩梦。他当然也非常熟悉有关申请自卫武器的"4 号"表格（绿颜色的）和申请狩猎武器的"9 号"表格的各种糟心事。这些混账的王室法令败坏了多少等待召唤的使命。杀手感到沮丧，但这种感觉仅仅持续了片刻。一些语句在他脑海中回响起来：GP 大威力标准型手枪，口径 9 毫米，点 40S&W 鲁格手枪弹，弹匣容量 13+1 发，外观装饰效果为镀铜、不锈钢或混合型；CZ75 自动手枪，口径 9 毫米，鲁格（巴拉贝鲁姆）手枪弹，9×19 毫米和点 40S&W 手枪弹，弹匣容量 15 发，外观装饰效果为镀铜或镀镍；贝雷塔 92 手枪，口径 9 毫米，巴拉贝鲁姆手枪弹，弹匣容量 15 发，外观装饰效果为镀铜；格洛克 17 手枪，口径 9 毫米，巴拉贝鲁姆手枪弹，弹匣容量 17 发，材质为钢和工程塑料，外观装饰效果为亚光镀铜；瓦尔特 P99 手枪，口径 9 毫米，巴拉贝鲁姆手枪弹，弹匣容量 16 发，材质为钢和工程塑料，外观装饰效果为亚光镀铜；西格绍尔 P226 手枪，口径 9 毫米，巴拉贝鲁姆手枪弹，点 357 西格手枪弹，弹匣容量 9 毫米弹 15 发，点 357 西格弹 12 发，材质为钢和工程塑料，外观装饰效果为亚光黑色。杀手有着过目不忘的惊人本领，杀手有着顽强执着的精神，杀手有着 140 的智商。"10 年之后，马克·勒格朗的下落依旧成谜""索尼娅·马耶尔揭发强力集团掩盖事实真相""预审法官因证据不足对马克·勒格朗一案进行结案"。

卡特琳娜大约下午 5 点的时候回到家。格雷戈里的膝盖在课间休息的时候摔破了。他的杀手爸爸俯下身子亲了亲儿子膝盖上的伤口。

"你今天休息得怎么样？"杀手的妻子问杀手。

"休息得好极了。我给公司打了电话，明天再休息一天。"

明天杀手还有东西要买。

6

　　杀手告诉卡特琳娜他第二天还是不上班，这是他犯下的巨大错误。他妻子一开始什么也没说，走进了厨房，片刻之后又转身回来，问道：

　　"面包呢？"

　　杀手感到脊柱一阵轻微的抽搐。

　　"我忘记买面包了，对不起。"他说道，然后又加了一句，"别为了一点面包就闹别扭嘛。"

　　"我就让你帮个小忙。你在家里待了一整天，居然没想起来去买东西。你脑子里在想什么呀？"

　　"尸检报告显示杀害马克·勒格朗的凶手身手极其敏捷。法医表示：'大师级的一击。'"杀手脑袋里冒出这么一句话，随即说道：

　　"好吧，我现在去巴基斯坦人的杂货店买点回来，怎么样？"

　　他妻子耸了耸肩膀。杀手是个机灵的人，140 的智商，他知道妻子心情不佳，不是因为他没买东西，而是因为第二天他又不去上班。一旦事关工作，卡特琳娜就会变得极度焦虑，在这个问题上她绝不会做出丝毫让步，这让杀手感到非常恼火。都是因为她家里全都是领失业金的，他一边想着，一边把冷冻姆萨卡[1]的钱付给面无表情的巴基斯坦杂货店老板。

　　吃晚饭的时候，谁也没说话。等格雷戈里回房睡觉后，杀

---

1　姆萨卡，一种用茄子、西红柿、鸡蛋、肉做的菜肴。

餐前小食和兔肉酱　15

手抱着妻子的肩膀对她说他爱她，他爱她胜过这世上的任何人，她应该相信他，要放轻松，他毕竟不是机器，最近一段时间他状态不怎么好，因为疲劳和压力，他出现了头晕和偏头痛的症状，这几天休假也是经老板批准的。"我老板前些年也像这样傻忙过一阵。"他能感觉到，卡特琳娜的身体放松了一些，肩部和背部的肌肉恢复了原有的柔软程度。他接着说道：

"放轻松些，你平静的时候好看多啦。"

她微微一笑，亲了他一下，与他拥抱在一起。杀手心花怒放。他真是聪明伶俐，不愧有 140 的智商。

第二天，他起得比她早，给老婆孩子准备了早餐。卡特琳娜和格雷戈里前脚刚出门，后脚杀手就冲到了银行，从储蓄账户里取了 300 欧元现金。他打印了取款凭条，随后扔进了垃圾桶。不能让卡特琳娜对这笔钱生疑。他坐上公交车来到市中心，在证券交易所下了车，沿着朱迪街走到阿尼森广场。他隐约记得以前读过一个采访。一名政客在采访中谈到了布鲁塞尔的安全问题，还声称"在阿尼森广场这边购买武器就和在新街买鞋子一样容易"。

走进广场之后，杀手左右看了看。一开始他没看到什么特别的，后来一帮正在闲聊的小青年引起了他的注意。他走了过去。那伙年轻人停下了话头，朝他看过来，用怀疑的目光审视他。

他走到他们面前开口道："能帮个忙吗？"

一个膀肥腰圆的小个子男生走上前来。

"你丫想干吗？你丫是同性恋还是什么？"

"不是，不是。我就想请……我想买把枪。"杀手坦言道，他想着没必要绕圈子了。

"枪?"膀肥腰圆的小个子男生显得非常吃惊，"哥们，你想买枪，你丫想什么呢? 你看我们像有枪的人吗? 要不要原子弹呀? 你是傻子还是怎的，我们又不是基地组织，我们都是正经学生……"

膀肥腰圆的小个子男生朝杀手翻了翻白眼，摇了摇头，在转身之前又补充了一句·

"丫就是个十足的蠢蛋。"

他的同伴哄笑起来。杀手的脸因为害臊窘迫而变得通红。他转身默然离开，坐上返程的公交车。在回家之前，他去马克·勒格朗的公寓拐了一圈，又看了一遍门铃名牌上面的名字："马克·勒格朗、索尼娅·马耶尔"。他杀人的欲望从来没有像此时此刻这般强烈。他真想按响门铃，装成快递员，出其不意冲进房内，徒手把这个该死的马克·勒格朗抽筋扒皮。但是听任欲望的摆布，这绝对是个错误。杀手对此一清二楚，他有着 140 的智商。于是他反身回家。他要在家里舒舒服服地思考一番。


7


杀手绝对不是什么白痴，他有着 140 的智商。他清楚地记得，4 岁的时候他就能和 8 岁的孩子一样能说会道了; 他清楚地记得，6 岁的时候他就记住了元素周期表前 15 个元素的原子量了；他清楚地记得，10 岁的时候他就能轻轻松松地解开二次方程式了；他清楚地记得，15 岁的时候他就能凭着记忆徒手画出戴尔 5060 电脑主机板的线路图了。可正是因为他不是什么白痴，才让他意识到之前的举动和白痴没什么两样。智慧的表现之一就是自我批评，没有自我批评就没有进步，没有进步就没有成功的谋杀。他必须有所进步，而他的进步需要通过自力更生加以实现。此前他指望别人给他提供武器。那么弹药、消音器、指纹锁是不是也要照此办理呢？杀手笑着摇摇头。140 的智商，有的时候也会做出愚蠢的举动。自力更生，这才是他接下来的努力方向。从此刻开始，他的目标就是凡事皆靠自己。

第二天，他回公司上班，再次见到他的同事、他的文件材料、他的老板。他说道：

"休息了两天，现在可以重整旗鼓了！"

他想让自己看上去显得精神奕奕，为此他仔仔细细刮了胡子，穿了一件更能显示好气色的浅色西装，他还用了欧莱雅"炫彩"草本面膜，而且在两侧耳后还各擦了一滴圣罗兰科诺诗香水。

"有很多工作等着你哟。"老板对他说。

"时刻准备着。"

他近乎完美地模仿了《要塞风云》中约翰·韦恩的语气回答道。老板不由得露出慈父般的笑容，就像一位老父亲看着荣获普林斯顿大学奖学金的儿子一样。半分钟不到，杀手就变回了模范职员、积极分子、优秀的同事、团队领袖、老板的"宠儿"。

在家的时候，杀手感觉自己还得把弦绷紧。之前他有些随性大意了。他不想让卡特琳娜对他的内心本质产生哪怕一丝怀疑。他感到连着两天没去上班，这已经引起了卡特琳娜的忧虑。他因为经验不足而犯下了错误，但现在他已经吸取了教训。他必须在本能反应的基础上加倍小心谨慎。

因此，接下来的那个周末，他带着老婆孩子去了海边。他们在一家"豪华酒店"租了一个有三间卧室的套房。他们把格雷戈里扔进了一个儿童活动项目的"无情魔爪"之中。按照负责人的说法，活动项目所用的都是"市面上最好的瑞典货"。杀手为他们两口子安排了在落潮时沿着海滩骑马漫步，海风撩动头发，浪涛起伏，如此良辰美景就差慢镜头和宽银幕电影了。晚上，当格雷戈里在自己房间里努力平复"人体工程学秋千"过度体验后遗症的时候，杀手与妻子共度良宵，成功演绎了电影《少女情怀总是诗》里最美的场景。回城路上，周日晚间的E19高速公路堵得就和肥胖症患者的主动脉一样。趁着格雷戈里全神贯注于任天堂GBA游戏机屏幕的时候，他们把手伸到了一起，他们和好如初了。

当然，杀手依然保持着冷静，依然记着那个一直萦绕在他脑海中，一分钟也未曾消失过的念头。之前，这个念头是他脑海中的"后台进程"，现在这个念头已经浮出水面，转变为主进程。马克·勒格朗、马克·勒格朗、马克·勒格朗、马克·勒格朗……从周一开始，杀手除了惯常须要处理的文件之外，心里面还记挂着新的行动方案，记挂着实现通向自力更生的途径。他打算自己打造武器。他上网做了研究，回顾了中世纪和中国的军事技术、火药、合金的问世、火炮革命。两个月之后，他自信只要相关材料齐全，就能制作出他自己的9毫米巴拉贝鲁姆手枪。时值夏天，必购DIY连锁超市大减价正在火热进行中，他向卡特琳娜表示，是时候"把家里那些一直拖到现在的工程都做完了"。他买了一个博世工作台、一把电锯、一套锉刀、一套螺栓紧固器、一把小号百得手枪钻、一只瓷釉炉子。这一回，他准备就绪了！

## 8

制作9毫米巴拉贝鲁姆手枪的技术难度要比杀手预想的大得多。他花了好几个星期才把一块橡木弄成接近枪托的形状，而他花了更多的时间用于加工那根打算用作枪管的金属管。在家的时候，老婆孩子就在眼前，白天还要上班，可供杀手独处自由支配的时间就和弗拉芒利益党议员心里的人性一样稀少。杀手大致只能趁着上下班路上独自驾车的时候，或是躲进厕所"上大号"的时候，动手打造武器的各个零部件。每天早上出门上班的时候，他会把几个金属部件、锉刀、图纸、笔记塞进公文包里。当车子堵在二环路上的时候，他就借着顶灯灯光，尽其所能把部件装配起来，在不小心把毫米级的弹簧掉在地毯上的时候会破口大骂。在家里的时候，杀手借口日益加剧的工作压力导致持续性消化功能紊乱，把自己关进厕所，继续车里未竟的事业，为了弹壳形状问题而绞尽脑汁，在卡特琳娜等得不耐烦的时候，大声回应："马上就好了，马上。"

为了不让自己因为武器制造工作的极大难度和缓慢进展而受到打击，为了保持最为旺盛的斗志，杀手频繁前往马克·勒格朗和索尼娅·马耶尔的住所踩点。踩点通常是趁他出门买东西的时候、下班路上不堵车能稍稍提早到家的时候、卡特琳娜陪着格雷戈里去上柔道课的时候进行的。踩点的时候，杀手要么躲在车里，要么站在街对面的人行道上，守候着猎物的身影。他很少能够看到猎物，这得靠运气。而当幸运女神向他露出微笑的时候，这对他的士气就是一次莫大的激励。有一次，他甚至看到猎物和一个据他推测就是索尼娅·马耶尔的女人一起走进大楼，那是一个纤弱而精致的小个子金发女人。"一场谋杀，一颗破碎的心！"杀手暗自想道。

春去秋来，四季更迭。布鲁塞尔的秋天淫雨霏霏，布鲁塞尔的冬天害羞的雪花稍现即逝，布鲁塞尔的夏天烈日灼心。格雷戈里又过了一次生日，生日礼物是一张五毛钱随便卖的唱片。卡特琳娜脸上多了一道皱纹，但根本没放在心上。而杀手呢，背负着暗室独处的隐秘与孤独，终于完成了他的伟业。某个周二的早上，在路易斯隧道里，堵在一辆菲亚特朋多和一辆克莱斯勒旅行者中间，杀手给他的巴拉贝鲁姆手枪装上了最后一个弹簧，塞进了三颗精心雕琢的子弹。

杀手在周一圣灵降临节那天试了枪。卡特琳娜带着格雷戈里去桑布尔河畔蒙索市探望他岳母了。杀手走进地下室，启动了去年在超市买的电锯。调到低转速那挡，巨大的噪声可以掩盖枪声。杀手有着140的智商，他把什么事情都预先想好了。他对着一堆纸板箱开了三枪。啪！啪！啪！干脆利落！现在杀手终于有了一把趁手的武器。他面露笑容，他不仅心灵，而且手巧。接下来的几天里，他要做出足够压满一个弹匣的子弹。

卡特琳娜在傍晚时分回到家。这一整天格雷戈里都快把她给烦到差点崩溃。杀手准备了简单的晚餐，火腿意面，他们看着电视吃完晚饭。卡特琳娜说要早点睡觉，上楼回房了。杀手又看了一会儿电视。他先是看了一个脱口秀节目，一些身患厌食症的年轻人在电视上吐露心声，接着他又看了电视五台的新闻。他没有办法集中精神，脑袋里不停想着白天开的三枪，想着马克·勒格朗所剩不多的时日。然后他也感到一阵困意袭来，回到卧室在妻子身边躺下。

有什么东西让他从睡梦中惊醒。他的第一反应就是去看闹钟，凌晨3点15分。这个点醒过来可不正常，杀手一向睡得很熟。他看到一个人影骑坐在他身上。他刚想张嘴说话，人影用手把他的嘴捂住。动作轻柔，暗带香风。他认出那是卡特琳娜的手。杀手的眼睛很快就适应了黑暗，他看到妻子拿着一把枪指着他。他心想一定是那把9毫米巴拉贝鲁姆手枪被发现了。就在他想要讲出事先谋划好的说辞的时候，却发现妻子手里拿的并不是他那把辛苦了好几个月做的枪，而是一把精巧别致的镀铬女式真枪。

"我第一眼见到你的时候，就知道你和我是一路人。"杀手的妻子对杀手说道。

# 西班牙辣味香肠冷盘和吐司

## 1

卡罗琳·勒马约的日子就像一条条穿行于山腹之中、永远挤满了牲畜运输车的幽暗隧道。这么说，是为了做一个准确的描述，因为如果有谁在这个夏天问卡罗琳·勒马约过得怎样，她只会简单地回答说她"头有点疼，感觉有点烦"。

卡罗琳·勒马约 15 岁。对许多青少年来说，这是一个懵懵懂懂、没心没肺的年纪，但卡罗琳已经出落得亭亭玉立，没有青春痘，没有赘肉，身材苗条，苹果般的乳房，一头秀发在普罗旺斯的艳丽阳光下闪动着耀眼的金色光泽，一双明眸让人联想到晨曦中寻找水源解渴的小母鹿。15 岁，一个多少会犯些傻的年纪，可卡罗琳与蠢笨绝对扯不上关系。她是那么引人注目，宛若莱萨尔克滑雪胜地晴朗夜空中的明媚星光，珠圆玉润、不带棱角的聪慧，即便是伊丽莎白一世时代的剧作家也无可挑剔的敏感，一颗永远悸动的心灵，一朵鲜花、一片枯叶、雀鹰从房舍屋顶上方急速掠过，所有这些都让卡罗琳顿悟其后存在着一种伟大而不可言传的真实，引得她那双浅褐色的大眼睛唰唰忽闪不停。卡罗琳是一个极富灵感的年轻女孩，而正好她同时也是一位钢琴家。

舒伯特、勃拉姆斯、李斯特、贝多芬、莫扎特、巴赫、斯克里亚宾、普罗科菲耶夫，卡罗琳从3岁开始就眉头紧锁地习奏这些大家名曲。4岁的时候，她就已经凭借一架调音不准的老旧雅马哈钢琴在地方音乐学院举办了生平第一场个人音乐会。5岁的时候，她在厄尔河畔阿姆省议会大会闭幕式上进行了表演，让一位心如磐石的法语革新运动党议员潸然泪下。7岁的时候，她在"法语区希望之星"青少年钢琴赛上折桂，并获得奖学金，以准备参加舒曼国际青少年钢琴大赛。次年，她轻而易举地击败了日本新秀大江优子和匈牙利奇才伊姆尔·科斯托米尔，荣膺桂冠。从这一天开始，虽然她不知道这到底是不是自己想要的，但也只能顺应自己的才华，效仿希尔德·冯·宾根，在勤勉和天赋中度过光阴。当同龄人出去玩的时候，她会迅速回到家，反复练习贝多芬第三奏鸣曲。虽然她也去过两三次同学组织的晚会，但是不论怎样努力，她还是没有办法真正放松下来，融入其中。每一次，她都只是躲在角落里，强迫症般地摆弄手里那杯格朗尼菠萝汁，感觉焦虑之火在心中不断积聚壮大，直到再也无法忍受，决定坐上末班车回家。

不管怎样，她还有格雷瓜尔。格雷瓜尔是个脾气不错的男生，除了每个星期六一整天都在罗德尔湖上滑水，也没什么拿得出手的才能了。按照15岁女孩们的看法，格雷瓜尔就是一枚"小鲜肉"，个子挺高，浅栗色头发，脸型端正匀称。他那光滑干净的脸颊让卡罗琳联想起健达巧克力广告上的男孩。格雷瓜尔第一次见到卡罗琳，就立刻为这个美丽害羞的少女所倾倒。他展开了"撩妹攻势"，他对相熟的女生说，他"会约卡罗琳出去"。那些女生接着把这番话学给卡罗琳听，这让卡罗琳感到心绪不宁。最后，在由荷兰语老师组织的前往德帕内的学校旅行期间，他们终于"出去约会了"。格雷瓜尔没有多说什么，静静等待时机到来。中午时分，借着3月某个周三比利时海岸阴雨绵绵的天空奇迹般的晴光乍现，他在防波堤旁边吻了卡罗琳。卡罗琳并未拒绝。那条伸进嘴里的舌头，虽说不会让人难受，但那感觉也只是差强人意。可为什么不呢？只要卡罗琳有空，他们俩隔一段时间就会见面，要么格雷瓜尔去她家，要么她去格雷瓜尔家。格雷瓜尔的房间里贴着阿肯那顿的招贴画和《指环王》电影海报，还有一台用来给MP3下载歌曲的台式电脑和一张他俩在上面做爱的双人床。对卡罗琳来说，那次是她的初体验。一种奇怪的感觉，温柔、美妙、有点恶心，但还是挺开心的。她在傍晚时分回到家，东北风固执地想要驱散空气中的炎热。她冲了很长时间的澡，然后又坐在钢琴前面开始练习。

　　那是一年之前的事了。卡罗琳和格雷瓜尔一起度过一个学年，有的时候去她家，有的时候去他家，但更多的时候还是因为卡罗琳要花费大量时间应对"赋格曲艺术"炼狱模式的挑战而不得不分开。消息是在 6 月传来的。卡罗琳的经纪人打来电话，说是德意志留声机公司[1]计划从 10 月开始对莫扎特第二十一钢琴协奏曲和一首自选门德尔松的奏鸣曲进行公开征集录制。这对卡罗琳的演艺生涯来说是一个天赐良机。于是她父亲决定，暑假这两个月卡罗琳要在吕贝隆他们几年前买的别墅度过。宁静的乡村生活有益于集中精力进行练习。


2


于是，卡罗琳·勒马约的日子就变成了一条条穿行于山腹之中、永远挤满了牲畜运输车的幽暗隧道。卡罗琳头痛欲裂，卡罗琳厌烦无比。屋外是可怕的热浪，时值酷暑盛夏，温室效应达到顶峰。头顶上挂着炙烤万物的太阳，让人几乎相信臭氧层的空洞就在卡罗琳的住所上方。周遭的一切似乎马上就要全部熔化，热晕了头的蟋蟀不再歌唱。正午时分，万物归寂，除了卡罗琳在那架经过精准调音的施坦威小三角钢琴上舞动的手指。她停了下来，站起身，伸了个懒腰，从冰箱里拿了一罐健怡可乐，然后走进客厅。客厅里一片昏暗。她父亲把客厅的百

---

1　Deutsche Grammophon Gesellschaft，缩写为 DG 公司，全球著名古典音乐唱片品牌，成立于 1898 年。

叶窗全都关上了，好让屋子里保留一丝清凉。他正在客厅沙发上午睡，头下枕着还没看完的报纸。报纸头版大幅标题写着法国体育军团因希腊的拙劣组织工作而在奥运会全面溃败。卡罗琳有点饿，想趁着练习间歇吃点甜的。她在厨房的柜子里只找到一包过期的列日华夫饼。她把衣服口袋全都翻了个遍，终于翻出一张已经揣了好几天、皱巴巴的5欧元纸币。她戴上父亲的墨镜，一款早已过时的飞行员款式，走出屋子，扶起倚在围栏上的自行车，拐上省道，顺着缓坡朝村子骑去。

这个时候，卡罗琳的脑袋里空空的。她从早上7点半就开始练习了，室外温度超过了40摄氏度。莫扎特第二十一钢琴协奏曲再也不是美得让人心碎的作品了，而是在她指尖缠绵不断的乱麻。她来到杂货店，从大冰柜里拿出一根梦龙焦糖冰淇淋。她犹豫了一下，想着要不要就在村子空无一人的广场上吃掉，但最后还是觉得带回家慢慢享受比较好。她把冰淇淋放进自行车笼头前的小篮子里，就这回去路上的5分钟时间，冰淇淋应该不会化掉的。她重新戴上墨镜，开始奋力踩起踏板。

就在快要出村的时候，在一堵半倒的、用当地石材垒起来的旧墙前面，那根从1973年坚持到现在的自行车链条突然断了。卡罗琳失去了平衡，旧墙、密草、小沟，吧唧！她摔倒在地。

"该死的！"她暗自啐道。

她的腿很疼，左边膝盖有点出血了，她本能地看了看双手，还好没什么事。从墙的另一边传来响动，她转身一看，一个男人在那儿看着她。

卡罗琳非常喜欢动物。她认为自己如果没有选择钢琴的话，肯定会去当兽医。她超爱库斯托船长[1]的纪录片，也喜欢电视节目《三千万个朋友》和《神奇花园》。去动物园的时候，她最喜欢看那些大块头，犀牛、河马、大象之类的。一幅逆戟鲸在加拿大北部海域破浪跃起的海报曾在她的床头挂了好几年。而眼前这个男人让她一下子想到了所有这些庞然大物。他就是一个庞然大物，不是肥胖而是雄壮。他身穿一条蓝色的阿迪达斯短裤和一件黄色的嘉士伯 T 恤，看上去一点也不合身。就好比用芭比娃娃的衣服来装扮黄石公园的巨杉。

"斯基伯?"他问道。

他的嗓音听上去就和布隆迪大鼓鼓师的嗓音一样浑厚。卡罗琳一时失语，脑袋里唯一想到的就是金刚在迷失山谷发现杰西卡·兰格的画面。那个男人一脚跨过旧墙，朝她俯下身。

"斯基伯?"他又问道。

他长着一张古代蛮族的大脸。些许汗珠在他额头三道深深的纹沟内闪动。几天没刮的胡子已然茂盛成荫。看到卡罗琳一直也没回应，他转向自行车。检查了一下，他摇了摇头，从短裤口袋里掏出一把螺丝刀，把自行车链条重新接上挂了回去。

"斯基伯!"

他拉起卡罗琳的手，扶她起身。他的手触碰上去就像煮熟

---

1　Jacques-Yves Cousteau，雅克-伊夫·库斯托（1910—1997）前法国海军军官，后成为海洋学探险家。

的皮革，他身上散发出发动机油和汗水的味道，卡罗琳的内心深处有一个小泡砰然破裂了。男人那双灰得就像秋日波罗的海的大眼睛，温柔地看着她。

"彼得！"

那个常年住在村子里的德国老妇人突然从男人身后冒了出来，用德语对他说了什么。彼得抬头看了看天，冲卡罗琳一笑，转身回到田里。德国老妇人上下看了看卡罗琳，注意到她流血的膝盖。

"要紧吗？"

"不要紧。"

"替彼得跟你说声抱歉。他性子有点野。"

"他在这儿工作吗？"

德国老妇人在回答前似乎犹豫了一下：

"他在这儿帮我们修修弄弄。"

卡罗琳觉得德国老妇人长得和山羊没什么两样。一张长脸，从小就没有好好呵护的龅牙已经朝外凸了60年，头发剪得很短，典型普鲁士人的蓝色眼珠呆滞晦暗、毫无生气。卡罗琳心想，这就是一个典型的工业界女性，这辈子在文化知识方面动过最多的脑筋恐怕也就是在商务晚宴之前挑选一下餐巾的颜色了。在老太太身后，彼得拾起一把修剪篱笆的大剪刀，朝着农庄的阴暗一角走去。

"遇上我丈夫是他的运气。不然他都不知道是个什么下场。"

卡罗琳没有接话，但老太太突然仿佛打开了话匣子。

"他是匈牙利人，举重运动员，应该参加过奥运会，这一点我敢保证，但后来因为兴奋剂的事禁赛了。搞这一行的，禁药的问题可严重了。女子网球运动员有好多都是拉拉[1]，这你知道吗？就像开 F1 的有很多都是基友。我记得，应该是《图片报》上这么说的。总之，尽管彼得和他的队医一同发誓说他没有服用过任何禁药，结果还是无法改变。他遭到起诉，官司缠身，噢啦啦！呸！就这样彼得不得不离开匈牙利，大半夜的，没有证件，啥也没有，肯定还冒着大雨。我丈夫发现他的时候，他正睡在法兰克福我丈夫办公楼的大厅里。我丈夫就想，这边草长得老高了，家里总有事情要找人做，这你明白的是吧？反正他觉得，让彼得来这儿干活挺好，这么个大块头。他在这儿有吃有住。这儿的气候还很好。有时候他还能到游泳池游游泳。"

德国老太太还想继续唠叨下去，但卡罗琳已经对着自己的鞋尖看了好一会儿了，从 12 公里以外就能看出她什么也没听进去。德国老太太左边的嘴角翘起，接着又干脆分明地挂下。这种鄙夷的表情是她长时间在用带三文鱼色花边的桃色餐巾装扮的商务晚宴上和其他工业界女性打交道而养成的。她耸了耸肩，转身走了。剩下卡罗琳独自一人，膝盖有点痛，梦龙雪糕已经变成一包软绵绵热乎乎的糖奶混合物了。在她体内，那朵自出生起就燃烧的小火苗，一直都宛如独守空房的老妇人，现

---

1 即女同性恋者。

在突然一下子像 DCA 聚光灯一样绽放出耀眼光芒。卡罗琳恋爱了。

3

卡罗琳的爸爸是比利时德克夏银行的高管，因为欧盟要求储蓄信贷表单统一化的事情要回布鲁塞尔一段时间。接下来的十几天里，卡罗琳只能和莫扎特、施坦威钢琴、500 欧元一起过日子了。

"你已经是大姑娘了，应该可以自己搞定的。"银行高管爸爸在出门前对女儿这么说道。

卡罗琳眼睛眨也不眨地看着父亲出门而去。父亲的身影刚一消失在宅院门外，她立刻就跑回房间，杵在宜家衣柜前，犹豫着到底是穿娜芙娜芙的连衣裙呢，还是黑色圆点白裙子配无袖 T 恤。她根据自己掌握的有关男性荷尔蒙的信息和斗牛士的基本知识选择了连衣裙。她套上裙子，对着镜子端详起来。她托了托自己的胸部，往头发上喷了一点卡诗精油，对着香奈儿"红管" 16 号口红犹豫了片刻，最后还是放弃了这个念头，心想自己的嘴唇就这样刚好。她出了家门，上了省道。她能感觉毒辣的日头带来了极高的致癌风险。如果任由小宝宝没有防护地在阳光下曝晒一刻钟，几乎可以肯定他在成人之前就会长出数量可观的黑色素瘤。卡罗琳满不在乎，卡罗琳已经不是宝宝了，现在可不是考虑住院保险的时候。她脑袋里胡思乱想着来到了德国老太太家那堵旧墙根前。

卡罗琳向老太太的田里瞧了一眼，心想彼得的活干得真棒。修剪工作已经基本结束，只剩下田地边上一片几百米长的老橄榄树林，乱糟糟的枝杈让人联想起波斯尼亚的乱葬岗。彼得正在休息。他坐在地上，靠着树一口气喝光了一罐饮料，直直地看着前方。眼角余光捕捉到一丝红影，他转头看到了卡罗琳。他咧嘴一笑，举手示意。卡罗琳回以微笑。彼得站起身来。卡罗琳想到了侏罗纪公园和霸王龙。他走到卡罗琳身前。

"斯基伯？"他问道。

"嗯，挺好……"她回应道。

他瞧了瞧她受伤的膝盖。

"斯基伯？"

"没事了。开始的时候有点疼，现在好多了。"

接下来好一会儿，田间蟋蟀的鸣声此起彼伏，两人却相对无言。

"你想来我家再喝一罐吗？"卡罗琳突然用下巴指了指彼得手里的饮料罐说道。然后，因为不确定彼得是否听明白了，她又指了指省道和自己。彼得皱了皱眉头，朝身后看了一眼，伸腿跨出矮墙。

"斯基伯。"

往家走的路上，卡罗琳的心情非常忐忑不安，不由得说个不停：

"哇！噗！天气真热。我想肯定会发生火灾的。我呢，我是弹钢琴的。天这么热的时候，每天都要给钢琴调音，可麻烦了。有的时候，我真的烦死了，就对自己说，去他的，我需要休息一下，可是这里根本没什么事可做，鸟不拉屎的地方，我爸一直都这么说。我爸不在家，他有事回比利时了。就我一个人……我可以向你保证，电视上能看的只有环法自行车赛。所以，有的时候，我无聊死了，你瞧，天气热到连书也读不进了。我能做的就只有练钢琴了，可是唉！今天我想给自己放个假，然后我就想着，现在我在这儿也交了个朋友了。所以我去你那儿和你打声招呼。你看我就住这儿。"

他们来到卡罗琳家，彼得点了点头，卡罗琳请他进去。看着这个穿着短裤 T 恤的匈牙利大块头杵在客厅里，这感觉真的好奇特。

"等我一会儿。"卡罗琳说着去冰箱拿了一罐啤酒。

她回来的时候，彼得已经在她父亲的大扶手椅上坐了下来。这一幕也让她觉得好笑。她把啤酒递给彼得。

"斯基伯。"他说道。他拉开啤酒罐，一口气喝得精光，就像隆基埃尔斜面船闸开闸放水一样。看得卡罗琳浑身一阵哆嗦。

"哇！你喝得真快！"

这句话才一出口，她立刻意识到这梗是多么没有效果。要把话题转到别的事情上。立刻，马上。卡罗琳心跳得有点快，在彼得身边坐下。她凑到彼得面前，近距离观察他，猜测他有多大了。35 岁？40 岁？说不清楚。她伸出右手轻抚彼得粗糙的脸颊。彼得把空啤酒罐放在矮几上，回头看了一眼，仿佛在看有没有秘密警察突然冒出来，应该是积年养成的本能反应，然后他紧紧抱住卡罗琳。

下午就这么在午后春梦的慵懒中过去了。屋外，夕阳西下，留下微醺的夏夜。彼得终于起身，光着身子四下逡巡找点儿果腹之物。他在冰柜里找到一包火鸡腿，又翻出几口锅、一些香料、无甜味葡萄酒。厨房里飘出布达佩斯的春日芬芳。电话铃响起，是刚刚得知卡罗琳近况的格雷瓜尔打来的。卡罗琳言简意赅地说自己一切安好，就是门德尔松让她心烦头痛。格雷瓜尔表示理解。格雷瓜尔其实什么也不懂。卡罗琳挂上了电话。彼得端着装鸡腿的盘子回来，依然一丝不挂。卡罗琳从没想过一个人类竟然可以有这样一副身躯。这男人就像一个墩子，腿就像法院门口的柱子，胳膊就像火车车厢，胸膛就像中央高原。卡罗琳有点头晕。她随意吃了几口鸡肉，把剩下的都留给了彼得，想让他恢复些气力。还没等他把满嘴的食物咽下肚，卡罗琳又凑到他身边。她觉得和彼得相比，莫扎特就是微不足道的可怜虫。她对彼得说道：

"我还想要。"

高水平运动员的经历让彼得养成了力争上游的心气和创造优秀成绩的野望。眼前这个欲求不满的少女对他而言就和参加奥运会举重比赛一样。他从善如流地付诸行动。时间继续流逝，外面天已经完全黑了。流星雨季已经拉开序幕。夜间昆虫鸣声相和。彼得渴得能喝下整整一浴缸的水。卡罗琳已经下定决心放弃钢琴，去非洲饲养野生动物。格雷瓜尔在她脑袋里只不过是一只远在天边的蚊虫。她抓住彼得的手腕：

"我还想要。"

彼得感觉卡罗琳就像拉脱维亚中尉军官出身的教练附体。他一把举起卡罗琳，放在扶手椅上。客厅里的汗味如此浓郁，让人怀疑赢得前三名的赛马是不是都藏在柜子后面。我还想要，我还想要。彼得的心脏出现了一些小故障，超量的麻黄素、氨基比林、安非他酮、苯肾上腺素、辛弗林，超量的 $\beta 2$ 受体激动剂，超量的雄激素类固醇，超量的生长素、绒毛膜促性腺激素、促肾上腺皮质激素，还有肽类激素留在他血液循环系统里的渣滓。有什么东西突然破裂。他的眼睛快速眨动，翻起眼白，嘴角流涎。彼得死了。直挺挺的，重得和教堂的管风琴一样。卡罗琳站了起来，思考片刻，但根本不知道该怎么办。她心想还是明天给爸爸打个电话吧。她希望爸爸不会因为她想去非洲当饲养员而生气。上楼睡觉的时候，她从钢琴前面走过。她永远也不会碰钢琴了。

# 太冷

　　弗朗索瓦是在假期开始前两个月买的车。他买的是新车，当然是有车贷的。车身颜色他选了珠光灰，座椅选的是织物质地的，因为这样打理起来不费事，而且也是因为家里有两个小孩、一个老婆、一条狗，车子保养起来很麻烦的。他选了一辆法国生产的单体宽敞型小汽车。他倒是想买一辆德产双座小轿车，可是家里有两个小孩、一个老婆、一条狗，对车内空间充分加以利用的单体宽敞型要比只能将将装下司机和一包烟的双座型实用多了。除了随这款"夏日时光"宽敞型系列赠送的车内空调，他没有选购额外的配置。其实，他购买这辆单体宽敞型轿车，把每个月工资的相当一部分都用来还车贷的目的，就是为了这，为了假期，为了带着全家人去晒太阳。

　　弗朗索瓦心底里并不喜欢度假，或者准确地说，不喜欢这样的假期。他更愿意像他上司那样去度假。那个比他年轻10岁的高管会在美女如云的游艇上度假。白天，不着寸缕的美女们在甲板上享受阳光。晚上，她们给他的上司端上异国风情的鸡尾酒，上面还插着漂亮的小纸伞。他们一起举杯，嬉笑打闹，陶醉地眺望地中海上的落日余晖。

弗朗索瓦去的也是地中海。但不是海上，而是海边。他妻子坚持要去滨海圣玛丽，去卡马尔格，骏马、公牛、大片的海滩、吉卜赛人的音乐。弗朗索瓦买了本导览手册，找了一家价钱不算太贵的宾馆订了一间带两个卧室的迷你套房。他订了两个星期，还带早餐。7月1日早上5点，他把一家子都安顿上车，小路易、姐姐奥赛安娜、小狗乔乔、妻子埃莱娜。然后，嗖！1000公里，15个小时的车程，光是到里昂之前就堵了5个小时。最后，他们好不容易抵达目的地。接下来，一家人又花了72个小时才从这趟艰苦旅程中恢复过来。除了乔乔，这条血统存疑的布拉克泰克尔杂交犬还是和平时一样无比兴奋，像得了强迫症一样不停挠着衣柜门。

就这样，假期开始了。要去海滩的话，就得开车，把车里的空调打到最足，在国道上开一刻钟，进城总也逃不过塞车，在每天5.5欧元的停车场找一个车位……最后在沙滩上颓然倒下，如果可以的话，最好马上昏睡过去。

第一天下来，他们深切体会到，带着乔乔去海滩根本就是不可能完成的任务。神经质的杂交犬在沙滩、大海等新奇事物的刺激下变得越发狂躁，行为也变得愈加难以预测。第二天，他们又深切体会到，将乔乔留在酒店房间里关上一整天，会对房内家具陈设的完整性造成严重的危害。尤其是大衣柜，衣柜底座有好大一块已经被啃掉了。第三天，他们总算想出了一个折中办法，带着乔乔去海边，但要把小狗留在车里，注意把车停在阴凉里，再留一扇半开的车窗。

去海滩的时候要带上好多东西。一个大包里塞满了毛巾、两个救生圈和全家人的帽子。另一个包里放了"以备不时之需"的替换物品，全家人的凉鞋，四双，八只，从32码到44码，小路易的潜水镜和透气管，奥赛安娜的捞鱼网、铲子、塑料桶，尽管她本人已经表示自己早已过了玩这些东西的年纪了。他们还带了一个冷藏盒，里面放了一瓶水、一瓶果汁、几罐"以备不时之需"的啤酒、午餐吃的三明治。他们还带上了埃莱娜在高速公路博莱讷出口休息站买的沙滩席子、一把防紫外线遮阳伞、午睡用的人体工程学充气枕头。

第三天他们是在9点抵达海滨的。这时候时间还早，停车场还有车位。弗朗索瓦把车停在一堵高墙的阴影里。奥赛安娜不知道为什么在赌气。另一边，小路易言之凿凿地说忘记带角色游戏里的"光谱武器"卡牌。这鬼游戏谁也弄不明白，但在小男孩眼中却是无比重要，让人相信一场眼泪风暴马上就要来临。弗朗索瓦大声呵斥着奥赛安娜，大声呵斥着小路易，冷言冷语地回应着"第十次"让他不要打狗的埃莱娜。他们来到沙滩的时候，气氛已经变得极其凝重。小路易终于放声大哭起来，奥赛安娜对于拉长脸的缘由依然什么也不愿说。埃莱娜把一只脚伸进海水中，又立刻缩了回来，喊道："什么鬼，这么凉！"

弗朗索瓦狠狠地闭上眼睛,幻想着光屁股美女簇拥在上司身边的情景。

3个小时过去了。太阳爬得老高,气温同样也是如此。热,太热了。他们撑起遮阳伞,他们给孩子们涂上防晒霜。埃莱娜终于下水喘着粗气游了两趟蛙泳。上岸后,她说要去车里拿保湿喷雾,马上就回来。弗朗索瓦耸了耸肩。他要独自和孩子待上5分钟,这让他的怒气值升到顶点。

埃莱娜离开了不止5分钟。总而言之,弗朗索瓦认为"过了很长很长时间"之后,她才回来。弗朗索瓦刚想毒舌几句,却看到妻子脸色一片苍白。

"乔乔……"她说道,"乔乔……"

"什么乔乔?"

"乔乔……乔乔……它死了!"

全家人撒腿朝停车场跑去,应该是小路易第一个到的。日头已经变了方向,无情地将热浪锤在车身上。小狗的脑袋可怜地耷拉在打开的车门处。一些好奇的路人聚拢过来。

"我去!"弗朗索瓦说道。

"我们忘了把车窗打开了。"奥赛安娜说。

弗朗索瓦看到周围那一小群吃瓜群众纷纷朝他侧目,满脸鄙夷的神情。

"真不要脸!"一个男人说道。

"太恶心了!"一个女人说道。

"噢!够了啊!"弗朗索瓦恼羞成怒。

"浑蛋！"一个大个子说道。

一个警察走了过来。

"他把狗狗扔在车里面，结果死掉了！"那个女人控诉道。

"这个情况我可以进行罚款的。"警察表示。

"罚款？"

"因为虐待动物！最高可罚款 1000 欧元，先生。"

这时候情况变得愈加混乱。周围人骂弗朗索瓦是浑蛋。弗朗索瓦受够了，想要动手揍其中某人，警察下意识做出反应，弗朗索瓦同样如此，啪！警察摔倒在地，鼻血直流。一个男人喊着"我是民防的"，跳到弗朗索瓦身上，使出了一记柔道绞技。

弗朗索瓦被处以社区公益劳动一百小时，负责对沙滩进行清扫。剩下的假期时光，就只有埃莱娜、小路易、奥赛安娜一起过了。

小路易放弃了卡牌游戏，开始看一本关于冷水水生生物的书。奥赛安娜也不再赌气了，但却爱上了一个跟着父母一起来度几天假的希腊少年。埃莱娜每天都会下海泡泡。

# 太热

　　皮埃尔·亨利、让·尼古拉、卡德尔，他们仨是世界上最好的朋友，从读让·雅克·卢梭中学起就一直亲密无间。他们总是形影不离，总是根据心情今天去这家明天去那家。皮埃尔·亨利家有游泳池，让·尼古拉家有网球场，而卡德尔的爸妈给他们儿子布置了一间全面增肌室，旁边还有一间他们称作多媒体室的房间，里面有三台局域联网的电脑、一台游戏机、一台连着 DVD 的投影仪，弄得就像家庭影院一样。他们仨住在同一条宽敞明亮的街上，总是打理得锃光瓦亮的豪华汽车停在一栋栋私家别墅门前。他们仨的父母也相处甚欢。皮埃尔·亨利的爸爸和卡德尔的爸爸都是巴黎高师毕业的，一个在水泥行业工作，另一个在钢铁行业工作，因此两人有着许多共同语言。让·尼古拉的爸爸在政府部门身居高位，时不时地可以给他儿子挚友的父亲兼他的邻居略开方便之门，而后者在恰当的时机也会聊表寸心。

皮埃尔·亨利是一个身材有点瘦削的金发高个子男生，和他爸爸一样读的也是巴黎高师。让·尼古拉棕发，个子不高，面容英俊，和他爸爸一样读的是工程师学校。卡德尔完全继承了他妈妈的摩洛哥血统，看不出一丝他爸爸祖传的奥弗涅[1]人的模样。他和他的祖父一样学的是法律。

世界上最铁的三个朋友进入各自的大学就读已经有 4 个月了。阴雨绵绵的 12 月中旬，课堂笔记在他们面前已然堆得像一座座小山一样，他们仨都觉得需要找机会放松一下。他们聚在卡德尔家的多媒体室里，一边心不在焉地看着《狼族盟约》，一边进行讨论。他们都觉得眼下他们需要的是滑上整整一个星期的雪，高山、清新的空气、晶莹的雪花、女生……

家长们都同意了，并且全包了在奥地利卡林西亚滑雪胜地一周的开销。三个男生一致认为应该开让·尼古拉的四驱越野车去，而不是卡德尔的德系小车。家长也一致认为这个决定非常英明。星期天晚上，在路上跑了 12 个小时之后，让·尼古拉、卡德尔、皮埃尔·亨利终于踏进了他们租下的三居室套房，180平方米、独立桑拿、俯瞰山谷美景。如皮埃尔·亨利所说，这一趟肯定"很棒"。另外两个也点头赞同。他们打开皮埃尔·亨利带来的伏特加以示庆祝，插科打诨，烂醉如泥，让·尼古拉尿在了洗脸池里，皮埃尔·亨利吐在了浴缸里，卡德尔用巧克

---

1　奥弗涅（Auvergne）大区，位于法国中央高原中部，是文化历史极为悠久的著名地区。

力火锅和君度酒调了鸡尾酒。肆意胡闹一场，有益身心健康，好给他们减压减负。

但是第二天就有点难受了。他们直到午后才一一醒来，宿醉上头得厉害。但他们觉得这并不妨碍他们去滑雪。他们穿上滑雪服，卡德尔和皮埃尔·亨利踩上了滑雪板，让·尼古拉带上了他的雪地滑板，冲啊……他们上上下下滑了好几趟，冷冽的空气让他们精神一振。他们看到一些当地的女滑者都去小酒吧喝上一杯，于是觉得是时候回去梳洗打扮一番，然后出门撩妹。

他们来到酒吧门前，摆出一副三个年轻人在山上滑了一整天雪之后精神奕奕的样子。他们相当自信。可是竞争似乎有点激烈，半打意大利人，精神奕奕，非常自信；两三个英国人，精神奕奕，非常自信。让·尼古拉表示要"保持冷静""见机行事"。因为卡德尔的相貌，他们在进门的时候遇上了一点小麻烦。他们用英语进行交涉。卡德尔以前做过语言培训，一口地道的牛津腔。门卫似乎被说服了，最后还是让他们进去了。

进入酒吧之后，他们摆出一副冷眼旁观的姿态，要了几杯橙汁伏特加，目光在人群中逡巡，寻找着中意的妹子。出乎他们意料的是，还不到 5 分钟，就有一个按他们的标准算是"正点"的金发女生来到让·尼古拉面前，请他喝一杯。皮埃尔·亨利和卡德尔对让·尼古拉非常了解，知道他现在肯定手足无措了，但他在女生面前并没掉链子。他向那女生介绍了皮埃尔·亨利和卡德尔。女生笑着用有点难懂的法语表示，她是本地人，名叫伊丽莎白，对，对，和奥地利伊丽莎白皇后同名，她觉得法国男生非常可爱和善，如果他们愿意的话，她期望能和他们共度一段私密时光。

皮埃尔·亨利、让·尼古拉、卡德尔请女生再说一遍，因为他们不敢确定完全听懂她在说什么。当那个女生一字一句地把刚才的话重复一遍之后，他们不得不承认奥地利的风气显然要比法国开放很多。就在皮埃尔·亨利想要满口答应的时候，那女生又说了些什么。因为酒吧里一片嘈杂喧嚣，她不得不凑到皮埃尔·亨利的耳边才能让他听明白。她说完之后，皮埃尔·亨利略带为难地对两个伙伴说道："她想要我和让·尼古拉，但不想带上卡德尔。她说她不喜欢肤色深的。"

这番话立刻就是否能和种族主义者上床的问题引发了一场辩论。这场辩论又很快转到了十多年友情的意义上。两场辩论之后，皮埃尔·亨利和让·尼古拉既有点开心，又有点难堪。卡德尔的脸拉得很长。"去吧，我留在这儿。我可不想你们浪费了这浪漫之夜。"

卡德尔留了下来，又要了两杯橙汁伏特加，心想他本来就知道，有人早就和他说过，奥地利就是这样一个国家……

就在他的思绪即将把他带向一个他并不熟悉的领域之时，音乐声戛然而止，酒吧里的灯全都亮了起来。三十多个警察一下子冲了进来，封锁了出入口。

"出什么事了？"卡德尔向一个看上去应该会说法语的家伙问道。

"他们在找一个女生。一个新纳粹团伙里的疯女人，放火烧了一些难民接待中心。"

一个便衣警察拿着一张照片在人群中逐一询问。警察来到卡德尔面前的时候，卡德尔一眼就认出了不到一刻钟前和他们搭讪的金发女生。

"她……她……和我朋友在一起……"

奥地利特警队的效率让卡德尔叹为观止。在一个面色阴郁的矮个子男人的指挥下，特警尝试进行了第一次冲锋，但枪声随即响起，一个特警被击中了肩膀。面色阴郁的矮个子男人破口大骂，气得咬牙切齿。

"你们有什么计划?"卡德尔问他。

"我们对他们非常了解。都是些神经病，走到哪儿都带着炸药。一旦发现走投无路，就会把自己给炸了，眼都不带眨的。"

卡德尔永远也不知道那警官是不是在开玩笑，因为警官话音刚落，在可怕的爆炸声中，那间豪华酒店一侧楼房连带着他们仨租下的公寓飞上了天。

事后，好几年间，卡德尔一直试图追寻这一事件的真谛。他在内心深处能感觉到，当时他和皮埃尔·亨利、让·尼古拉就友情意义问题所寻找的答案就隐藏在这一事件之中。

卡德尔永远也没能找到答案。

# 太早

　　这世界上有许多种生活外表看着光鲜辉煌，内里其实蕴藏着巨大的悲伤。尚塔尔的生活就属于其中一种。尚塔尔刚过而立之年，依然算得上青春靓丽。多年从事体育活动让她保持身材苗条。以前放学之后她会进行体操训练，并一直以罗马尼亚体操运动员纳迪亚·科马内奇为榜样，努力沉浸在空翻三周跳的世界里。尚塔尔没有科马内奇那样的天赋和身材，但能以勤补拙，况且她也算不上笨拙。尚塔尔学的是经济学企业市场营销和金融专业，学习成绩相当优秀。27岁的时候，她毫无困难地被"传统卫浴"公司聘用。正如其名所示，这是一家按照法国卫浴传统生产卫浴设备的公司，当然如果真有什么法国卫浴传统的话。

　　尚塔尔在"传统卫浴"公司的职业经历相当出色。她起先在"巴黎大区销售"部门工作，后来调到"产品开发"部门，之后又调到目前所在的极其重要的"展望和发展"部门。尚塔尔收入不菲，公司还给她配了一辆雷诺拉古纳。总经理非常友善，又有教养，从来也没有想要和她上床。她与同事们的相处也比较融洽。

对尚塔尔而言，一切似乎都一帆风顺。在一家蓬勃兴旺的企业占据一个令人称羡的职位，这样的好事可不是每天都能遇上的。然而，与成功的职业生涯相比，尚塔尔的爱情生活就是失败中的失败。三十而立，依旧单身，没有孩子，也没什么指望。性生活方面，在过去的 24 个月里，她仅仅有过一次性高潮。那男的就职的公司所提出的报价，遭到"传统卫浴"公司一口回绝。除此之外，就什么也没有了。没有绿洲的戈壁、幽静的太空、无尽的深渊、浩渺的冰原、死寂的火星。

像这样单着，倒也方便尚塔尔出差旅行。她不再计算花了多少日子寻找伴侣，尤其是在新兴欧洲国家，匈牙利三天，保加利亚两天，华沙一个晚上，布拉迪斯拉发四个晚上，布拉格五个晚上。"至少，我还有旅行。"尚塔尔常常这么想道，但这话她自己也不太相信。

针对新开发的"帝皇"系列，公司在曾经的民主德国那边找到了便宜的铜材。由于要到柏林和厂家谈合同，由于要周四出发、周六回来，由于要会说英语，任务又一次自然而然地落在了尚塔尔身上。

这是尚塔尔头一次来柏林。正值 11 月，一下飞机，她就发觉自己没带对衣服，肯定会着凉的。暴躁的出租车司机老半天才在一条僻静的断头巷子深处找到那家旅馆。她感到有些不好意思，给出租车司机留下了丰厚的小费，心中奇怪为什么秘书会把旅馆订在这么偏僻的地方。脸色苍白的接待员得知她是法国人之后，就不无自豪地展示起他对法语的熟练掌握程度："您住 315 房，在三楼左手边。您可以搭乘电梯或走楼梯……"尚塔尔没心思听完接待员的话。她要到城市另一头去见客户，时间只剩不到一个小时了。她要赶紧换上"工作会议专用裙服套装"，梳理一下头发，抹点口红，好让自己看上去精神一些。她连房间都没仔细看过，就叫了出租车直奔城市另一头，和那个油头滑脑的客户见了面。她谈妥了铜材价格，非常职业地拒绝了客户共度良宵的建议。三个小时之后，柏林笼罩在潮湿阴冷的黑暗中，德国的夜晚降临了。尚塔尔独自在旅馆吃了晚饭，回到房间瘫倒在床上。敲门声响起，她已经睡了多长时间？她没法确定。外面，凌晨的街道一片寂静。她迅速穿上裤子和 T恤，打开房门。一个胡子拉碴的矮个子男人站在她面前，穿着一身蓝色工作服。那男人用德语说了些什么，但尚塔尔一句也没听懂。男人像是想了一下，然后用带着浓重口音的法语说道："热水器，热水器有问题……"尚塔尔这时已经疲倦到不管别人说什么都会不加置疑地全盘接受。她让男人进入房间，坐在床上等他搞完。过了一会儿，那男人说道："好了，谢谢！现在热了。"尚塔尔重新睡下。

尚塔尔重新入睡，但没能睡多久，因为又有人敲门。她心情恶劣地起床，穿上裤子和 T 恤，再次把门打开。面前还是那个胡子拉碴的矮个子男人，他忧心忡忡地皱着眉头："问题。压力，有问题。"尚塔尔在床上坐下，看着男人跪在地上对一根从墙里伸出来的管子进行检查。她哈欠连天，心想回去之后要请几天假好好休息一下。不知过了多久，那男人站起身来："现在好了。"说完出门而去。尚塔尔几乎立刻倒头就睡。睡梦中那个卖铜材的变成了一条狗，但后面的梦她就不知道了，因为门第三次敲响了。

这实在过分了。她累得要死，只想睡觉，这旅馆到底怎么回事，从来没见过这样的。她从床上爬起来，肾上腺素赐予她力量。她打开房门，第三次见到那个胡子拉碴的矮个子男人。当她看到男人阴郁到近乎绝望的神情，所有的怒气全都化作乌有，只剩下睡眠不足的无尽疲倦。

"非常抱歉。还是不行。就看看……可以吗？"胡子拉碴的矮个子男人问道。尚塔尔让他进来。男人径直朝管子走去："太难……太难了。"片刻之后，在旅馆房间内，在柏林某条断头巷子尽头，室外气温零下三摄氏度，胡子拉碴的矮个子男人泪崩。绝望男人短促干巴的抽泣声。哭泣的男人，一直都会让尚塔尔肝肠寸断。面对一个脆弱无助的男人，她就像巧克力一般熔化。"要不……你先坐一会儿。都会搞好的……我确信……""不会的，搞不好了。"矮个子男人不断重复道。现在他已经坐在了床上，紧挨着尚塔尔。她都能感觉到男人身上的温度。男人继续哽咽道："完了。全完了……""不会的，不会的！"尚塔尔说着伸手搭在他肩上。矮个子男人看着她，目光温柔似水，慢慢地朝她靠过来，亲吻她。是因为疲倦，是因为矮个子男人唇间的温柔，还是因为他刚刚倾洒的泪水让她想到她其实并没有养过的小猫？尚塔尔不知道，但她回应男人以热吻。男人抚摸她的脖颈，然后是胸部。尚塔尔闭上眼睛，发出一声叹息。

第二天她醒来时，矮个子男人已经不见踪影。因为还要赶飞机，她迅速穿好衣服，去前台结账。脸色苍白的接待员祝她一路平安，她没忍住自己的好奇。

"热水器的问题解决了吗？"她问道。接待员一脸诧异。

"昨晚一个技术人员来过好几次，说是热水器有问题。"

接待员的脸色变得愈加苍白，毫无血色：

"是不是一个矮个子，一脸胡子？"

"是啊，没错……"

"见鬼！他又来了！"接待员大叫起来。

"什么？谁？什么又来了？"

"一个可怜的家伙，克罗地亚来的，不是什么坏人……就是脑子不太正常，全家人都在战争中死掉了。他总是在这片街区各家旅馆窜来窜去，就为了找人说说话……非常抱歉，打搅您了。"

"呃……没……没关系。"尚塔尔结结巴巴地说。

在回巴黎的飞机上，尚塔尔发誓要尽快回到柏林，要在那家断头巷子里的小旅馆度过余生的每一个晚上。这就是她今后的人生目标。她展颜一笑。找到人生意义的感觉真好。

# 太迟

　　冠军名叫吉尔贝。吉尔贝·蒙雷诺。此外还被称作吉尔贝·"加农炮弹"·蒙雷诺、吉尔贝·"蛇眼"·蒙雷诺、"冰手"吉尔贝、"魔术师"吉尔贝。吉尔贝是冠军，他非常喜欢这些名称，经常会在晚上入睡前把这些名称都念叨一遍。这些名称他都很喜欢，但他最喜欢的，毫无疑问还是最简单明了的那个——"冠军"。

　　吉尔贝是飞镖冠军。更准确地说，是飞镖运动当中一个比较特殊的分支。这个分支历史悠久，用的是重20克的飞镖，黄铜镖头、鸭羽尾翼。投掷者和目标之间的距离按照传统相当于一口痰的1.5倍距离，也就是4.25米。该分支以1/6分计分，共分六局，每局1.5分胜出，没有团体赛。这个分支就是芬兰飞镖。

　　居住在法国瑟穆瓦河畔巴尔沃的吉尔贝是怎么成为当地芬

兰飞镖冠军的呢？对于我们的故事而言这并不重要。或许是因为热爱；或许是因为在这法国乃至欧洲的一隅，竞争并不激烈，吉尔贝觉得自己无须花费太多代价就能跻身冠军行列；或许是因为他甘于寂寞，在那条经过改造的过道中进行苦修，过道就位于他母亲房间楼上、在他的卧室和浴室之间；或许是因为他一直打着光棍，既找不到自己憧憬已久的销售工作，也没有哪个女生会觉得失业的芬兰飞镖冠军有吸引力……

吉尔贝是芬兰飞镖国际联合会当地分会的会长。分会共有成员 7 人，其中包括他的母亲（名誉成员）和阿姨（后援团）。另外 4 名成员已经许久没有露面了，也就是说许久没有交过会费了。尽管如此，吉尔贝仍然是冠军，仍然是国际联合会成员，而且他也是凭此头衔收到了邀请函，邀请他参加 3 个月之后将在飞镖运动的“圣地”——芬兰拉普兰地区的凯米耶尔维举行的世界芬兰飞镖锦标赛。

在母亲和阿姨的慷慨解囊之下，吉尔贝凑足了旅费。他毫不松懈地进行训练，每天从 8 点到 18 点，中午午餐半个小时。3 个月过后，他觉得自己准备好了。他吻别了母亲和阿姨，启程飞往北极圈。

国际联合会的组织工作非常出色。一位成员举着写有“吉尔贝·蒙雷诺先生”字样的小牌子在机场接他。这位一头黑色短发的年轻姑娘向他表示冠军的大驾光临让芬兰备感荣幸。

“过奖了，过奖了。”吉尔贝谦逊地说道，视线悄然瞄向姑娘的胸脯在纯羊毛毛衣下面勾勒出的曼妙曲线。

年轻姑娘又说道："参赛者已经全员抵达，总共 50 人。您猜怎么着，就连彼得·奥利亚戈夫也来了。"听到这个名字，吉尔贝不禁打了个哆嗦。彼得·奥利亚戈夫，乌兹别克斯坦传奇冠军，曾经在零下 15 摄氏度、狂风大作的环境中连赢 27 场室外赛，从而一举奠定其传奇地位，而且每局比赛间歇时，还能灌下一汤盆的伏特加。

"竞争非常激烈呀！"吉尔贝看着姑娘宛若翡翠的双瞳说道。

"您一定能应付自如的，这一点我敢肯定。另外，我还在您身上下了注呢，"姑娘说道，"法国是盛产冠军的国家，不是吗？"

吉尔贝表示赞同。他灵光乍现，他要和这个年轻姑娘结婚，一定要。他要和她生四个一半拉普兰血统的孩子，他要和她一起在这个冰雪之国生活。他敢肯定，这里一定奇缺销售。第二个念头随之闪过。如果他要把这个绿眼睛姑娘娶到手，就必须赢得比赛，不惜一切代价。

他们来到比赛现场，这是一座建在城外的现代化体育中心。年轻姑娘把他带到宿舍，告诉他第一轮比赛当天晚上就会在特意布置的篮球场进行。吉尔贝冲了澡，穿上专门为比赛新买的运动服，前往比赛场地。

开幕式在各民族大团结的热烈气氛中结束，之后，比赛正式开始。韩国选手击败了德国人，新西兰人战胜了克罗地亚人，秘鲁人挑落了俄罗斯人，美国人打败了丹麦人，芬兰选手击败了捷克选手。吉尔贝战胜了一个匈牙利人，而彼得·奥利亚戈夫轻而易举地碾压了一个因为与传奇对战而胆战心惊的年轻中国选手。

吉尔贝偷眼看着乌兹别克斯坦人。这个男人个子不高，但魅力十足，一张中世纪水手的脸庞，胳膊粗得像要塞城堡，鹰视狼顾，镖法精奇。在他身边，一个非常年轻的独眼女生会在比赛间歇的时候给他端上伏特加。吉尔贝朝绿眼睛漂亮姑娘看去，她则报以微笑。他的决心比以往更加坚定了，彼得·奥利亚戈夫必将成为他的手下败将。

在命运的神奇安排之下，乌兹别克斯坦传奇大师的房间就在吉尔贝的房间隔壁。奇怪的声音透过墙壁传来，嗒、嗒、嗒……想要好好睡一觉的吉尔贝只能去敲响隔壁的房门。奥利亚戈夫打开房门，光着上身。

"声音……"吉尔贝说道，"……让我没法睡着……"他从半开的房门看到那个独眼女生站在墙边，头上顶着一个橙子。彼得·奥利亚戈夫注意到吉尔贝的目光，笑着说道：

"我闺女……跟威廉·退尔[1]学的……很棒的训练方法……哈哈……可惜这里找不到苹果。"然后他关上了房门。

噪声不响了，但吉尔贝还是睡得很差。他梦到母亲变成了独眼龙，而绿眼睛年轻姑娘的双眸变成了橙子。他大汗淋漓地醒来，但是与乌兹别克斯坦人一争高下的决心丝毫没有动摇。他回忆着《碧海蓝天》的情节，做了几组呼吸练习，觉得状态已经调整到最佳。他要让别人好好看看，他是法国的冠军。

---

1　威廉·退尔，瑞士民间传说中的英雄。13世纪的史书有所记载，席勒的剧本《威廉·退尔》（1804）和罗西尼的同名歌剧（1829）则使他闻名世界。

绿眼睛漂亮姑娘前来迎接他，美若天仙，冰清玉洁。吉尔贝战胜了韩国人、新西兰人、秘鲁人，奥利亚戈夫击败了美国人、芬兰人、丹麦人。其他组的选手也在捉对厮杀。吉尔贝接连打败了一批对手，奥利亚戈夫也过关斩将。漂亮姑娘的碧绿双眸中闪动着千万星星。巅峰对决终于来临，奥利亚戈夫对战蒙雷诺。吉尔贝深知，他的命运就在此一举。

按照芬兰飞镖的严谨规则，决赛选手要抽签决定出场顺序。命运安排吉尔贝率先出战。他以完美的姿势就位，髋部挺直，上半身略微前倾，双脚摆成丁字步。他用轻柔的动作掷出飞镖，正中靶心。吉尔贝微微一笑，充满自信。他朝绿眼睛年轻姑娘眨了眨眼睛，她回报以微笑，他感觉自己就是超人。

轮到奥利亚戈夫出场了，他的独眼女儿给他倒了一碗伏特加，他一饮而尽。他从吉尔贝身边经过时，一把抓住了吉尔贝的胳膊。"我想跟你说……"乌兹别克斯坦人说道，"我看到了……你一直在瞧那女孩……小心点……她其实就是个婊子……就想着和参赛选手上床，然后把他们一脚踢开……她就是个疯子……"

说完，他懒洋洋地站到一口痰1.5倍距离的投掷线上，大致瞄了一下，出手，砰……正中靶心。

接下来轮到吉尔贝了。从刚才开始他的视线就已经变得模糊，他感到非常虚弱，无比虚弱。眼前的靶子突然变得如此微不足道。有什么意义呢？他脱靶了。之后的每一掷他都失败了。

奥利亚戈夫当仁不让地成为冠军。绿眼睛漂亮姑娘拼命地鼓掌。但吉尔贝看不到了，他已经离开了。他的母亲和阿姨都在机场等他。

"我放弃了，"他说，"飞镖，没有出路。"

"那以后呢？"母亲问道。

"还没想好。也许玩滚球吧。或许我就是为了滚球而生的。"

# 太肥

　　索菲和弗朗索瓦是傍晚时分到达目的地的。他们从布达佩斯出发的时候，天就开始下雨了。一路上，路况因为这场雨变得极其糟糕和危险。好几次，出租车差点就翻进水沟里。好几次，司机都用匈牙利语爆出听着怎么都像粗口的话语。不管怎样，索菲和弗朗索瓦最后还是平平安安地抵达了那个匈牙利记者所说的小村庄。据信，肆虐大半个匈牙利的禽流感和猪流感就源于这个小村庄。匈牙利记者在布达佩斯给当地的一些"关系户"打过几通电话。这些人又给了其他一些人的名字。记者就这样兜兜转转地替他们在一户村民家寻到了住处。今天，作为《瑟穆瓦回声报》的记者，索菲和弗朗索瓦终于明白为什么那个匈牙利记者不愿意窝在这个偏远村庄做流行病相关报道了。

"你看过《诺斯费拉图》[1]这部电影吗?"弗朗索瓦问道。

索菲耸了耸肩,但是这座村庄的确透着凄凉的意味。这是一座暮气沉沉的村子,歪七扭八的房子零落散布,墙面已经被雨水打湿,夯土街道泥泞不堪,烟熏火燎的窗户后面,间或有人影闪过,窥视着平日罕见的出租车在寻路前行。

出租车在一处略显偏僻的大农庄门前停下。一道人影走出屋舍,踩着泥水朝他们迎来,为他们打开大门。

"我,瓦尔佳太太。你们,记者?"

瓦尔佳太太有着一张乐天开朗的大圆脸,很难根据容貌推断她的年纪。他们付了车钱。尽管弗朗索瓦一再婉拒,瓦尔佳太太还是从他们手中拿过最重的行李,出人意料地一点也不感到费力,领着他们走进农庄。

屋里十分暖和,弥漫着诱人的烤肉香味。

"冒昧问一下,你们需要一间房还是两间?"瓦尔佳太太问道。

"两间,"索菲回答说,"我们只是同事关系……"

瓦尔佳太太点点头,略带怜悯地看了弗朗索瓦一眼,那神情就好似刚刚不小心触到了某人心中的伤疤。弗朗索瓦的脸一下子红了。

"您能带我们去房间吗?我有点累了。"他说道。

瓦尔佳太太闻言带路。

---

1  1922 年由弗里德里齐·威尔海姆·茂瑙执导的恐怖片,是电影史上第一部以吸血鬼为题材的恐怖片。

"你们要是饿了，再过一个小时就可以吃晚饭了。"她说道。

一个小时之后，他们坐到了餐桌旁，桌上摆着一道美味的烤肉。

"太好吃了，这是什么肉?"弗朗索瓦问。

瓦尔佳太太客气地笑了笑。

"我的拿手菜。不是鸡肉，因为疫情，现在我们不能吃鸡肉。也不是猪肉……这是……不知道用法语怎么说，这是 züllés。"

"Züllés ?"索菲诧异道。

"对，没错，一种大牲口。这里很常见的。"

吃完晚饭后，索菲和弗朗索瓦回到房间。

"你看这个报道能吸引眼球吗?"弗朗索瓦问道。

"我觉得会。别忘了我们现在就在疫情最初暴发的地方。关于欧洲部分地区的卫生状况肯定有东西可说的。这个我们明天再说吧，好吗?"

弗朗索瓦点点头。

"那就明天见啦。"

第二天，他们在村子里逛了一圈。雨已经停了，晴空中，2月的太阳并没有带来多少热量。索菲拍了一些照片，一座空荡荡的猪圈、街上一只瘦弱的鸡、一张要求村民宰杀可能感染疫病的畜禽的匈牙利语公告。他们想要做些采访，但零星遇到的村民不是缄口不语就是慌张躲开。

"要不我们去采访瓦尔佳太太吧，她看上去比较开明一些。"

索菲建议道。

弗朗索瓦点头赞同。

"而且她还会说法语。"

午饭的时候，瓦尔佳太太端上来的还是那道菜，但这回配了超辣的酱汁。

"Züllés！"弗朗索瓦认出了那种肉，自豪地说道。

"对！很好吃，对不？但这肉并不好做。"

"疫情发生后您过得怎么样？"索菲悄悄打开了录音笔。

瓦尔佳太太抬头望着屋顶。

"太难了……太难了。没有钱，没有工作。许多人进城去打工。人啊，什么都没有的时候，就会变坏。这儿有许多人打架斗殴。很可怕……太可怕了。"

瓦尔佳太太眼中噙着泪光。

"现在呢？"索菲接着问道。

"现在，太平些了。好不容易才太平下来。"瓦尔佳太太说着起身收拾餐具。

晚些时候，索菲在房间里回听录音内容。弗朗索瓦过来敲门，脸上一副奇怪的表情。

"看！"他把一本《法匈-匈法小词典》递给索菲。

"看什么？"

"看这儿！"

他指着"züllés"一词。这个词是"坏蛋"的意思。

"真奇怪，"索菲说，"今天晚上问问她。"

夜幕降临。瓦尔佳太太端上桌的是 züllés 炖白菜。闻上去味道好极了。

"Züllés 到底是什么?!"弗朗索瓦问道,"我的意思是说,看上去长什么样?"

瓦尔佳太太的脸色阴沉下来。

"解释,我不会。最好还是让你们看一下。跟我来。"

他们跟着瓦尔佳太太走下地窖,在一堆锈迹斑斑的园艺工具旁有一个大冰柜。瓦尔佳太太打开冰柜。

"看,这就是 züllés !"

索菲弯腰看了一眼,立刻惊叫后退。弗朗索瓦也弯腰一看,差点没晕过去。只见冰柜里一堆胳膊、大腿,以及其他肉块。难以名状,但毫无疑问是人的。

"这……这是……"他结结巴巴地说道。

"……我丈夫。还有他堂弟。坏男人。他们打我。他们喝酒。我不得已。噢!村子里这么干的可不止我一个人。就是因为这现在村子里才这么太平……"

弗朗索瓦和索菲一整晚都没有睡好。第二天,他们认为在村子里再也挖不出什么了,决定返回布达佩斯,报道还是以部长顾问掩盖公共卫生危机为主题。

就在他们上出租车的时候,瓦尔佳太太拉住索菲的手臂。

"你们是记者。记者就喜欢讲故事。这我理解。但别把村里的事情说出去。那些都是 züllés……你明白吗?"

索菲点点头。

"都是坏蛋……我明白。我们什么也不会说的。"

一路上索菲和弗朗索瓦一句话也没说。他们的嘴里都有股奇怪的味道。有点苦，说不上来，但味道并不差。

# 柔板

　　太可怕了。太可怕了。可怕到谁也无法想象的地步。谁也不行，除非和其中一只老鼠一样，活得像一只老鼠，一大家子三百多口挤在一块儿，一只挨着一只，堂兄弟压在表姐妹身上，爷爷外公压在奶奶外婆身上，兄弟紧贴着姐妹，大家都是亲戚，大家混乱无序地发生关系，大家都遵循颌骨的本能反应啃咬着眼前的一切，电线、石膏、不论性别的尸体、烂木头、塑料袋、不知道什么东西的皮、各种果核菜梗、馊了不知多久的残羹剩饭、垃圾桶里的残渣。太可怕了，老鼠的悲惨生活，一直不得安宁，一直亡命奔逃，一直东躲西藏，一直小心翼翼，到处都是陷阱，到处都是毒药，幸而数十个鼠辈倒下的时候，又有数以百计的来到世上，强大的生殖能力就是它们的力量。在首都东南偏南15公里的地方，在远郊大型商业中心地下室的下方，在总长大约4公里、令人作呕的管道系统中，棕斑背老鼠的无名王国就在这里繁荣昌盛。王国的始祖夫妇，王国的亚当和夏娃，它们还活着，但基本上一直缩在温暖的洞里，就指望着在那儿了此一生。这片洞天福地里开天辟地的神话就是围绕它们展开的。迄今为止，它们已经在此繁衍生息了数代子民，除了死掉的，但包括奄奄一息的，累计总数达到817只。每一只都不正常，每一只都很邪恶，每一只都不怕寻常的灭鼠毒气，每一只都携带着数量可观的寄生虫和病原体，每一只，每一只都期待着隆冬年关的这个重要日子了，棕斑背老鼠无名王国要在这天搞"大储备"。本故事的残酷事件发生于重要日子的24小时前。要弄清事件的来龙去脉，我们就要把目光聚焦在无名王国成员眼中最卑微的那个个体身上，也就是那只宠物老鼠身上。我们需要加以关注的那只宠物老鼠既没有姐妹，也没有兄弟，既没有堂兄，也没有表妹，既没有爷爷，也没有外婆。它独自生活在带着八角茴香气味的小笼子里。有的时候，那个有点烦人的少女佐薇会把它带出笼子，当作一条傻狗一样遛遛。宠物老鼠不仅身上盖有表示驯化的侮辱性印记，而且还有一个名字，安特拉克斯。名字，这在野生老鼠看来绝对是世间万恶之首。安特拉克斯，这个会一连好几小时在轮子上傻跑的猥琐愚蠢违背天性之辈，原本不会引起无名王国精英远征队的注意，如果不是佐薇的房间恰好就在3栋底楼，与远郊商业中心大商场的熟食柜台仅有一墙之隔，仅用石膏板和些许防潮隔音材料隔开（业主没有按照建筑技术标准来做）。这是熟食柜台唯一的弱点，记载于无名王国老祖夫妇的绝密档案中，只要由此打开一条通道，就能从此过上无忧无虑的日子。然而，即便是最为果敢的老鼠，也无法潜入少女的房间而不被发现，然后还要在最短的时间里在墙壁上啃出一条足够宽敞的通道，以便搬运火腿、肝脏、海鲜、甜食、野味、禽肉，以及每年隆冬季节都会堆在该死的大商场该死的熟食柜台里的各种东西。正是在此情况下，精英远征队的四名敦实而完全神经质的成员以常驻观察员的身份在少女的房间驻扎下来。安特拉克斯的到来让它们看到了解决问题的希望。这只窝囊废，这只杂种鼠，这个退化的异类，将是实现抢劫大计的基石。无名王国情报处的一位资深情报员与安特拉克斯进行了初步接触。情报员在夜深人静之时潜入了安特拉克斯的笼子，长篇大论地强调了同种同族之间相互帮助的必要性，试图说服宠物老鼠率先开展穿墙凿洞的工作，如果它觉得自己无法胜任的话（毕竟这是野生老鼠的拿手好戏），也可以承担起在少女进出往来时发出警报的工作，甚至可以催促少女带它出去遛弯，好给工程留下足够的时间。安特拉克斯却显得冥顽不灵。它不喜欢这个浑身脏兮兮的不速之客，不喜欢这家伙的乡下口音和讲话方式，不喜欢这家伙身上那种与八角茴香有着天壤之别的气味，也不喜欢那种矫揉造作的举止，一看就是根本没有什么教养却偏要装出有教养的样子，最让它不喜欢的就是这只棕斑背老鼠每句话后面潜藏的威胁意味。安特拉克斯一口回绝，说它不想掺和这事，尤其是在圣诞节的时候，更放言"如果看到有任何一只老鼠潜入这间房间，我都会尽我所能加以阻止"。无名王国的资深情报员不无遗憾地摇了摇头，示意机会已经给了安特拉克斯，而它没有抓住，接下来就没那么好说话了。之后又有好几拨恶意威胁的访客来见了安特拉克斯。每一拨四只或五只不等，趁佐薇临时走开的当口对安特拉克斯连咬带抓，破口大骂，称其为"卖身求荣者""叛徒""鼠奸"。对于安特拉克斯来说，这是难熬的痛苦时刻，在此期间它瞎了一只眼睛，左后腿也残废了。但它的立场却变得愈加坚定，这是它的家，它想怎么做就怎么做，想让谁过就让谁过，想和谁合作就和谁合作，而现在它就想站在佐薇一边。它喜欢佐薇用手轻柔地抚摸它，它喜欢她的脸庞，它喜欢她的温暖。而且因为它知道阴沟里的生活是怎么一回事，所以它更加喜欢有人能给它换水，给它喂鞑靼牛肉、牛奶、新鲜水果，每个星期都在它的笼子里重新铺上一层熏香温热的小石子。绝不，绝不，绝不，安特拉克斯下定决心，只要一息尚存，就绝对不允许这些该死的野耗子穿过这个房间。无名王国的棕斑背老鼠自然愈加怒火中烧，焦虑地看着年度丰收的机缘慢慢流逝。面对这种精神压力，野老鼠的性子也变得越来越野了，破罐子破摔地觉得反正也没什么可失去的了。它们要强行打通前往熟食柜台的道路。它们要取了那只宠物鼠的小命。没有它，它们也能搞定。它可以不愿伸出援手，但至少也别坏了它们的好事。一个名为"补天计划"的行动在数小时内得以实施。六只壮硕的老鼠在半夜里摸进了熏香的笼子，四只按头按脚，一只望风，一只动手。安特拉克斯还没等弄明白怎么回事，就惨遭割喉。剩下的事情就是在墙上打洞进入隔壁了。这一工程安排在两天后进行。失去安特拉克斯，这对佐薇来说是一场极其艰难的考验。圣诞节日、应景的彩球和装饰、虚情假意的家庭团聚，本就让少女难以忍受。而失去一个朋友，即便只不过是一只老鼠，更让她的心情迅速跌落谷底。她哭了整整一天，威胁说不上桌吃饭，才不管奶奶是不是赶了800公里的路呢，她谁也不想见，她从小就知道生活是一场无比艰难的考验。她的父母为此忧心忡忡，商量了很久，爸爸终于想到了一个法子。他来到佐薇的房间，细声细气地向佐薇说明了他刚才想到的办法。这番温言细语让少女的眼神中燃起某种光芒。赞、赞、赞，爸爸的主意真棒！

棕斑背老鼠王国的掘进特攻队由七名成员组成，每名成员都有着无坚不摧的大门牙。特攻队长表示，只需不到15分钟的时间它们就能在石膏板墙上打开一个缺口。这一天是12月24日，熟食柜台如往年一样人山人海。这是美食的狂欢，这是饕餮的盛宴，这是味觉的桃花源。王国情报处已经获悉少女会在晚上6点奶奶抵达的那一刻离开房间。届时行动就可以开始。6点一到，特攻队成员全体出动，严肃紧张、果敢坚决、一往无前，深知任务的重要意义。它们以惯常的方式进入房间。屋里很暗，一切如常，安特拉克斯的笼子不见了，除此之外没有其他变化。它们鱼贯前行，虽然光线很暗，但是它们早已对屋内环境一清二楚。虽然屋子里没什么变化，但特攻队长还是困惑地闻到一种新的东西。闻上去挺熟悉，但又说不清楚是什么，应该是一种气味。还有在少女床上出现的那道反光，绿油油的反光，让它想到了什么，就像一道目光，一道一直盯着它们七个的目光。接着，特攻队长醒悟过来。那是一只猫，圆滚滚，胖乎乎，橙黄色的皮毛，碧绿的眼睛，一件美妙的圣诞礼物，佐薇抚摸了一个下午，以抚慰失去安特拉克斯的悲伤之情。

# 广板

  把消息告诉故事主人公的那家伙穿着一条破旧的牛仔裤，腿肚子快把裤腿给撑爆了，上身是一件金属乐队演唱会纪念衫。那家伙在夜店门口破口大骂，就因为一个差不多有一吨重的门卫不让他进去。他一边保持着距离，一边往外蹦着脏字，他对能够进入夜店的人大吼大叫，接着他抓住了故事主人公的衣袖。这段时间，故事主人公的状态不太好。他刚从一段孽缘中走出来。那女孩既不漂亮，也不可爱，但他却爱得如此疯狂。当那女孩为了一个开音像租赁商店的蠢货把他甩了之后，他吞下了吉列刀片想要了此残生。当重金属爱好者抓住他衣袖的时候，他已经感觉好多了，受伤的食道已经痊愈，受伤的心灵同样如此，至少他自己是这么认为的。就因为他感觉自己好多了，所以才决定出来散散心，这对他的身心健康有好处，而且或许他还能有机会撩撩妹，谁知道呢。

重金属爱好者抓住他的衣袖，指着一个女生让他看。那家伙为什么要这么做？管他呢。反正那家伙指着那女生让他看。周六晚上和女伴一起出来消遣的绝色尤物，白色的低腰裤，黑色丁字裤隐约可见，桃红色的圆领衫，小麦色的漂亮皮肤上薄薄涂着一层"亮彩"护肤乳，棕红色的头发编着俏皮的发辫，哇！重金属爱好者抓着他的衣袖，对他说：

"看到那女孩了吗？那是戈林元帅的曾孙女，该死的纳粹，她，她居然可以进去。"

说完，重金属爱好者松开了他的衣袖，走到远处继续抱怨。觉得自己好多了的男子与重金属爱好者相比，不但穿着较有品位，卖相比较好看，而且看上去也"比较正常"。因此他顺利通过了"一吨重"门卫那一关。他一走进夜店里面，马上四下搜寻戈林曾孙女的身影。然后看到她在吧台那边和一个男人说着话。自以为好多了的男子把手伸进口袋，摸了摸他费了洪荒之力才搞到的两粒安眠药。今晚他带着安眠药来是有明确目的的。而这一目的恰恰说明他的情况根本没有好转。他来到戈林曾孙女身旁，顺利地挤掉了先前那个男人。他点了两杯酒，一上来就摆出一副出手阔绰、身家不菲的气派。情况未见好转的男子不停讲着笑话，逗得戈林曾孙女花枝乱颤。她一边痴笑，一边把头甩向后面，就像是在拍百利甜酒广告一样。她实在是一个尤物，亮彩护肤乳在她皮肤上绽射出千万道魔幻的光芒。后来，她说感觉身体不太舒服。情况未见好转的男子表示可以和她一起出去呼吸一下新鲜空气。他半扶半抱地把女生搀扶到自己的汽车里，然后又费力地弄回自己家里。不要试图去理解为什么情况未见好转的男子打算对一个从夜店捡回来的女孩子实施强暴，这大概率是没什么用的。或许有必要把作案动机和几个月前那个既不漂亮也不可爱的女孩和他分手的事情联系起来。但如果真要对这一切全都做出解释的话，或许有必要超越这次分手，在他和他母亲之间爱恨交加的矛盾关系中，在职场失意的苦涩中，在"自我意象"像脏污窗户上的指纹那样日渐崩坏中寻找深层次的原因。归根到底，唯一须要知道的就是：一方面，他之前从来没有强奸过任何人；另一方面，想到他马上要强奸的是纳粹大人物的曾孙女，这让他有借口为自己开脱，这能让他减轻自己的负罪感，总之这对他有所帮助。情况未见好转的男子把戈林曾孙女放到床上，他先脱掉自己的衣服，然后试图把女孩的衣服也脱了。之前一直处于昏睡中的女孩这时醒了过来，口中发出一阵"嗨嗨"的声音。她坐起身来，想要一杯水。情况未见好转的男子给她倒了水，又给她递了一件浴袍。戈林曾孙女没有接，只是说自己累得不行，能不能请他送她回家。他照做了。在车上她说头痛，头怎么会这么痛。他把她送到家门口，她向他表示了感谢，下车回家，白色低腰裤、丁字裤、圆领衫、亮彩护肤乳慢慢消失在门后。

这次失败没有让情况未见好转的男子的情况发生好转。整整一个星期，他一直都在想那个毁了他生活的既不漂亮也不可爱的女孩；整整一个星期，他一直在想戈林元帅的曾孙女；整整一个星期，他一直想要再吞一次吉列刀片。幸而他什么也没做。周末的时候，他又来到夜店门口。"一吨重"还在那里恪尽职守。重金属爱好者还在那里惹人厌。戈林曾孙女也在那里排队，同样的低腰裤，同样隐约可见的丁字裤，同样的圆领衫。情况未见好转的男子跟着走进夜店，又在吧台旁边找到她，口袋里揣着另外两颗安眠药，成分和上次的不一样，是他费了比上一次更大的劲才搞到的。戈林曾孙女认出了他。他冲她笑了笑，再次摆阔地点了两杯酒。她微笑着欣然接受。她感觉不舒服。他拖着女孩回到自己家，把她扔到了床上。他脱掉了自己的衣服。他脱掉了她的圆领衫，她的乳房轻轻晃动，就像两坨布丁，非常美丽。他脱掉了她的低腰裤和丁字裤，露出雅利安纳粹漂亮的金色耻毛，非常性感。他兴奋到不行，爬到她身上，想要进入，那里干涸而紧闭，他稍微用了点力气，还是不行，他不仅生活变得一团糟，而且还是一个废物强奸犯，他跑到厨房找出一瓶冷压初榨橄榄油，回到卧室，在戈林曾孙女双腿之间倒了些，油光锃亮，他再次尝试进入，觉得开始有些松动了，他又稍稍加大了力度，那感觉就像生菜、夏天、露天咖啡座，应该会很美妙，他能感觉到。戈林曾孙女睁开眼睛，和上次一样发出"嗯嗯……嗯嗯……"的声音，接着说道："我胸口痛，胸口怎么这么痛，我要去卫生间……"情况未见好转的男子帮她起身，把她一直扶到卫生间。她又说道："我去……"说着便呕吐起来，大口吐了三次，哇！哇！哇！精品鸡尾酒的味道。她擦着嘴向他表示歉意，他表示没关系，吃坏肚子这种事谁也免不了的，她对他笑了笑，问他如果方便的话能不能送她回家，他回答说当然没问题，她穿上丁字裤、低腰裤、圆领衫，她的脸色有点发青，但依然那么漂亮，宛若一株郁金香，恰似一朵玫瑰，就像天芥菜的花朵，但要性感得多。他把她送到她家门口，他看到她在打寒战，他看着她，她也看着他，真的非常美丽，她对他一笑，再次为在他家病成这样表示歉意，她也不知道是怎么了，以前从来没有这样过，他再次安慰说没有关系，现在要紧的就是多喝水，再好好睡一觉，她搂住他的脖子，紧紧抱住他，对他说从来也没有谁像他这般温柔地对她。在下车之前，她问之后可不可以给他打电话，他给她留了电话号码，她说了声谢谢，在他脸颊上亲了一下，回了家。情况未见好转的男子后来再也没去过那家夜店。戈林曾孙女给他打了一两次电话，他们最后还是见了面。她似乎坠入了爱河。他们用在他看来"令人满意"的方式上了一次床。后来既不漂亮也不可爱的女孩给情况本来有可能好转的男子打来电话，说已经和音像租赁店的家伙掰了。男子和戈林曾孙女断了联系，她打电话来追问，他对她说要和她分手，她失声痛哭。在挂断电话之前，他最后说了一句，她那万恶法西斯分子后代的身份一直让他感到困扰。然后，他站在自己家里，准备出门去见既不漂亮也不可爱的女孩，他心想刚才自己做出了奋起抵抗的英勇之举。他为自己感到骄傲，生命在某处向他绽出笑容。

# 快板

1

这是一篇关于夫妻性生活的文章。文章的作者把夫妻关系分为四大类：相爱且有性生活的夫妻、相爱但无性生活的夫妻、不相爱但有性生活的夫妻、既不相爱也无性生活的夫妻。文章附了一份测试问卷，她开始答题：

您的伴侣回家之后：

（1）会来到您身边亲吻您的脸颊。

（2）会来到您身边亲吻您的嘴唇。

（3）不会来到您身边。

（4）根本不回家。

她尝试集中精神，但是刺眼的阳光直接照在她脸上，让答题变得很困难，特别是后面那些比较技术性的问题。

海纳·施密特林教授将阴道性高潮定义为女性将其性欲和男性性欲区分开来的下意识欲望的表现。您认为：

（1）正确。

（2）错误。

（3）您赞同弗洛伊德的观点，认为这一说法是对性学第二论的错误理解。

（4）您赞同拉康[1]的观点，认为这一说法否定了"对象a"的特殊本质。

就在她犹疑不决不知该如何回答这个问题的时候，有人在隔壁花园里喊她。那是一个女人的声音，每句话的结尾都会升半调。

"抱歉！打搅了！"

她站起身来，想要弄明白喊声是从哪儿传来的，然后隔空说道：

"什么事？"

升调女声说道：

"您家的猫，跑到我们家来了……躲着不出来了……您能过来一下，把它叫出来吗？"

---

1　Jacques Lacan，雅克·拉康，法国作家、学者、精神分析学家。

"我家的猫?"

"对，一只黑色的小猫。"

"啊，是一只母猫，它叫贝弗利。"

她在泳衣外面套上一件裙子，心里纳闷为什么一到阳光明媚的周日就会碰上这样的麻烦事。她摁响了邻居家的门铃。


## 2

住在隔壁的女人，她只见过一两次。一次是在门口擦肩而过，另一次是在药店偶遇，那女人去买某种作用可疑的药膏。

那女人的年纪比她稍大一些，身材较胖，一头短发，皮肤保养得很差，让她的气色显得阴郁。

"小猫躲在厨房柜子后面，"女邻居说，"我老公想了各种办法，但都不管用。"

邻居家里闻着有一股烟草和漂白剂的味道。屋内光线昏暗，与外面阳光普照的街道形成鲜明对比。屋里的家具应是 10 年前置办的，看上去已经非常陈旧了。墙上挂着一个金发小女孩的照片，七八岁的样子，穿着泳衣在北海海滩上。

"我女儿。我们没法把她留在家里，所以送到福利院去了。"

这话她不知道怎么接。以前她看过一篇关于寄养儿童的文章，说一个在福利院长大的小女孩后来当上了部长。

"哦，我明白。"她说。

"也不知道您是不是真的明白。我们的小朱莉，她脾气不太好，有的时候不得不对她进行惩罚。我是下不去手的。但我老公对她很严厉。我们没法把她留在家里。到了。"她们来到一间没派什么用场的房间里，屋里有一张案板柜和一个水槽。

一个红棕色头发的矮个子男人光着上身，坐在带福米卡塑料贴面的桌子旁剪指甲。男人看了她一眼，用下巴指了指案板那边。

"我想尽了一切办法，想把你的小母猫从那儿弄出来，但全都没用。它就是躲在里面不肯出来，你的小母猫。我就算把手伸进去，也够不到它，你的小母猫。"

她发现自己在泳衣外面套的裙子对于这样的场合来说实在太短了。

"赶紧，快把它叫出来，你的小母猫。"

男人的每句话里都会提到"小母猫"[1]这个词，这让她感到不快。她希望这和她的裙子没什么关联。她走到案板柜前，对着一个勉强可以把手伸进去的洞口跪了下来，口中叫着小猫的名字。

"贝弗利……贝弗利……"

她听到洞里面传来一阵猫的呼噜声。她试着把手伸了进去。指尖先是摸到了灰尘，然后是一个软软的物体，接着又是一些湿乎乎的东西。她想好了，回家以后马上就去冲个澡。

"我够不到。得用扫把柄试试。"

"我已经试过了。那只会让它缩到更里面。"红棕色头发的男人说道。

---

1　法语单词 chatte 既有"小母猫"的意思，也意指女性的外阴。

她看到镶在案板柜正面的踢脚板。

"那能不能把这块板拿掉?"

"不可能!每隔10厘米就钉了一颗钉子。"

她站起来,觉得这红棕色头发的男人长得真像猎狐梗,皮肤保养得极差。得给他用欧莱雅中性肤质去角质护肤品,还有蔻萝兰或施华蔻的香波、欧树的保湿护肤霜。欧树挺贵的,可效果很好。那男人也站了起来,个子真心不高。

"好了,够了!全都给我出去!我要用我的办法来解决。"

"您打算干吗?"她担忧地问道。

"现在你的小母猫归我管了。"

女邻居拉住她的胳膊。

"来吧,让他去弄吧。"她们走出房间,在走廊里等着。

"您看着吧。他生气的时候总能创造奇迹。他就是这么个人……每当朱莉犯错误或耍脾气的时候,他就会变得……我不知道该怎么说……可怕……他是一个好父亲……和神灵有点像……朱莉会把自己藏起来,但他总能把她找出来。他会告诫朱莉,永远也不能任由邪恶在心中滋生,因为之后就会为时已晚……来,我带您看样东西。"


3


朱莉的房间比一张床大不了多少。一面墙上挂着一张海豚的招贴画，靠着另一面墙放着一个小书架，上面有一些毛绒玩具熊、几个洋娃娃、一只芭比娃娃套装盒子、几本书。

"晚上的时候，朱莉总会感到害怕。她总是说能在黑暗中看到一些影子。她喜欢到底楼去睡，因为街上的路灯能从窗户把光照进来。有一天，我们发现她睡在楼下的沙发上。他告诉朱莉要克制。但她听不进去，还是一晚接一晚地不在自己房里睡觉。于是，他就把她绑了起来，好让她习惯。用晾衣绳绑的。就这样，她慢慢习惯了。但她心里有邪恶存在，朱莉，有的人就是这样的。"

"您觉得他还要花上很长时间吗？把猫弄出来。"

"不会。他会弄出来的。他向来不达目的誓不罢休的。"

女邻居在小女孩的床上坐了下来，拿起一只娃娃，抚摸着娃娃的头发。

"我不明白为什么别人就是不能理解。谁也看不出她很坏。即便是我也没看出来。只有我老公看出来了，只有他知道必须加以清除。她身上的邪恶，她身上的坏东西，不能就这么放着不管。他必须下狠心，您明白吗，为了赶走邪恶。就是因为这，他做了那些事……"楼底下传来男人的叫喊声，打断了她的话头。

"我弄出来了。那只小母猫。"

她们来到楼下。红棕色头发的男人用抹布拎着贝弗利。

"你的小母猫，它很坏。差点把我的胳膊扯下来。"

"您是怎么做到的？"

"这你就不用管了。坏脾气的畜生，我总能给教训好的。"

她接过贝弗利，小母猫不停颤抖着，心脏跳个不停。她向邻居夫妇表示感谢后回了家。她在茶碟里倒了点牛奶，但是小母猫碰都没碰，直接钻到了床底下。

"坏脾气的畜生。"她心想。

她回到花园，阳光尚在，只不过偏转了方向。她把躺椅挪了挪地方，捡起掉在草丛里的眼镜，拿起杂志继续做题。

　　您对于爱情的定义是：

　　（1）两个人朝同一方向进行展望。

　　（2）荆棘遍布的漫长道路。

　　（3）柔情蜜意的表现。

　　（4）每日重复的工作。

她皱起眉头，下定决心要找出答案。

# 慢板

　　他不停回想着刚才的场景。那个蠢女人先是爬到离地 1.5 米高的第一根树枝上，接着又爬到第二根树枝上，离地 3 米。她说道："嘿，让你看看我的本事！"说着，她来了个金鸡独立。接着她又说道："我不骗你，看着不算高，可一爬上来……"然后她继续说道："你知道我跳过古典舞的，瞧着……"她尝试做出一个高难度动作，抓住右脚脚跟，举到耳边。他想她的腰肢真的很柔软，床上功夫肯定很棒，近期内应该找不到比她更厉害的了。就在他胡思乱想的时候，她一下子失去了平衡，他看到她双目圆睁，双手无用地在空中舞动，身体忽而前倾，忽而后仰，徒劳地想要找回平衡。然后，砰，朝后摔落，从不太高的地方，离地 3 米，脖子无声地撞在离地 1.5 米的树枝上，咔，身体掉在一堆枯叶中，唰，再也一动不动，面部朝下，一只手压在腹部下面，另一只往前伸出。这是 5 分钟之前发生的事情。

5分钟之内，他经历了多种情感状态。他先是悲号一声："不!"惊恐地用手抱头。接着，他朝前走了几步，跪倒在地，一边用手触碰她的右肩，一边喊着她的名字："弗朗索瓦丝? 弗朗索瓦丝?"但她没有任何回应。虽然他清楚地记得不要轻易移动伤者，但还是把她翻了过来，拂去了粘在她面颊上的枯叶，继续喊着她的名字："弗朗索瓦丝，弗朗索瓦丝。"她脸色惨白，鼻子下面挂着一滴细小的血珠。他把头凑到她胸口，想听听还有没有心跳，但什么也没听到。寂静无声的胸膛令他产生一种怪异的感觉，这是他这辈子听到过最可怕的寂静，他站了起来，她就躺在他脚边，他终于明白她已经死了。他对她并不熟悉，认识她才几个星期而已，她失了业，终日无所事事，她并没有认真去找工作，总和一些病态的家伙滚床单，而且每次都会无可救药地坠入爱河，而他就是其中一个，他很喜欢她，觉得她这个人很逗，也不算太笨，除了这天下午，她想来树林里野战，他同意了，不想被当成胆小鬼。他站了起来，他应该找人来救援，叫救护车，这是在此等情况下应该做的事情。他转念一想，在她身边再待上一会儿也没什么两样，反正她已经死了，他还从没见过死掉的女人呢，当然他也没见过死掉的男人，他天性好奇，这女孩的遭遇让他有机会近距离进行观察。他在她身旁躺下，把脸凑到她的脸旁。他意识到这一举动有些奇怪，他意识到这一举动会让大多数精神病学专家都觉得可疑，签字批准他出院的弗洛蒙医生肯定想不到他会做出这样的举动，所有这些他都想到了，但他还是这么做了，心想这是因为他想这么做，而且谁也不会知道，他想不出有什么不这么做的理由。或许，只有那些把他当作实验对象、从他一出生起就用同步卫星窥视他一举一动的人才会知道，但是他猜想，那些人只是对他进行观察，不会加以评判，那些人感兴趣的仅仅是他的行为，仅此而已。他从很近的地方看着弗朗索瓦丝的脸庞，想要弄明白死亡在细胞之间蔓延的路径是怎样的。他知道，即使临床死亡已经形成，即使心脏和大脑已经在五分多钟前停止了活动，女孩机体内部仍有一堆东西活着。细胞还能继续存活一会儿，血液还没凝固，残余的消化运动仍在进行。甚至现在也许还能进行授精，尽管受精卵的分裂在猝然停止之前只能进行三四次。他猜测是不是已经有人做过这样的实验，他敢肯定，这样的实验，那些一刻不停窥视他的浑蛋已经在同步卫星上做过了，终有一天，他一定要证明那些浑蛋真的存在。不过嘛，这就是另外一件事了。弗朗索瓦丝双目圆睁。她的瞳孔是比较常见的褐色，但他觉得在这样的情况下，瞳孔如果是蓝色的就好了。相比褐色，蓝色比较透明，应该比较有利于对死亡进行观察。尽管如此，他还是尽其所能全神贯注地盯着那双褐色的眼睛，他确信在那里看到了一道微光悄然熄灭的细微变化，看到了一层死幕缓慢到难以察觉地升起，仿佛暮间的雾气。雾气升腾，这就是眼睛的死亡。弗朗索瓦丝脸色依旧惨白，但是她的脸颊因为之前的林间漫步和枝头攀爬而显出淡淡的嫣红。非常漂亮，这抹嫣红，令人迷醉，那是会让人爱上的嫣红，那是会让其他任何人都为之动情的嫣红。除了他，他不会动情，几乎从一开始起，从他小时候发生事故起，动情就与他无缘了。他封闭了心中可能动情的那一部分。他戏谑地想到同步卫星上的那些家伙，这时候应该惊讶地从监视仪上发现他的心率在放缓，他们一定会感到奇怪，面对带着如此美丽的一抹嫣红的脸颊，他是怎么做到的呢？他们一定会最终得出结论，他一定就是天选之人，预言所指之人。这样的结论肯定会让该死的卫星里面一阵鸡飞狗跳。因此，他心如磐石，集中全部精神，把注意力全都放在形成那抹嫣红的数以亿计的毛细血管上，根据他的计算，血液在毛细血管中正在以每小时十亿分之一升的速度倒流。经过四分钟较为全面的观察之后，他估计那抹嫣红大约缩小了5%，弗朗索瓦丝的脸色也在慢慢变得如白瓷一般。他挪了挪地方，对女孩右手手指进行观察。蜷缩的手指让右手看上去就像一只被杀虫剂击落的金龟子。就是美感差了些。指尖慢慢发青，顶端甚至开始出现淡淡的黑色。青色与黑色，这应该是某种旗帜上的颜色，但他想不起来是哪种旗帜了，也许是海军用的旗帜，他得去查一下。他又挪动身体，朝年轻女孩的头部爬去。话说回来，她几岁了？他看了看她的身份证，4月的时候已经28岁了。他把身份证放好，抚摸女孩的头发。头发依旧柔软亮泽。看来她把头发保养得不错。他把鼻子凑了过去，又闻到了之前那几次做爱的时候让他十分喜欢的榛子味。这味道应能持续好几天而不消散，她用的洗发水看来不错。他心想这可以变成很棒的广告创意，战胜死亡的洗发水。然而，因为一款化学制品，他无法像刚才对眼睛、脸颊嫣红、手指所做的那样，捕捉头发凋亡的本质，这让他感到非常恼火。他爬了起来，从差不多10分钟前就开始有一些昆虫好奇地围着弗朗索瓦丝的尸体打转。后面将要发生的事情应该就不那么美丽了，也没什么意思了。他深吸了一口林中的空气，清新的空气，让他精神为之一振的空气。他意识到刚才所经历的，是他人生最为精彩的瞬间之一，至少和他小时候发生事故后，蓝精灵村庄招贴画反射出来的阳光让他察觉同步卫星上有人窥视他一样精彩。他感到心头一紧，因为他都没有把刚才的观察，把眼睛里的雾气、脸颊的那抹嫣红、发黑的手指记录下来，而且他肯定还漏掉不少东西。他摇了摇头，朝树林外走去。这就是他，没办法，总是会粗心大意。这一点毋庸置疑，下一次他要表现得好一些。

# 行板

　　男人开着那辆破旧的大众小卡车送她回家，一路上总觉得这个心爱的女人身上有什么地方不对劲。她一改往日叽叽喳喳的性子，一句话也不说，只是呆呆地看着左侧丝袜在大腿上方处的那条破口，就像看着一个死去的孩子。丝袜是在她爬上小卡车的时候弄破的。等他把车靠边停下，她下了车，扯了扯裙子，盖住丝袜破掉的地方。她轻声抽泣起来，断断续续的哽咽声就像一连串碎掉的冰块。漆黑的寒夜让人直打哆嗦，一群无眠的麻雀从卡车上空一掠而过。男人对她说没必要为了一双破丝袜把自己伤心成这样，她愿意的话，明天就能给她买双新的，午饭的时候就能带给她。但是女孩在冰冷的哽咽声中反驳说，她又不是因为这才哭的，说他明明知道她为什么哭，还在这里摆出一副装无辜的浑蛋样子。

　　男人的确知道女孩为什么哭泣，他也清楚自己的确很浑蛋，但他不想一整晚都纠结在这些事情上。于是他扔掉吸了一半的香烟，对女孩说他要回家睡觉了。对女孩而言，对牛弹琴的感觉仿佛有人在由内而外地啃噬她的心。她又零零落落地哽咽了几声，然后对男人说要和他分手，还希望这能让他清醒认识到，他其实就是一只自以为是的公鸡。

回到家以后，男人给女孩打电话，但她没接。第二天，他带着一双新丝袜去找她。她拒绝了，希望他不要再纠缠下去了。纠缠下去，就和连着几天吃冷饭一样，对谁都没有好处。

因此，男人也不再纠缠了。接下来的好几天里，他嘴里一直有一种死亡的味道。他想靠喝酒来去除这种味道，杜松子、波尔图甜酒、马天尼红威末，还有两瓶从衣柜里翻出来的曼达瑞恩拿破仑。

由于喝酒也不见效，他就打电话叫一个老朋友给他再弄点布雷达出产的橙黄双色小药丸。老朋友可怜他，不但给了一袋小药丸，还给了一包别的东西。一开始他以为是李子干，但老朋友告诉他这是特奥蒂瓦坎蘑菇，可以弄点糖蘸着吃。

在去老朋友那儿采购的这段时间里，他不停咒骂着世上所有的公鸡，咒骂他自己，还有他那辆破旧的大众小卡车，给所有与公鸡、与他自己、与小卡车相近的东西都加上了鸟名。

男人一回到家，马上决定就着一大杯曼达瑞恩拿破仑吞下四颗橙黄双色小药丸，喝完之后他咳了好久。接着，他感觉曼达瑞恩让他胃口大开，于是把蘑菇放到平底锅里用黄油煎了煎，还加了一勺糖。他一边吃着蘑菇，一边看着电视机在餐具柜上冒傻气。有那么一会儿，他特别想给女孩打电话，但她那番犹在耳边的话让他忍住了。一个他从没见过的棕发漂亮姑娘挂在一股细长的唾液上从墙上垂下来。她抹了抹嘴，来到他身边坐下，手上拿着一张纸和一支红色铅笔，向他演示了他、公鸡、大众小卡车之间的数学关系式。一开始他没有全部弄明白，他提了一些问题，棕发姑娘非常耐心地做了讲解，最后他全都弄懂了。姑娘悄无声息地重新挂到墙上，升回了天花板。

天光放亮，他怎么也找不到前一天晚上那张纸了，但是数学关系式倒还记得一清二楚。他跳上破旧的小卡车跑了趟安德莱赫特市场，买了14只匈牙利大公鸡。

回家之后，男人把公鸡捆紧，公鸡惊恐地啄他的手，极力挣扎。接着，男人从车库工作台下面的工具箱里取出汽车电瓶线，把14只匈牙利大公鸡串在一起，电瓶线的夹钳牢牢钳住公鸡的爪子，然后连到大众小卡车的电瓶上。他坐到驾驶座上，打火接通了电源。痛苦的鸣声从14只喉咙里此起彼伏地响起，14只公鸡的喔喔声仿佛在鸣响14个早晨的死亡丧钟，14个鸡冠由红转青，以此纪念作为14只公鸡的出生地多瑙河畔。悲鸣声终于停歇，只留下德产汽车发动机的轰鸣声。14只公鸡生机全无，横陈在车库地板上。其中8只身上冒着青烟，另外4只不时冒出游移不定的火焰。空气中弥漫着奇怪的味道，让男人产生了不良反应。他一口吐在了仪表盘上，呕吐物里混着橙黄双色小药丸、特奥蒂瓦坎蘑菇、些许曼达瑞恩拿破仑，还有一些他没认出来的东西。他就这样对着自己的呕吐物志忑了一会儿。

然后他下了车，打算找两只垃圾袋把公鸡处理掉。但说到把车库收拾干净，男人实在是没有那个精神了。

# 腌酸黄瓜

　　他喜欢别人叫他斯蒂维，而他的名字其实叫让·米歇尔。她喜欢别人叫她萝拉，而她本名叫作洛朗丝。斯蒂维和萝拉，又或让·米歇尔和洛朗丝，是在"蓝调布鲁斯"夜店相识的。那家夜店就挨着国道，离瓦朗谢讷出口不远。那天晚上，让·米歇尔从头到脚都是斯蒂维，而洛朗丝也和以前一样变成了她的萝拉。他们俩互相调情，激情热舞，亲着带可乐皇冠伏特加味道的嘴，良久不分。萝拉和斯蒂维幸福快乐，风华正茂，堪称一对金童玉女。他把她一直送到位于伊利斯住宅区的家，他们再次相拥热吻，难舍难分。她用洛朗丝的口吻说道："第一晚，别。"马上她又用萝拉的语气补充道："明天给我电话。"他说好的，就这样，非常绅士，很懂女孩子的心。在这一点上没什么可多说的，斯蒂维，就是这么出色。

　　那是三个星期前他们第一次相遇。自那以后，让·米歇尔到洛朗丝那间小公寓去了好多次，或者说斯蒂维到萝拉的小公寓去了好多次。洛朗丝是市政厅的轮班秘书。让·米歇尔在超市当保安，而且总会在兜里揣一把忍者刀，因为据他所说，"有人和我不对付"。是洛朗丝还是萝拉，是斯蒂维还是让·米歇尔，这完全因时而异，取决于这一天过得怎样，取决于他们的心情……不过可以肯定的是，萝拉和斯蒂维在一起的时候，要比洛朗丝和让·米歇尔在一起的时候开心。某个斯蒂维和萝拉在一起的晚上，斯蒂维提议星期天去野餐，去一个"超棒的小地方，没什么人知道，不算太远，但还是得开车去"。萝拉说"好"，斯蒂维说"酷"，然后到了星期天，两人在伊利斯住宅区 C 栋楼下碰了头。

让·米歇尔买了一辆雷诺 5GT，而斯蒂维改装了尾翼、铝制轮辋、赛车座椅。虽然声音大了些，坐着也不太舒服，但真的很拉风。周日那天风和日丽，非常适合野餐，放眼望去尽是蓝色、绿色、白色。斯蒂维把车停到空荡荡的停车场。除了他的车，停车场上只有一辆英国牌照的白色房车。他背上背包，背包里装着野餐布、三明治，还有两瓶百加得冰锐。

"就在那儿，"他指着一条在灌木丛中蜿蜒上坡的土路小径说道，"差不多要一刻钟，没问题吧？"

"没问题。"萝拉说着看了看脚上那双前一天刚在乐赋励折扣店买的塑料高跟鞋。

虽然手脚并用，但前路依旧漫漫。崎岖陡峭的小径就像飙升的油价一样。即便想觅捷径，但依然坎坷难行。眼前满是荆棘乱石。萝拉眼看就要翻脸呛声。幸亏，就在她感觉轮班秘书洛朗丝马上要出言抱怨"我受不了了，脚疼死了"的关头，斯蒂维说道："看，就在那儿。我们到了。"

眼前是一块美丽的林间草甸，宛若仙境，摇曳的小花，起舞的彩蝶，25 摄氏度的阳光，清爽凉风徐徐拂过，还有一张桦木长椅。

"我去！"斯蒂维说，"有人比我们先到了！"

的确，在他们前面，堆英国人占据了桦木长椅，正在享受野餐，三个大人，两男一女，还有四个红棕色头发的孩子，4 到 7 岁不等，但分辨不出男女。让·米歇尔差点就想放弃了。他不是没想过在草地上远一点的地方安顿下来，但那四个红棕色头发孩子的尖叫声肯定会让这次野餐变成一场灾难。他犹豫片刻，想着是不是建议打道回府。他清了清嗓子，斯蒂维出马了。

"等我一会儿。"他对萝拉说。她点了点头，心想他到底想干什么。

斯蒂维朝那伙英国人走去。直到他走到英国人身边，他们才注意到他，转身看着他。萝拉远远地看着他向英国人解释着什么。距离太远，她听不清他说了什么，只看到他激动得手舞足蹈，其间还朝她这边指了指。那两男一女朝她这边瞧了瞧，纷纷摇头。其中一个男人还放声大笑起来，洪亮的笑声让洛朗丝心情十分糟糕。萝拉在草地上坐下，脱掉了鞋子。

斯蒂维走了回来，脸拉得老长，简直都快拖到地上了。他口吐毒舌，歧视了一把英国人，气得脸色发白，双手发抖。

"真是一群蠢猪。"他说。

"要不我们回去吧？"她问。

斯蒂维耸了耸肩，他们默默地踏上归途。走到一半，斯蒂维停住了脚步。

"我忘了一件事，在这儿等我，马上就回来。"

没等洛朗丝或者说萝拉开口，斯蒂维反身而去。洛朗丝只能等着。天气变得很热，她的腈纶 T 恤都快湿透了，身上甚至开始发痒。她听到有小动物在灌木丛中穿行。萝拉讨厌大自然。等了十多分钟，斯蒂维终于回来了。他看上去很热，脸红得吓人，额头上挂着硕大的汗珠。

"好消息！"他说道，"英国佬走了。"

"你受伤了？"洛朗丝看到他的右手有些血迹。

斯蒂维把手在裤子上擦了擦。

"刚才上坡的时候被灌木划破了。"

"感觉好奇怪，英国人怎么会离开的呢？刚才他们明显一副赖着不走的样子。"洛朗丝暗自说道。

老实说，她对斯蒂维并不能算知根知底，又记起他说过他口袋里一直揣着一把忍者刀。

洛朗丝回想起她母亲经常把男性的精神状态与得了狂犬病的黄鼠狼相比。这一回忆又让她突然想到小时候听过的故事，《糖果屋》《小红帽》《小拇指》，格林兄弟和夏尔·佩罗的全套偏执妄想系列。想着想着，洛朗丝停了下来。斯蒂维仍在前面攀爬。她难以置信，他怎么可以这么做？为了和她一起野餐就把一大家子英国人全都杀掉？她看到左侧另有一条小路。机不可失，时不再来！她闪身往左一拐，拔腿就跑，头也不回，跑到气喘吁吁。

等斯蒂维再回头时，已是万径人踪灭。他感到一阵刺骨寒意沿着脊梁骨滑过。难道他的恋情注定都要以这样的失败告终吗？难道他真的受到了诅咒？他沿着小径飞奔而下，大声喊道："萝拉？萝拉？洛朗丝？见鬼，出什么事了？"无人回应。他跑回了停车场，上气不接下气。英国人已经装车完毕。他来到他们面前，询问有没有见过一个穿 T 恤的女孩。英国人连鬼影子也没见到过。

让·米歇尔在那儿又等了一个小时，然后决定回家，认定这糟心的生活就是一堆破烂垃圾。

# 乳酪

　　菲利普、马塞尔、贝特朗，他们来了一次男生之间的旅行。他们把老婆留在城里，对她们说他们须要老友单独重聚一番，须要过一个不带老婆孩子的周末，他们须要放松一下，恢复良好状态，摆脱现代生活带来的压力，否则肯定会一病不起。老婆们当然会问，她们的存在就这么讨人嫌吗。老公们和老婆们在菲利普和桑德里娜家就这个问题进行了一整晚严肃的讨论，几乎吵翻了天。男生们团结一致，形成了牢固的统一战线，尚塔尔、玛丽安娜、桑德里娜最后不得不妥协，认同"男生们需要一点私密时间"。

　　男生们从很久以前就对如何共度周末有了非常明确的想法，因此组织工作得以迅速展开。在菲利普和桑德里娜家气氛紧张的那晚过去两个星期之后，马塞尔开着他那辆皮革内饰高配路虎，先后把贝特朗和菲利普接上。他们开上了高速，直奔南方。

他们的想法就是在法国找一个"未经开发的原生态自然景地"。在菲利普和桑德里娜家那个气氛紧张的晚上，他们就此进行了热烈讨论，他们想到了孚日山脉，想到了佩里格尔地区和上普罗旺斯阿尔卑斯省，但所有这些提议似乎都与"未经开发的原生态自然景地"相去甚远。出人意料的是，最后还是桑德里娜灵机一动，想到了比利牛斯山脉。

"我看过《乌斯怀亚》[1]电视节目的相关报道，美极啦，在那儿可以走上几天都不见人影。"

贝特朗专门去买了一本导游手册，他们看过之后，都觉得这和他们"寻根归源"的理念非常契合，一致同意去那儿来一次"原生态徒步野营之旅"。每个人都各自准备了 Polo 衫、运动袜、登山鞋、野营用品，并约定周六一早集合出发。因为车是马塞尔的，所以自然由马塞尔来开。因为比利牛斯山很远，马塞尔自然累得够呛。但马塞尔根本不想让菲利普和贝特朗来开，菲利普和贝特朗也完全尊重马塞尔的想法，毕竟谁也不会把自己的路虎借给别人，对此他们十分理解，换作他们也不会。

夜幕降临时，他们终于抵达了在导游手册上发现的村庄。他们住进了一家由一对父女经营的民宿，三个人一间房，他们小酌了一番，马塞尔讲了一些笑话，菲利普对老板女儿的屁股评论了一下，他们放肆大笑，贝特朗放了个屁，他们又放肆大笑，接着马塞尔也放了个屁，他们再次放肆大笑，他们很久都

---

1 *Ushuaïa Nature*，法国电视一台系列节目，1998 年 11 月 11 日开播，是一档介绍世界各地自然景观及民俗风情的节目。

没有像这样开心过了。毫无疑问，男生之间的时光真好。

第二天，他们决定把车一直开到山口，在那儿建立"前进基地"（马塞尔语），然后可以从营地出发去徒步。简单明了的计划，纯净的天空，中世纪欧洲的风景，雄鹰在空中翱翔，如此良辰美景，让人不禁心生感叹，不在山中生活那得有多傻。

"好美！"贝特朗由衷感叹道。路虎四驱越野车沿着山路朝山顶挺进。

"是真的好美！"马塞尔纠正道，说着把车换到了第二挡。

"瞧，前面有人想搭车。"菲利普对他们说。

前方不远处，就在山路拐弯的地方，有一个人影在扬手请求搭车。

"一个日本人！"马塞尔说。

"没想到日本人也会徒步。"贝特朗说。

马塞尔把车停在日本人身前，放下车窗。日本人的脸上汗津津的。

"嘿，布鲁斯·李，腿走酸啦?"马塞尔冲日本人扔下这么一句，然后扬长而去。

毫无疑问，男生之间的时光真开心。

他们又开了一个多小时才抵达山顶。此地风景独好。他们所在的地方海拔不算很高。放眼望去是一片无垠的翠绿草地，草地中央是一个碧波荡漾的湖泊。四周远山上有冰川耸立，如明镜般在阳光下熠熠生辉。

贝特朗戴上墨镜，提议道："我们不妨留在这里看看夕阳，然后过夜，明天再出发去徒步。"

另外两个表示赞同。他们从路虎后备厢里取出了一些用品和食物，一致决定先在湖畔享受一顿野餐。贝特朗支起折叠桌椅，菲利普开葡萄酒，马塞尔切好香肠，又掏出一块"让人赞不绝口"的奶酪。男生之间的时光真好，这一点毫无疑问，不带老婆真好。马塞尔提议为原始自然干杯。菲利普起身去车里再拿一瓶酒。

"真正的奢华，"马塞尔说，"就是万籁俱静。"

就在这时他们听到菲利普一声惨叫，然后看到他连滚带爬地全速朝他们跑来。

"熊！车里有熊。"

"什么？"马塞尔惊道。

"后车门忘关了。熊应该是闻到有好吃的。我走到车旁边的时候根本没注意，胳膊差点被咬掉，幸好拿了酒之后刚好来得及把后车门关上。"

"你的意思是把熊关在车里了？"马塞尔问道。

"没错呀。"菲利普回答。

他们朝路虎走去。从他们所在的地方，可以清楚地看到车在不停摇晃。走近之后，他们看到一个巨大的黑影在车里晃动。一只汤碟大小的熊掌拍在车窗上。

"我去！"马塞尔说道。

贝特朗摸着下巴。

"怎么办？如果现在把熊放出来的话，它会把我们的脑袋咬掉的。"

车里面，暴躁的熊开始破坏座椅的皮革头靠。

"上帝，噢上帝呀!"马塞尔呢喃道。

"我们需要一个诱饵，就像《大白鲨》里……"菲利普说。

这时候贝特朗提醒他们说:"瞧，谁来了?"

几小时前他们路上遇到的那个日本人刚刚爬上山顶，筋疲力尽，腿脚发颤。

"我有主意了。"马塞尔说。

他冲日本人用英语喊道:

"嘿，朋友! 你好厉害。来点法国葡萄酒怎么样?"

"好，好。法国葡萄酒。"日本人也用英语回应道。

马塞尔扶着日本人的胳膊，把他带到野餐桌旁，给他满满倒了一杯罗讷河谷葡萄酒。菲利普和贝特朗也走了过来，他们明白了马塞尔的想法。他们热情地接待日本人，和他聊了起来:"你从哪儿来的呀?""从神户来，美丽的城市……两个孩子……天皇万岁……"

然后马塞尔说:

"朋友，能麻烦你再去拿瓶酒吗?"

日本人踉踉跄跄地站起来。

"没问题，没问题，我的朋友。"

"待会儿你会看到车里有一条法国大狗。不用害怕的。"

他们三个看着日本人朝汽车走去。

"可怜的家伙。"贝特朗看着日本人准备打开后车门，说道。

“不是他，就是我们。”马塞尔说。

后车门开了，一个棕色的庞然大物跳了出来，扑到了那个矮个子男人身上。

“只要两分钟，就完事了。”马塞尔说。

“我不知道你们怎么想的，反正这事让我对大山没什么想法了。”菲利普说。

“我也一样。我们还是回去吧，回家找老婆去。”贝特朗说。

他们一致表示同意。

# 软三明治

卢卡斯是帅哥，一个非常帅的帅哥。他要是出生在洛杉矶的话，肯定会被星探相中。这一点毫无疑问。他肯定可以从出演电视剧起步，慢慢在成名之路上攀升，直到成为和皮特或克鲁斯一样的大明星。他要是出生在洛杉矶就好了……可惜，卢卡斯出生在马恩河谷市。俊美的脸蛋和身材除了让他泡到数不清的妹子，并没给他带来多大好处。他通过了高中毕业会考，接受了销售职业培训，但没能借此找到工作。他在父母的公寓里度过了一年多失业啃老的时光，就连父母都开始嫌弃他。于是他转变了就业方向，打算去度假村当导游。

凭借俊美的脸蛋和身材，他马上就被录取了。他甚至可以选择工作地点，要么去法国南部韦尔东大峡谷那边的度假村，要么去希腊某座偏远海岛上新建的度假村。直到不久之前，那座海岛上还只有干渴难耐的山羊和遍地的野草。

就这样，卢卡斯来到了这座他一直也记不住名字、距离文明世界一小时船程的海岛上。每过 10 天就会有一个五十多人的旅游团登岛，来旅游的有法国人、英国人、德国人，都是西欧各国的富有阶层。用白色混凝土建造而成的度假村配有游泳池和两座设施齐全的海滨浴场，是这座蛮荒之岛上唯一可以住人的地方。

卢卡斯的工作就是带领五人一组的游客进行当日来回的"荒岛与斯基利罗多斯洞穴探秘"徒步之旅。"斯基利罗多斯"这个名字还是他起的呢。那些他在几个月前发现的洞穴本来没有名字，而且其实也没什么可看的。洞穴位于海岛最高处，是野山羊天然的藏身之所，洞内满地都是羊粪蛋子，唯一可取之处就是洞内十分凉爽，还有一道淙淙清泉，在卢卡斯的建议下，游客们可以用来解渴。

徒步登顶，在洞穴旁野餐，和游客们逗趣，这就是卢卡斯的日常生活。当然，还少不了撩妹。但这对他而言已经变成一种百无聊赖的乐趣，就和别人玩滚球一样，只是用来打发时间的。他的撩妹对象总是一成不变，都是 16 至 25 岁的年轻女孩，身材高挑苗条，金发或是棕发，要么在房里浓情蜜意，要么幕天席地来一场玉腿大戏，为此卢卡斯总会在床头柜的抽屉里备些避孕套。

对于有着俊美脸蛋和身材的卢卡斯来说，可惜的是这些年轻女孩都不是喜爱远足徒步的那一类，她们只喜欢泡在泳池里，安逸地喝着健怡可乐。对于卢卡斯而言，可惜的是，喜欢远足徒步的，不是大老爷们就是夕阳红老阿姨。他不知道事情是否总是这样，但他从统计学上确认了这一点。今天也不例外，今天的远足小队清一色都是上了年纪的女性。

早上8点，整个度假村的人依然沉睡未醒，除了卢卡斯和那五位女士，其中三个英国人、一个德国人、一个法国人，分别是凯莉、谢莉、艾德娜、乌尔里克、米歇尔。万幸的是，她们都会讲法语。卢卡斯来到她们面前，灿烂一笑，装作很高兴见到她们的样子。他说了一句类似"冲鸭少女们"之类的笑话，调节一下气氛，然后大家出发。

通常，中老年妇女远足者的身体条件总会一再突破卢卡斯的认知下限，但今天的队员们却让他刮目相看。虽然他在石子小路上疾步如飞，她们总能紧随其后。他没有回头，但他能听到她们在身后说着话，她们在谈论他，他敢肯定。事情每每都是这样，一旦远离尘世私下独处，这些中老年妇女健将就会像看到青春美少女从眼前经过的卡车司机一样看着他。而卢卡斯就是美少女的角色。他总会为此感到恼火，但这毕竟是工作的一部分。他转身对着五位妇女。

"没事吧？路不会太难走吧？"

"没事，"德国妇女说，"我们刚才在说你有非常漂亮的……嗯，什么来着？"

"屁股！"法国妇女接口道。

卢卡斯又一次强颜欢笑。这个团有点伤脑筋啊。快到中午的时候，他们终于登顶。卢卡斯带妇女们看了洞穴、清泉、野山羊的踪迹。但五个女人看上去兴致缺缺。他不得不瞎编了一个故事，说"二战"的时候，遭受德军追捕的希腊抵抗战士在此找到藏身之所。

就在他们铺开东西准备野餐的时候，他们感到一阵地动山摇，地面一下子像是装在弹簧上一样，耳边传来一阵低沉的巨响。

"这是怎么回事？！"卢卡斯喊道。

"看！"一个英国妇女指着海平线说道。

一道滔天巨浪朝海岛袭来，有 50 米高？还是 100 米？

"见鬼！"英国妇女说。

"天哪！"德国妇女说。

"妈呀！"法国妇女说。

其他人已经吓得目瞪口呆。

巨浪在隆隆轰鸣中拍击海岛，岩石似乎也为之一颤。卢卡斯惊恐地看到海浪顺着岩石山坡以无可阻挡之势汹涌而来，然后止住势头，回落而去。

"上帝呀，"他说道，"度假村，他们应该都死了……"

"我带了收音机。"德国妇女说着在包里翻找。她打开收音机，开始搜寻电台。但什么也没找到。

"试试短波有没有？"卢卡斯提议道。德国妇女按了一个按钮，重新开始寻找。最后终于找到一个电台在用英语播报。

"语速太快了，我听不明白。"德国妇女说。

"让我来！"英国妇女把耳朵贴在了收音机上，"他说战争爆发了。世界大战。欧洲、美洲、非洲、亚洲，全都毁了……到处是炸弹、导弹，突如其来……什么也听不到了。信号断了。"

好一阵谁也没有开口说话。侥幸死里逃生的山羊爬到了他们身处的山顶平台上。一道奇怪的红光从天际滑过。

"只剩下我们了。"德国妇女说道。

"我们要在这片岩石上，靠着泉水和山羊度过余生。"英国妇女说。

"这让我想到些什么，你们没想到吗？"另一个英国妇女说。

"想到什么？"法国妇女问。

"那个古老的传说，一个女人，一个男人，在神奇的花园里……"

德国妇女笑着朝卢卡斯看去。

"没错。是有这么回事。而且他还是个小鲜肉。或许我们还没失去一切。"

五个老女人齐齐看着卢卡斯，她们的神情已经不再惶恐痛苦了。卢卡斯咽了口唾液。

# 咸味黄油

他们三个都是西方社会培养出来的最为出色的年轻人。莱伊拉，19岁，皮肤光滑细腻的美少女，是每日严格遵守均衡营养饮食规则并且定期补充维生素和矿物质的完美产物。纳坦，从幼年起就进行各种贵族运动，网球、马术，每年去梅杰夫滑两次雪，作为17岁的男生，他动作灵活而且肌肉发达，仿佛一匹小马驹即将成长为大有用武之地的种马。阿兰，是三个人当中最年少的，16岁，已经去美国佛蒙特州进行过四次语言培训，硬科学成绩班上第一名，省青少年赛艇比赛冠军，在他眼中可以看到天才早慧的神采。

他们三个都在同一个小资街区长大，住的都是同一类舒适安静的大宅子，父母也都是同一类人，自由职业者、"鱼子酱左派"[1]、

---

1 "鱼子酱左派"，gauche caviar，意指富有的社会主义者。

温和主义右派，平时都坐雷诺 Espace 或奔驰 A 系去上学，听的都是古典和爵士，课余都上各种兴趣班，假期不是去吕贝隆的别墅，就是去肯尼亚旅行。他们的生活如糖似蜜。如糖似蜜，但也并不容易。因为莱伊拉、纳坦、阿兰心怀天下大事，忧心国际秩序的乱象和自由经济的倒行逆施，清醒地认识到他们这代人有必要投身于集体行动中。

莱伊拉、纳坦、阿兰在遑论其他之前，首先都是新近发现了肉体新机能的小疯狗。阿兰和纳坦都爱上了莱伊拉。莱伊拉只和纳坦约会过，她也曾经差一点儿和阿兰约会，但事情很快不了了之。阿兰还从未和谁做过爱，纳坦只和莱伊拉上过几次床，而莱伊拉的经验丰富得多，大多是和让·居伊。让·居伊要比莱伊拉大上至少 10 岁，纳坦和阿兰从未与他碰过面。而这也是他们三个谁也不会提及的禁忌。莱伊拉、纳坦、阿兰和其他成千上万的少男少女也没什么两样，都喜欢无拘无束，喜欢春天，喜欢驾照。他们正是由此在一次聚餐后随口玩笑着产生了一道去野餐的念头。

莱伊拉已经接手了她祖母的那辆菲亚特朋多。他们约好在纳坦家碰头，每个人都准备了东西，数量超出正常所需百倍，纳坦还从他父亲的酒窖里顺了一瓶好酒。莱伊拉知道一个好地方，一处"超棒的野地"。她说道："小时候我常和表哥一起去那里攀岩。"

菲亚特朋多向着目的地疾驰。一路上，他们听着阿兰非常喜欢的老歌，平克·弗洛伊德、吉米·亨德里克斯、滚石乐队。

他们谈论假期、吐槽老师、畅想高中毕业后的打算。身边有朋友真棒，春天真棒。他们到了地方。莱伊拉没吹牛，青翠的草地，郁郁葱葱的小树林尽头耸立着数米高的花岗石，泉水的清新气息从附近传来，鸟儿在林间鸣唱，蜻蜓在空中起舞。

"这地方真漂亮。"纳坦说。

"太棒了。"阿兰附和道。

"这里曾想开发成高尔夫球场，差点儿就要把这全都拆了，换成遍地小洞的草皮。"莱伊拉解释说。

阿兰摇了摇头。

"有的时候，人真是愚不可及。"

他们吃了东西，小酌了几杯，玩了一会儿阿兰带来的飞盘。然后纳坦提议去攀岩。

"你们瞧着吧，攀岩可不容易。"莱伊拉说。

当他们三个来到巨大的岩壁脚下时，才发觉事情比他们想的要难。阿兰对着岩石端详了一会儿说他就不参与了，但他可以在一旁看着。就在他话音未落的时候，神奇的事情发生了。岩缝中发出一道耀眼的光，同时还有怪异的乐声响起，一个面带些许愁容的女人出现在他们面前，飘浮在离地几米的半空中。

"什么鬼？！"纳坦惊讶道。另外两个则惊得目瞪口呆。

"我是玛利亚，上帝的母亲。我来见你们，是希望你们能成为我的信使，把我的爱传递给这个时代的人类。"

"圣母显灵啦！"莱伊拉说。

"就和在卢尔德¹一样!"阿兰接口道。

"可我是无神论者呀。"纳坦说。

圣母不为所动地继续说道,嗓音尖细宛若幽咽的笛声,还带着一点阿拉米人的口音。

"你们被选中承担此责。你们要告诉人类上帝爱他们,他没有忘记他们。你们要告诉人类,下十字架和复活之后的第十六个太阴日,他们要倾听来自巨城的王⋯⋯"

"她说的到底是什么鬼?"阿兰低声问道。

"都是《圣经》里的东西。总是神神道道的。"纳坦说。

莱伊拉一言不发。她对圣母显灵这事并不感冒。过了一会儿,她朗声说道:

"听着!我们一句话也不会帮你传的。去别的地方对着别人显灵吧。别来找我们。"

圣母闭口不言,脸上显露出难以置信的神情。

"你说话干吗这么冲呀?"阿兰问莱伊拉。

"说话冲是因为我爱这个地方。如果别人得知这里显过灵,那就⋯⋯什么都完啦。这里会变成巨大的停车场,挤满成千上万的汽车,太可怕啦!"

"你说得对,"纳坦赞同道,"而且不管怎样,历史进程也不会因为显个灵就发生改变。"

在莱伊拉和纳坦的注视下,阿兰耸了耸肩。

---

1　卢尔德市(Lourdes)位于法国南部接近西班牙边界的波河(Gave de Pau)的岸边,1858年2月11日,14岁的牧羊女贝尔娜岱特在波河岸的洞穴附近拾柴,圣母玛利亚突然出现在她面前,此后圣母玛利亚曾18次出现在同一个地方。

"好吧，我同意。反正我也不喜欢别人替我做决定，我可没想要被选中……"

圣母脸色发白。

"可是……你们被选中了……为了……总之……"她结结巴巴地说。

"什么也不为。我们要回家了。"莱伊拉说道。

三个年轻人转身离去……

回家路上，莱伊拉、纳坦、阿兰和着吉米·亨德里克斯的《可卡因》，笑得无比欢畅，内心中为发挥了某种作用而感到无比轻松。

# 大公

　　这是一个可怕的故事，令人毛骨悚然，故事的开头很糟糕，故事的发展更加糟糕，故事的结局就是一个烂泥坑。啪！鼻子向下，摔在里面。这个故事，对后来人而言是一个教训，好让他们明白他们来到这世上不是来搞笑的，幸福只不过是市场营销经理杜撰的，生活就是一条遍地荆棘、漫长而幽暗的道路。这个故事充满了痛苦的时刻，斗殴、辱骂、使绊子、赤裸裸的威胁、无限制武器、嗑药的孩子、成片死掉的动物、臭氧层上的大洞、交通事故、司法不公、处决，还有许许多多。但是这个故事必须讲出来，必须。要让人们留在这里听完这个故事。我才不在乎会不会让人感到难受，我才不在乎这故事一点都没有华特·迪士尼的风格，什么小鹿斑比、盼盼兔、狮子王，滚蛋吧。我要说的就是："女士，先生，你得了癌症，你会在万分痛苦中死去，不管到哪儿你都无法安宁，不管到哪儿你都不会太平，你就生活在地狱里。"

　　该死的。我的父母，我清楚地记得，他们生活的那个穷乡僻壤，就和南部市场上压在柳条箱底的热带水果一样烂。他们曾经对我说："你会明白的，ADJ。"ADJ是我名字的简称，A源自我父亲的名字艾美，D源自我爷爷的名字德西雷，J就是比利时大明星朱罗斯·布卡纳的朱罗斯。白人神父来给我们接种天花疫苗的时候，我父母学了朱罗斯的几首歌。总而言之，他们曾经对我说："你会明白的，ADJ，比利时是一个生活幸福安全的国家。"我记得白人神父带来了一台老旧的电视机和一台老旧的索尼Betamax录像机，用他们小卡车上的蓄电池当电源。他们之前在比利时的时候，录了一些比利时法语区电视台及电台的节目。他们放录像给我们看，好让我们能在学校多待些时间。叛军的民兵就在离村子几公里的地方。谣传说他们会砍掉别人的手脚，他们会强奸姑娘，然后把她们烧死，他们会把俘虏的肝脏吃掉。一群浑蛋！但我们不在乎！我们可以看《绿灯》节目里面的白人小孩弹吉他，我们可以看《非凡花园》里面关于企鹅在冰山上生活的纪录片，我们可以看电视节目《兹格马蒂科拉玛》[1]。看塔塔耶在节目里面采访一些重要人物："话说，你真的会因为内阁的伙食而经常便便吗？"哈哈！把我们笑死了。"先生，你的西装真好看，肯定很贵吧。你是有钱人吗？你是有钱人吗？"哈哈！此外还有隐藏机位，兹格先生没完没了地讲着

---

1　Zygomaticorama，1978年至1986年比利时法语区电视台及电台播出的喜剧电视节目。

笑话。在他身后可以听到全比利时都在笑。生活幸福安全的国家。哈哈哈。

后来，叛军的民兵来了。他们在村子里砍掉了很多手和脚，咔嚓！咔嚓！咔嚓！我记得当时我在想这大砍刀真好使。那些没了胳膊的人在逃命，让我想到兹格先生某部短喜剧里面的高科技人体模型。民兵奸污了我的姐姐、母亲，还有其他一些人。不过他们因为汽油短缺，没有把她们烧死。村里人都离开了村子，只有白人神父留了下来，守着他们的《圣经》、电视机、录像机。之后，量刑法官女士，那就是地狱，不，比地狱还要糟。同我们的遭遇相比，地狱更像是地中海俱乐部公司的旅游项目。我们全都逃到山里，没了胳膊的人，被强奸的姑娘，还有几个死里逃生的孩子，检察官女士，我们饿得什么都吃，树叶、恶心的杂草、恶心的草根、恶心的虫子，喝的是小水洼里的苦涩露水，总经理女士，我们喝的是泥沟水，人们死去，伤口感染，没了胳膊的人开始发烧，做起噩梦，在梦里他们失去的手臂在阴间向他们哭诉，被强奸的姑娘因为感染阿米巴虫而变得抑郁，她们想让我们把她们"像母狗一样"扔在那儿，在这儿我引述的是原话，校长女士，"像母狗一样"。

后来，我们被红十字会的人接回了营地，安置在帐篷里。护士给活下来的人清洗了身体。因为害怕感染艾滋病，护士都戴着洗碗用的手套。有人给我们分发了毛衣和吃的。比利时法语区电视台的摄制组在那儿拿着摄像机拍摄，我问他们认不认识兹格先生。他们说认识，他们还认识《世界签证》里的女士和《非凡花园》里的女士。摄制组的采音师，国王检察官女士，他以前采访过朱罗斯·布卡纳，他说，这里我引述的还是原话，代理市长议员女士，朱罗斯是"他遇到过的最有人情味的人"。我心想："哇！我也想做个有人情味的人。"可我就是一个穿着烂毛衣的可怜黑人，毛衣上还写着"最佳蒙大拿"……妈的！"最佳蒙大拿"！

我已经告诉过你们，这是一个糟心的故事。然而，不过，但是，这才只是开始。事情没有最糟只有更糟。我们所在的营地，比所有的一切都要糟。那简直就是病狗的肛门，周围爬满了苍蝇。雨一直下个不停，我们就像活在汪洋泥沼当中，一天，一个星期，六个月，一年。我那些医学基础知识都是在那儿学的，执行总监女士，白喉、霍乱、弓形虫、结核病，只要看一眼我就能知道你们得了什么病，我保证。啊，又扯远了！有一天，营地来了一位部长，国际援助计划的一名志愿者告诉我们当时正是比利时大选期间。部长是带着电视台摄制组来的，一边在营地里大步流星地走着，一边不停摇头，像是在说："慈悲的上帝呀，真叫人难以置信。"他当天就坐上直升机走了，两个星期后就有飞机给我们送来了补给。可是，我们就想问问，在比利时人们吃的都是什么？我不知道这是怎么搞的，是谁下的命令，还是有谁搞错了，我们收到了30箱糖、16箱花生油、4箱牙膏。你们觉得我们能用这些来干吗？见鬼！牙膏、花生油、糖混在一起会变成什么？会变成石膏，士官女士。那时候，我真想撒开腿逃离那个鬼地方。我们又死了20个人，就因为肠梗阻，什么也进不去，什么也出不来。谢谢，谢啦，真是万分感谢。为了我的父母，为了我的小命，我得找一个安全的地方，我得逃走。我得去比利时。

后来，关于营地的纪录片播出之后，一些不知道从哪儿冒出来的家伙来到营地，也许是尼日利亚人，或者冈比亚人，我说不清楚，他们说只要有钱就可以把我们送到比利时。我就不说我是怎么凑到这笔钱的了，基础设施部长女士，我堕落到比烂泥还不如，我偷窃，联邦预审推事女士，我杀人，机构负责人女士。后来，终于有一天，我凑够了钱，那些不知道是尼日利亚人还是冈比亚人的家伙把我塞进集装箱，让我藏在一堆重油后面别动，给了我几个果子和一瓶水，同行的还有50个可怜的男人和女人，和我一样，为了走到这一步，杀过人，偷过东西，把自己的肉体出卖给国际援助计划的志愿者，使馆参赞女士，就为了去一座好客的城市过上平静安宁的生活。等待我们的将是幸福，步兵指挥官女士，是富足，是兹格先生，是塔塔耶，是朱罗斯·布卡纳，是上面印着彩虹的毛衣，是路的尽头，是正经的、有尊严的生活，责任编辑女士，在那个地方，我将平生第一次不用再担心会发生什么，而集装箱，这是最后的考验。

好了，让我冷静一下，让我深呼吸一下。我不知道在集装箱里到底是怎么过的，我不知道自己有没有睡过觉，不知道有没有吃过东西，不知道过了多长时间。我只知道集装箱里一开始很热，后来变冷了，之后又变热了。现在我也记不太清楚了。

蒸发的重油让我们的脑袋昏昏沉沉的，就像短路了一样。不知什么时候，副领事女士，集装箱不动了，我们听到外面有人说话，一会儿轻一会儿响，我们根本听不懂说的是什么。集装箱里的人全都变得焦躁不安，然后有一个和我们一起的人用鞋后跟对着集装箱踢了起来，砰，砰，砰。"快放我出去，快放我出去！"一个女孩一边哭泣，一边大声祈祷，还把圣歌和动画片的片尾曲混淆起来，"在永恒的国度，生活着最美的小蜜蜂……"而我呢，为了让自己平静下来，我想到了朱罗斯·布卡纳，想到了比利时，想到了布鲁塞尔。

　　一个暴躁的大块头白人打开了集装箱，抱怨道："该死的，臭死人了！"然后我们就走出集装箱，站在一条大马路边。暴躁的大块头白人嚷道："快，快走，别再见了。"说完就跳上他的卡车。民事登记官女士，该怎么跟你们描述梦想破灭的声音呢？非常可怕，就这么简单，没有别的词语能够加以形容，让我想起了胳膊被砍掉的声音，咔嚓！这就是我站在那条比利时的马路边时的情形，我明白过来，我就是一个傻乎乎的可怜虫，什么塔塔耶，什么兹格先生，什么朱罗斯·布卡纳，全都是可怜傻瓜的白日梦。夜色漆黑一片，寒风刺骨，天上淅淅沥沥下着你们国家标志性的小雨，非常小家子气，十分邪门，不经意地在两秒钟里就能把你淋得湿到骨子里，所有这些都让我的梦想在雨中化作泡影，在黑夜中化为乌有，就像猫放的屁，噗。突然间，站在那条比利时的马路边上，闻着比利时的气味，听着比利时汽车发出的声音，看着满大街的比利时人在夜色中行色匆匆，还有那块上面写着"布鲁塞尔6公里，德罗亨博斯1公里"的指示牌，我恍然顿悟，马路边上可怜的非洲人，根本就没人会放在心上。也许我们马上就会咽气，也许我们从来也不曾存在，这都不会让事情有所改变，我们其实并不存在，我们不存在，总比隐形人好上一点，不是吗？我去，我去，我去，我去！也许朱罗斯·布卡纳能看到我们，我不知道，工坊主管女士，反正这是我心中最后一线希望。朱罗斯·布卡纳，驻最高法院程序分析员女士，朱罗斯·布卡纳。

和我一起从集装箱里出来的人纷纷朝四面八方散去。空气中有某种东西在提醒我们，深更半夜一群可怜的黑人聚在马路边上，这事可不怎么靠谱。我朝着"布鲁塞尔6公里，德罗亨博斯1公里"指示的方向走去，身后紧紧跟着那个把祷文和动画片混为一谈的女孩。她的身材如此消瘦，看上去脆弱得就像白人神父《圣经》里的一页纸。她哭声未歇，依旧嘀嘀咕咕念叨着："在糖果的国度，如在世间诸国……"她真的好烦，商务负责人女士。我冲她吼道："烦死了，给我闭嘴，别再来烦我了，有什么不满意的话，冲到汽车轮子底下就一了百了了。"于是她闭上了嘴。她没有撞车自尽，但也没再说什么。只是时不时打个嗝，嗝儿、嗝儿、嗝儿……我感觉就像在遛一只金丝雀。

我不知道这么走下去会走到哪儿。我感觉离布鲁塞尔，离市中心越来越近了。我不知道为什么会有这样的感觉。也许是引力的作用，账目记录员女士。我知道自己不怎么思考问题了，而这，这非常糟糕。因为这代表了绝望，代表末日即将来临。可我必须坚持下去，内心中一小块如石头般坚硬的东西不想让事情就此结束，提醒我还有一线希望，还有一线希望能让我脱离苦海，或许还有跟着我的金丝雀，或许还有所有和我们一起藏在集装箱里的可怜虫，大主教女士，或许还有所有幻想能在这座城市找到些什么的可怜虫，或许还有所有生活在腐烂的地方、慢慢受够了腐烂生活的可怜虫，或许还有……"她一直答应给我的，一个美丽的小家，一个美丽的小家，她一直答应给我的……"[1]

雨还在下，就这么稀稀落落的。我们终于来到"德罗亨博斯1公里"的地方，乐华美琳、曼仕佛、家乐福、Di体育、地毯世界、必胜客。光怪陆离的大陆，师教导员女士，西方的梦魇，资本主义色情，让第三世界的嘴巴垂涎三尺，运动服、越野自行车、落地灯、椰棕地毯、真皮沙发、电视机、橡木桌子、成套厨具、墙纸、手扶机动犁、遮阳伞、连衣裙、裤子、滑雪器具、气垫鞋、脱毛霜、洗发水、垃圾袋、排得一眼望不到头的薯片、打折的奶酪、快销的色拉米香肠、成套的平底锅、指甲油、给比利时宝宝用的纸尿裤、盛比利时饭菜用的盘子、套在比利时老二上的避孕套、往比利时墙壁上挂比利时画作的钉子、塔塔耶的画像、兹格先生的画像、朱罗斯·布卡纳的画像、比利时有机葡萄、比利时白蓝牛排，吃的，吃的，全都是

---

1　比利时南部瓦隆地区最经典和重要的瓦隆民歌，由朱罗斯·布卡纳演唱，奥斯卡·萨布作词。

吃的。所有这些吃的，火化负责人女士，我的心情坏透了，这些吃的在我眼里全都变成了屎，全都是屎，比利时的屎。哇！我这辈子还没见过这么多屎。我努力让自己平静下来，把心情弄得这么糟一点好处也没有，我努力把思绪集中到正能量的东西上，朱罗斯，朱罗斯。我们走了很久，我们冻坏了，一路跟着我的金丝雀牙齿咯咯作响。这声音也很烦人，但毕竟不是她的错，因此我什么也没说。我看着街道的名字，斯塔尔街，咯咯、咯咯，布鲁格马恩大道，咯咯、咯咯，夏尔卢瓦路，咯咯、咯咯……声音在静夜中回响，好似声声辱骂。金丝雀在我身后说："我饿，我们得找点吃的，不然我们会死在这儿的……"我看了她一眼，她从里到外都湿透了，在她身后一块广告牌上面写着"享受生活吧"，在她旁边一块广告牌上面写着"百万客流，每日值得拥有"，在她头顶上一块广告牌上面写着"邮政支票账户，风暴中的安全保障"。那画面真搞笑。风暴中的安全保障，我也想开一个邮政支票账户，我也想开着小车悠闲地看着这些广告，把整个人都融进广告牌那温暖而完美的世界里，我想回到其中一间公寓里，对妻子说："阿莱伊，甜心，今晚电视上有什么好看的？"我想变成比利时人，爱上这场雨，也让这场雨爱上我，知道自己朝哪儿去，知道在这条路的尽头有的不再只是虚无，保佐人女士，在路的尽头有东西可以揭示人类永恒真理，有安慰鼓励，有炸薯条，有人在念着你，有朱罗斯·布卡纳。

"我饿了，你没听见吗？"金丝雀不依不饶地说道。可这话她为什么要对我说？难道她没看清楚我的样子？我和她一样身无分文，安装监理女士，和她一样瘦弱，和她一样冻得半死，和她一样被你们可笑的雨水淋得湿透，和她一样饥寒交迫、穷途末路，这话她竟然对我说，就好像我会有什么法子一样。我只能回答说："吃的会找到的，会有办法的。"可是我的语气听上去应该不怎么让人信服，她又开始哭了起来。瘦小的黑女人在雨中哭泣，我心想如果朱罗斯·布卡纳看到会怎么做，然后我把她抱住。我亲吻了她的额头，额头滚烫。她的身体就像一袋子骨头，像芦柴棒，总理女士。她浑身抖得就像风中的树叶。我继续安抚道："没事的，会找到的。再坚持一下。"这一次我的语气听上去坚定了一些。我能感觉金丝雀的身体挺直了一点，我的话语给她带来了勇气，让她感受到风暴中的安全保障，我就是她的邮政支票账户。我拉起她的手，继续顺着指示牌的方向往前走，指示牌上用法语和拉丁语写着"市中心"，白人神父在这里应该很有影响力。

　　布鲁塞尔的街道在夜幕中就像一条条冰冷的长蛇，内政专员女士，在饥肠辘辘不知道该往哪儿走的时候，这种感觉就愈加明显。街边建筑物的墙壁黑漆漆的，就像熄灭已久的炉膛，人行道上的地砖松动翘起，不时朝脚踝上吐着脏水。我简直无法相信。我在这个夜晚明白了许多事情。我发现即便是在你们的大城市中，危险一样存在，这里有和叛军民兵一样可怕的东西，迟早有一天会把你的心肝吃掉的东西，那种无形无名的东西潜伏在墙壁后面、地砖下面、屋顶之上，那种东西将会燃起冲天火焰，或是让埋藏在地下的腐败气息升腾而起，那种悲惨的东西在发展壮大，那种东西来自你们丢弃的各种垃圾，来自你们任其自生自灭的可怜人，来自你们任其野蛮生长的丑陋建筑，来自那些烂尾楼，来自使人心情愁郁的广告，来自那些冰冷地告知你"余额不足"的自动售票机，一记打在你们脸上的响亮耳光，保险公司顾问专家女士。

又扯远了，又扯远了，抱歉。我们沿着你们的某条阴暗街道朝"市中心"走去，突然在我们前面出现了一个跟跟跄跄的身影。那是一个穿着雨衣的大个子。他走上几步，用手扶墙，然后又走上几步，用手撑着一辆汽车。他离我们很近了，我们听到他在自言自语："他知道了，他知道了，他知道了……"他不断重复着。接着，砰！他摔倒在地！就倒在我们脚边。金丝雀发出一声尖叫，而我的脑筋飞速地转动，思考的结果就是，代表女士，我在那个一身伏特加酒气的家伙身边跪下，开始翻他的口袋。我找到了一个钱包，里面有……你们听了别被吓到，两张50欧元的钞票。100欧元，100欧元，100欧元。该死，该死，该死。或许天上的某位看我们可怜，想让我们喘口气。该死的！100欧元，我差不多可以用来开一个邮政支票账户了。我对金丝雀说："现在好了，这不就行了。"她看着我，就像看着降临尘世拯救众生的神灵。我接着对她说："现在我可以救我们的命了，你瞧着吧。"说话间，我感到如此幸福，对自己说的话深信不疑，毫无疑问，一点也没有，我可以让我们摆脱困境。这时那个穿着雨衣躺在地上的家伙蠕动起来，挣扎着想要站起来，但灌满他身体的伏特加让事情变得有些困难。几经挣扎，他最后还是歪歪斜斜地站起身来，他瞪着我，发红的双眼盯着我黑色的眼睛，对我说："该死的猴子，敢偷我的钱。"和之前几个小时里经历的艰难时刻一样，我再次想到了朱罗斯，我努力猜想朱罗斯处在我的境地会怎么做。我就像刚才安慰金丝雀那样，用手扶住那家伙，对他说："没关系的，没什么大不了的，都可以解决的。"那家伙身体紧绷，然后一把把我推开，狠狠地，系主任女士，我在此特别强调，狠狠地。然后他大声喊道："把钱还给我，该死的黑猴子！"我再次想要像朱罗斯那样去想事情，慈善家女士，那两张揉成一团的 50 欧元钞票就揣在我兜里，像一口热锅一样温暖我的身体，但这一次我想不出朱罗斯会怎么做。于是我试着像塔塔耶那样去思考，事情就变得比较简单了。我一把掐住那家伙的脖子，用尽身上剩下的全部力气掐住。塔塔耶说道："你很不友好，先生，很不友好！我去！不友好！我去！"所有人都在看着我，白人神父、砍人胳膊的叛军民兵、《非凡花园》里的女士、金丝雀、朱罗斯·布卡纳，我觉得我的手就和活络扳手一样硬。那家伙摔倒在地，但我并没有松手，人力资源经理女士，噢，别这样，相信我，我没有松手。他的脸色开始发青，继而发黑，等他不再动弹，我松开了手。我的手指在他喉咙周围留下的印迹，就像一串白点构成的项链。金丝雀一言不发，我感觉她紧闭双眼，咔嚓，咔嚓，不愿多看一眼。我对她说："行了，我们去吃点东西吧。"

我们感觉好了一些。说不上得救，但不像刚才在"德罗亨博斯1公里"的地方那么死气沉沉了。我们继续朝"市中心"走去，夜色依旧浓郁，不过路上全都是人，天上一滴雨水也没有了。金丝雀和我心情都不错。这里亮堂堂的，空气中弥漫着香味，这"市中心"就是一场盛大的节日。我们来到一条餐馆林立的街上，所有的饭店卖的都是同一种食物——希腊烤肉三明治。希腊人、摩洛哥人、土耳其人、阿尔巴尼亚人，所有人都在卖着或是吃着烤肉三明治。金丝雀和我吃的也是这个。6欧元40生丁，还带两罐可乐，"享受生活吧"。6欧元40生丁。这还不至于要了我的命。我们去了你们的大广场，常驻代表女士，我们学着其他人一样在广场上坐下来吃东西。这大广场，我以前在照片上和比利时法语区电视台的节目里看到过。"这颗建筑艺术的明珠每年会吸引数百万游客前来，巴拉巴拉巴拉。"不知从什么地方传来警笛声，金丝雀紧紧靠着我。我对她说："别担心，这是为了你的安全……"我们吃完了烤肉三明治，喝光了可乐，看了一会儿一个表演手技的家伙耍五个酒瓶子，在一条挤满了人的小路上，我买了一条项链，项链的坠子是一只小鸟。我把项链给了金丝雀。我这才发现她美得就像太阳一样，她在欢笑，她很幸福。我停下脚步，目光长久地注视她，那目光就和电影里面男主角马上要亲吻女主角时的目光一样。我告诫自己不要猴急，事关女人的心思，得慢慢来。我们会在这座城市生活，我们会有和小猫崽一样柔嫩暖心的孩子，欧元每天都会从天上掉下来，朱罗斯时不时会来看我们："朋友们，你们好吗?"

警察嘻嘻哈哈地把我们逮住,然后把我们带到警局。金丝雀又开始发抖,我又开始感到发冷。我们走完了程序,国家产品专员女士,走程序的意思就是铁栅栏,满是尿臊味的长长走廊,紧闭的房门,充满了烟味的办公室,装满了案件卷宗的铁柜子,身份证照片,成群的拉长脸的人,电话铃声,14位数字的身份证号码,熄灯时间,嘴上没毛的律师,拨款审批官女士阁下,排队等候,迟到的人甚至连一句抱歉也没有,对待痛苦就像对待他们第一条底裤一样毫不在意,被我们打搅但仍旧客客气气花时间接待我们的人,药片、印章、钢印,在难民中心的面谈,和打扑克的浑蛋一起坐着囚车来来回回,和末日骑士的名字一样在我耳边不停响起的人名,德里德先生、科尔比特先生、德祖特尔先生,还有范登莫尔纳先生,以及他那怀疑我的神情、他身上的咖啡味、他那响个不停的电话:"喂? 好,好啊,好啊,这周末就这么定了,天气好的话就去海边,好的。"

金丝雀,我不太清楚她后来怎么样了。我只知道她在街上晃荡,布拉邦街、达斯科尔街、王室马厩总管街、范德莫朗东德隆德津欧维津元帅街,诸如此类。她在那儿以一份可乐烤肉三明治套餐的价格用嘴伺候男人,德里德先生、德戴克先生、德莫尔德先生、科尔比特先生、德祖特尔先生、从海边回来但还是一身冷咖啡味的范登莫尔纳先生。"享受生活吧。"

那我呢? 是在问我吗? 我看着天,我看着墙,我有时会唱起家乡的歌谣:"她一直答应给我的,一个美丽的小家,一个美丽的小家，她一直答应给我的……"生活就是这样，像我一开始说的那样，就像一条荆棘遍地的暗夜长路，没有梦想，没有希望，只有善缘恶果，还有朱罗斯的毛衣。

# 小王子

## 第一部　春日祭

　　小王子注视着街对面发生的事情。他想要看清楚，但这并不容易，因为天色已黑，因为已是冬季，天上阴云密布，细雨绵绵，因为他的眼睛近视得厉害，而且眼镜也早就不知道掉在鬼知道什么地方。

　　"可恶！"从来不爆三字经的小王子暗骂道。

　　他眯缝起眼睛，眯得整张脸看上去就像梅拉埃池塘里的鲤鱼。我们的小王子，他其实本来就很丑，即便不把眼睛眯起来也是一样。他的丑模样是遗传的，对此他根本无能为力，这是命中注定的。不过他也知道命中注定的事情反正也改变不了，因此他倒也没把自己的鲤鱼相貌放在心上。小王子虽然很丑，但很聪明。他往前走近了几步，想要看清楚一些。那里有五六个男人的身影。那些男人并未相互交谈，就那么静静地站在夜色中，雨水无声地流进他们的脖颈里，那些男人和在迪士尼影业电影院"腐臭下疳"一样的大门口傻等的家伙没什么两样，就像布鲁塞尔公园里面被污染物熏黑的雕像。

一辆欧盟公务豪车在那群人面前停下。那几个男人中的一个走上前去，小王子真想付出他从来也没有过的100欧元大钞去听听他们到底说了什么。他真想能有史蒂夫·奥斯汀在电影里的那种本事，可惜他可没有什么仿生耳朵。小王子能听到的只有"欧"字头牌照汽车十二缸发动机低速运转的轰鸣声，就像地震的遥远回音。小王子咬紧薄薄的嘴唇，要不是那些浑蛋男女把一切都搞得一团糟，他本可以登基加冕，他本可以变得富有，他本可以坐上豪车，他本可以住上豪宅官邸，还可以拥有一处藏娇的金屋，里面到处铺着天然真丝，到处点着龙涎香，四周有内政部特勤人员像保护国家机密一样严密守卫，"令人窒息"的罗曼蒂克本可以在那里上演，他本可以在奥安和滑铁卢之间的私人领地享受甜蜜的漫步，低声细语互道衷肠，袒露心扉，海誓山盟，奉上为爱痴狂的礼物，每次分手时无尽醋意都会把他的心像血橙一样碾碎。

小王子从夹克口袋里掏出特意带上的那盒安非他命。他吞了一粒药。只要几分钟，一切都会变得简单。这种把生命维系于添加到神经系统里的一两颗人造分子的念头真的很可笑。这让他想到人们对于真实的认识其实比跳进水里的小孩子手臂上的文身贴纸好不了多少。一个男人登车之后，那辆"欧"字头牌照豪车开走了。小王子幻想坐在那辆豪车里的人是他，暖洋洋的车里力仕音响播放的全都是意大利歌剧。想到这，他那颗小王子的心就如同刀割，他又咬紧了薄薄的嘴唇。雨势变大了，一场与国家社会主义制度完全相称的烂雨，让城市像糖块一样溶解在酸雨中，很快就会只剩下一堆灰暗的腐蚀残渣。他想道："干得好。"他望着死气沉沉的证券交易所，觉得就像一堆狗屎，然后转身回家。

小王子的宫殿位于一片由新手建筑师设计的住宅区内。新手设计师所在的布拉东父子事务所是靠事务所秘书和部长的权色交易才拿到工程的。宫殿只有前后两间房间，就建筑学价值而言和百宝乐的玩具房子没什么差别。光秃秃的墙上泛着些许潮气，点缀着一些他从这里或是那里弄回来的家族成员照片。他祖父在参议院宣誓的照片，他父母的结婚照，小王子看着照片里的母亲，觉得她仿佛一朵圣洁的白莲花，降临在每个看着她的人心中，男人、女人、孩子，所有的情感都从原始的欲望化作纯洁的爱。除了照片之外，屋里还有一些装饰品，一些描金边的盘子，边缘上印着哥特语格言"团结就是力量"；一把包银铜矛，是一个非洲上校为了感谢他的帮助送给他的礼物；一套亨利·皮雷纳的《比利时历史》全集，上面还有作者的亲笔题词；还有一个十字架，在某个圣灵降临节阴郁的下午，他的祖父母在圣米歇尔天主教学校礼拜堂的主业会弥撒上得到了十字架带来的默启。

冰箱旁边的五斗橱里有一只宜家的不锈钢盒子，就放在椴花茶包和那几袋走味的咖啡后面。椴花茶包是专门留在他感冒病倒，躲在被单下面冷得牙关咯咯作响，无奈望着比利时的无尽秋雨在窗户上描绘出浅灰色血管网络的时候喝的。从药理学和法律的角度来看，这个宜家的不锈钢盒子就是"索多玛和蛾摩拉"[1]，是反基督的。所有这些红色或蓝色的胶囊，所有这些没有味道的片剂，这些药片、吸墨水纸、吸移管、注射器、烧瓶，这些装着白色粉末的小袋子，简直比杀婴者还要罪恶。可是，在小王子看来，这就是活着的理由。和夜晚可以枕着入睡的胸膛相比，和可以靠着悲伤哭泣的肩膀相比，和清晨暗黑念头涌上喉间时那声在耳边低声呢喃的男中音"嘘，没关系的，都会过去的"相比，这要管用得多。毒品，于小王子而言，就是他的拐杖、他的安全气囊、他的转向装置、他的保险金、他的心脏起搏器、他的快乐、他的花园、他的假期、他永恒的爱、他的信心、他的脊柱、他的佳酿、他的谷物、他的面包，总而言之，言而总之，他的珍贵之物。

从来不爆粗口的小王子每每想到本应成为其王国的国家把他忘在路边，任由他从孩提时代的头几年起就闲得发霉，就会在心中暗骂一声"该死的"。欧盟的指令、一体化标准、领导部门、部长会议、公务员报告和调查委员会报告、结构性危机和调整性危机、股指的不规则变化、决策人三巨头、政治上的墨守成规、让人想起括约肌不可捉摸的痉挛般的经济增长、生态

---

1　索多玛和蛾摩拉，罪恶之城，耶和华派天使加以毁灭，这两个名字常出现于《圣经》中，象征神对罪恶的愤怒和刑罚。

丑闻、短视的争吵让议会的任何辩论看上去都像是去头屑洗发水广告、疯牛病、猪流感、黑潮使比利时沿海地区变成寸草不生的荒漠，诸如此类，不胜枚举。到底是出于何种原因，又是以怎样的方式，所有这一切，再加上用大学新生的笨拙手法进行的宪法修正，让他的父亲变成一个在沃特街咖啡馆流连忘返的无耻酒鬼？让他的母亲，优雅展翅的精灵，金光灿烂的圣洁之花，尊贵的王后，先是开始抑郁，漫长而深邃，就像无尽的幽暗矿道，然后在关进精神病院后两次自杀未遂，然后因为陷入长达 12 年的神经官能缄默症而痛苦不堪，最后因为没有补充医疗保险而只能用妮维娅面霜治疗乳腺癌，结果一命呜呼？

小王子被寄养在范德斯蒂克朗夫妇家，丈夫是零售业巨头克鲁集团的干部，妻子是欧莱雅的代表，夫妇俩没有孩子，完全就是两只淫乱的约克夏犬，大拇指放在遥控器上在 RTL-TVi 和 Kanaal 2 频道之间犹豫不决。小王子的整个童年都在圣约斯滕奥德一条陡坡路上稀里糊涂地度过，感觉脑浆就像尿壶里的碱块一样溶解，人生的未来就像最无聊的枪战电影，一群傻瓜在电子乐声中对另一群傻瓜扫射，站在安装了乐华美琳洗浴设备和乔瓦尼地砖的浴室里，尚未发育成熟的脑袋和躯体在镜子里看上去就像阿米巴虫，没有形状，没有颜色。街区的男孩们就在他的窗户下面踢足球，还有吕克莱斯·加布里埃尔，16 岁，1.82 米，74 公斤，一头乌黑发亮的浓密长发垂到肩膀，像猎豹一样的大长腿，和情色剧主人公一样的英俊相貌，整天把他称作"鸡奸癖"的臭嘴。

小王子第一次尝试吸的就是比较厉害的东西——海洛因。虽然和流行一时的合成毒品相比，海洛因略微显得过时了，但在他看来，针筒、压脉器、汤勺构成的全套仪式感还是别具情怀的。卖海洛因给他的是一个学计算机的德国留学生，做这买卖是为了弥补一下给老奔腾配内存条造成的月末亏空。他们在德国留学生的宿舍见了面，小王子给了德国人10欧元，真心不贵。德国人让小王子找个舒服的地方坐下，剩下的事全都交给他。小王子一点也不害怕，一点也没觉得痛，这是他人生迈出的最大一步。德国人问他想不想做爱。小王子还从来没有和谁做过爱，便答应了。做爱的事情德国人也说全部交给他，对于做爱小王子同样一点也不害怕，一点也没觉得痛，这简直就和吸毒一样舒服。完事之后，化学质从他的大脑中消散，就像退去的潮水，留下满地垃圾的沙滩。小王子对德国人谈起了范德斯蒂克朗夫妇，谈起了对于自由的渴望，谈起他手头有点紧。德国人说他认识一些人，超有钱的欧盟官员，只要能和小王子做些事情，随时都可以掏钱。小王子从未想过竟然还能靠和阿米巴虫一样的身体、和癞蛤蟆一样的丑脸挣钱。小王子从来没有奢望从谁那里得到任何东西，他觉得这提议挺吸引人的。德国人告诉他，"全套服务"可以要价"100，甚至150欧元"，如果他"干得好"每天可以做五六个"全套"。这太惊人了，让人头晕目眩，这是通往自由的金钥匙。

　　小王子差点就要脱口说好，德国人给了他关于迪士尼影业电影院的内部消息，事情看上去就这么简单，轻松写意，反正不会差过天知道在范德斯蒂克朗家再待多少年，闲到发霉，感觉生命像水从滤网流过一样从他体内流逝，感觉死到临头这辈子都没幸福过连续 10 分钟以上。他马上就要点头，蠢蠢欲动地想要向欧盟官员出卖自己的肉体，按德国人的说法，欧盟官员都"很干净，很有教养"，按德国人的说法，欧盟官员"可以告诉他许多关于欧盟议会和欧盟委员会内部阴谋诡计的趣事"。就在他马上要点头的时候，从他心底里涌出某种东西，他从中辨识出条顿骑士的话音、布永的戈弗雷[1]的话音、查理曼大帝的话音、勇士查理[2]的话音、夏尔十世的话音、奥尔良家族和奥朗吉家族的话音、政宗合一派堂兄弟的话音、罗曼诺夫堂兄弟的话音、西班牙堂兄弟和法兰西堂兄弟的话音、意大利一脉和英格兰一脉的话音、受到诅咒的葡萄牙旁系的话音、传承不继的丹麦旁系的话音、放荡的瑞典和英格兰旁系的话音、以末代瑞士卫队的勇毅为依仗的末代红衣主教的话音，他们在对他说，不管怎样，无论如何，他们当中任何人，不论多么绝望，不论遭受何种失败，不论是放逐异乡、断手断脚还是爆发财务丑闻，不管怎样，无论如何，他们当中任何人，即便是私生子，即便是把灵魂出卖给中非矿业院外集团的人，即便是政治暗杀资助者，即便是无耻隐藏在幕后的黑手，即便是其他那些最好不要

---

1　布永的戈弗雷（Godefroy de Bouillon，约 1060—1100 年 7 月 18 日，耶路撒冷），下洛林公爵（1087—1096 年，称戈弗雷四世），布永伯爵（1076—1096 年）和第一次十字军的将领。

2　勇士查理（Charles le Téméraire，1433 年 11 月 10 日—1477 年 1 月 5 日），瓦卢瓦王朝的勃艮第公爵（1467 年起）。

知道的人，从来也没有谁会为了钱脱下裤子。

小王子依然无比清晰地记得当时那一刻，他盯着德国人的眼睛，对德国人说，用他自己的语调，蛤蟆脸、阿米巴虫身体的可怜虫的语调，圣约斯滕奥德的语调，刚刚失去童贞的语调，窝囊废的语调，一年三百六十五天都像梦想最难企及的天界那样，梦想能有吕克莱斯·加布里埃尔那样的健美身躯的柠檬精语调，他对德国人说："不，这不可能，我不能这么做。"

德国人也没纠结，他们依旧会见面，小王子依旧吸食海洛因，以及其他令他无法自拔的化学产品。他在证券交易所的 AD 德尔海兹食品超市找了一份收银员兼职，每周 20 小时扫描各种食品、流浪汉买的啤酒、各种家用清洁用品，每周 20 小时清点收银台里的现金、接收餐券，屁股钉在旋转椅上，形形色色的顾客看着他就像看着一个霍比特人。这让他意志消沉，但至少能让他有足够的钱在他那逼仄的宫殿里生活，远离范德斯蒂克朗夫妇。至少他能独立自主。穷困潦倒但独立自主。这样的生活他已经过了 5 年，在 AD 德尔海兹食品超市和宜家不锈钢盒子之间两点一线，蛮好的，换作别人或许还能再坚持 5 年、10 年或是一辈子，满足于一点梦想、一点毒品、很少一点的性爱、很少一点的虚幻幸福，特别是当他爱上那个不经意间在麦片货架之间瞥见的身影，眼神随着身影移动，幻想脱掉身影的衣服，幻想付出他的灵与肉，幻想他的贵族血脉出身、血管里流淌的些许亚历山大大帝基因片段会让身影为之倾倒。然而，正是因为敏锐地意识到他的血脉传承在他内心深处闪耀光芒，小王子最终想到，过去的5年已经任由这份光芒缓慢熄灭，现在是时候，以先祖族人的名誉发誓，把他的生活提高到符合他身份的档次了。11月的一个晚上，小王子觉得肚子有点疼痛，他刚刚在AD德尔海兹食品超市上完8小时班，不算午休和茶歇的时间，回到四壁潮湿的家里，屋子里还弥漫着前一天吃的易酷乐速食捞面的味道。就在这时，一个念头像近距离射出的子弹一样穿过他的脑袋。他必须做出改变，他的生活不能再像包在手绢里的鼻涕，每天早上当他站在浴室镜子前，他能对自己说："你，兄弟，你就是一个大人物！"这个像近距离射出的子弹一样的念头让他的头脑热得就像发烧一样。他颤抖着在床边坐下，他必须做点什么，可他能做什么呢？就凭那些他从来也没有戴过的王冠，那些摒弃了王室职权的宪章，那些他根本没机会使用的印玺，他到底能做什么呢？他带着丧家之犬的宿命出生在这个浑蛋世界上，而那把唯一的钥匙，能让他打开通往毒品的大门，打开通往权力的大门，打开通往性爱的大门，打开通往雨果博斯、阿玛尼、切瑞蒂、山本耀司、德赖斯·范诺顿俊美外形和典雅气质的大门，打开通往尊严体面的大门，打开通往旁若无人排成两行的拉风座驾的大门，打开通往于克勒区高端私人会所的大门，在金碧辉煌的会所里打打网球，和皮肤美黑的企业主谈论风月和汇率，和脑满肠肥的蠢货在饭桌上谈生意，那把唯一的钥匙就是金钱。金钱，这就是小王子的当务之急。他在脑海里翻来覆去地掂量这个念头。那晚，他的体温急速飙升到任何医学指南都会定性为病情危急的水平，而这个念头也随之不断滋生膨胀。他想起了德国人说的关于"五六个全套服务，每套150欧元"的事情，他同时也想起了曾经在他脑海中回荡、让他断然说不的声音。一面是先祖的谆谆嘱咐，一面是鼓励他追寻体面生活的诱惑之音，两股声音交织碰撞。他真想跪在那群亡灵面前，朝它们伸出枯瘦的双臂，向它们怒吼："看着我，看着这条阿米巴虫，我的存在就像塑料杯上的指纹一样卑微，你们想让我怎样！你们还想让我怎样！"亡灵们自然毫无反应。面对先祖让人难以承受的缄默，小王子的反应就是一口吞下一粒早一百年前就已经过期的迷幻药。过期迷幻药释放出的化学物质像一群因饥饿而陷入疯狂的饿狼一样冲进小王子体内的神经递质之中，亮出锋利的爪牙，咔啦！咔啦！咔啦！吞噬一切，让小王子面对那堵由赤裸裸的真理构成的灰色巨墙，手足无措、浑身颤抖、情绪激昂、精神失常。

　　就这样，小王子觉得自己已经做好准备，可以去迪士尼影业电影院，去奉献"全套服务"，去雨中拉客。就这样，他站在远处观察着，想要看清楚该怎么做。他心中既有一丝忐忑，也有些许渴望。他打起精神，全神贯注，告诉自己今晚就是旗开得胜之时，是他的耶拿战役，是他的俄国远征，他将一往无前，绝不后退半步，姿态优雅，从容不迫，趾高气扬，无所畏惧，他准备好了，万事俱备，他可以出发了，他出发了，他到了。

## 第二部分　魔笛

小王子几天前来观察时见过的五六道人影依旧在那儿。他在距离他们数米远的地方站定，免得被视作不请自来的恶客。他谁也不想打搅，他不想惹什么麻烦。小王子站的地方离那些人不算太近，也不算太远，但因为他是近视，眼镜也找不到了，又没钱买一副新的，他不太清楚那些人有没有看着他。不管别人有没有斜眼看他，他都决定无视，尽量保持孤傲疏离的姿态，以此避免遭人当面给他一记老拳。

第一辆"欧"字头牌照轿车在街角出现，慢慢从他面前驶过，接着从那五六个人影面前驶过。轿车停了下来，然后倒了回来。一个男子走上前去，隔着半开的车窗说了几句，然后打开车门钻进车内。轿车驶离。

全套服务，150欧元，小王子心想。他很担心他的鲤鱼脑袋和阿米巴虫身体会让他无人光顾。他朝留在原地的五六个人看去，身体往前探出，以便看得清楚一些。那些人看上去都有模有样，脸蛋俊俏，哪怕天气很冷也穿得有点小性感。小王子想是不是要调整一下他的价格。算了，就这样吧，他要一往无前，绝不退缩。

又一辆轿车在街角出现，灰色的车身，那是一辆全新的单厢宽体车，同样挂着"欧"字头的车牌。小王子学着别人那样走到车旁。他的心都快要蹦出来了，浑身冒汗。他告诫自己，不论如何，他都要不惜一切代价保持尊严。他一边想着自己的母亲，一边对着刚刚开启的车窗弯下腰去。车内弥漫着一股烟草的味道。一个身穿西装的男子审视着他，眼神严肃得就像金融分析师看着负债报表。一张肤色棕黑的圆脸让人联想起维尼小熊。

"可以拍视频吗？"维尼小熊带着希腊口音问道。

这个问题让小王子困惑了片刻，随即回答说：

"100 欧元全套。"他调低了价格。

维尼小熊浓眉一皱，把问题重复了一遍：

"能拍视频吗？"

"可以。"小王子恍惚地听到自己说，然后坐进了车里，如在梦中一般。

"去我家。我的设备都在家里。"维尼小熊说道。

"好。"小王子说。

轿车在布鲁塞尔的街道上灵活穿行。

"话我得先说清楚，因为有时候人们害怕去我家，这世道总有不少疯子，所以你的朋友们比较喜欢在车里做，但我呢，我喜欢拍视频，所以要去我家。"

"100 欧元全套？"小王子弱弱地回应道。

"行，行。"维尼小熊说。

维尼小熊的公寓非常漂亮，150 平方米，就在莫里哀大街拐角处一栋现代风格的大楼里。公寓的一间房间布置成业余摄影棚的样子，墙上挂着一块白床单，前面摆着一张奇怪的椅子。离椅子两米远的地方，一台袖珍数码摄影机放在三脚架上。

"我想让你坐在这张椅子上。不须要脱衣服，我呢，我会对你小小地折磨一下。可以吗？"

"你拍过许多这样的视频吗？"

"不，这是第一次。是在看战争纪录片的时候想到的。我喜欢战争。"

小王子心想欧盟公务员当中真的有很多人精神不正常。他看了椅子一眼，把维尼小熊递给他的 100 欧元钞票揣进了口袋。他要继续表现出对任何事都不在意的样子。运气好的话，过一个小时他就能到家了。其他的"全套服务"可是会持续到第二天晚上的。他在椅子上坐下。维尼小熊用皮带把他绑在椅子上，然后跑到摄像机后面调试了一番。

"你长得真搞笑，和鲤鱼有点像。"维尼小熊说。

"我是王子，你知道吗？"小王子说。

"真的假的？"维尼小熊说着走回小王子身旁。

"要不是因为宪法修正案，我本来可以成为国王的。而且……"

维尼小熊用一记耳光打断了他的话头。

"这力度怎么样，会不会太重？"

"不，不重。"小王子回答说。

维尼小熊揪住他的脸颊拧了一下。

"哎呀！"

维尼小熊把大拇指插进他的眼睛里。

"哎呀！"

维尼小熊一把抓住他的浅栗色头发。

"哎呀!"

维尼小熊咬了他耳朵一口。

"哎呀!"

维尼小熊扭住他的鼻子。

"哎呀!"

然后,维尼小熊觉得小王子受不了了,关掉了摄像机。

"这会是一部很棒的片子,现场实录。"

他给小王子松了绑。

"可惜的是你长了一张鲤鱼脸。"

维尼小熊没送小王子回家。小王子离家千里之外,这个点不管是公交车还是有轨电车都没有了。仗着口袋里有 100 欧元,他叫了一辆出租车,花了他 40 欧元。回到家以后,他对自己说要好好管理他的财富,然后吸食了宜家不锈钢盒子里的东西。

终结即将来临,他知道,一切都将结束,欲望、爱情、他的王国。化学物质将会清除他的记忆,把他的生活变成宁静的温柔乡,一个光滑而没有一丝光线的地方,一个专门为他准备的地方,量身定做,既不太短,也不太长,在那个地方他要做的就是坐下来等待死亡。

# 女伯爵

　　斯帕温泉的灾难突然之间把这个泥泞的小小王国变成了弥漫着臭袜子味的干涸平原，谁也不知道这到底是怎么回事。形形色色的科学家自然想要给出合理的解释，幸而在这个大纷乱的时代"合理"一词还能意有所指。只见这些身穿白大褂的研究人员在国家科学研究中心的走廊里鱼贯而行，觊觎着诺贝尔奖，拿不到的话就算是在《纽约时报》上刊登照片或是和女学生来一场艳遇也行。一名波兰工程师以其信息学模型的名誉起誓，断言比利时的末日完全是因为在热华夫饼上造的孽而导致的。他被堵上了嘴，戴着手铐押解出境。一名年轻的南美生物学家自以为通过一位不幸的林堡省幸存者血液中异常的氮浓度找到了解决方案。他当着一群没心没肺的大学生的面，让幸存者脱光衣服，对着试管小便，往福尔马林里面吐痰，在量子隧道显微镜下面射精。但什么也没能证明。南美生物学家大光其火，向学校抱怨那个弗拉芒实验对象心意不诚，要求立即对其进行活体解剖。他最终如愿以偿，但还是什么也证明不了。还有那位毕业于美国艾奥瓦、擅长微观粒子研究、对纳米管痴迷不已、以科里奥利力[1]和哥德尔定理为基础创建理论学说的物理学家，谁也不会把他给忘了。按照他的要求，给他分配了三个年轻女孩，最大的只有 17 岁，都是在隆基埃尔斜面船闸崩塌事故中失去双亲的孤女。其中一个来自奥蒂尼，另外两个来自奥安地区。他对她们进行了离心处理，对她们的体液进行了电解，把她们放进带有扬声器的法拉第笼里。他不知道该怎么对实验结果进行判读，因此变成了逆向达尔文主义者，信誓旦旦地表示和比利时人相比，老鼠对于毫巴级的应力耐受性较高。

最有意思的想法来自一位罗马的社会学家。这位维弗雷多·帕累托[2]和弱条件理论的衣钵传人、约翰·罗尔斯[3]的书评人出版了题为《衰亡之诗，九省之熵。灾难白皮书》的著作。他的引言如但丁的宏著一样明了清晰，而他的论述如此严谨，与

---

1　科里奥利力（Coriolis force），有些地方也称作哥里奥利力，简称为科氏力，是对旋转体系中进行直线运动的质点由于惯性相对于旋转体系产生的直线运动的偏移的一种描述。

2　维弗雷多·帕累托（Vilfredo Pareto，1848 年 7 月 15 日—1923 年 8 月 19 日），意大利经济学家、社会学家，洛桑学派的主要代表之一。

3　约翰·罗尔斯（John Bordley Rawls，1921 年 2 月 21 日—2002 年 11 月 24 日），美国政治哲学家、伦理学家，普林斯顿大学哲学博士，哈佛大学教授，写过《正义论》《政治自由主义》《作为公平的正义：正义新论》《万民法》等名著，是 20 世纪英语世界最著名的政治哲学家之一。

之相比，《纯粹理性批判》[1] 就像婴儿的牙牙学语。

他指出，比利时，先是在无人察觉的情况下慢慢腐烂，然后突如其来的悲剧将其整个吞噬，在我看来，这就像屠夫忘在 6 月烈日下的猪肚。先是慢慢膨胀，随后突然爆裂，无声无息，但是带着熟猪血的可怕气味，即使是最为铁石心肠的人闻了也会作呕，心怀不轨的人闻了也会逃之夭夭。

我记得，在如今看来应该称作膨胀的时期，我去比利时访问过，并且在那里看到了温度上升的初步迹象。但当时我还以为那不过是比利时固有的元素，是其本质基础，因此没有意识到那其实是人为因素在发挥作用。那时候，让·戈尔[2] 刚刚逝世数年之久，处于精神分裂状态的小小比利时就像初识手淫滋味的青春期小男生一样使劲抓头挠脸。象征着社会统一性的"王室贵族"在历史事件中逐渐消亡，关于这些"王室贵族"流传着最为邪恶的传闻，他们对于公共事务的轻视、他们先天智力低下，有时也会说到他们的肛交关系，但是大家对此或多或少都没有放在心上。风暴来临让民众变得狂躁不安，他们的反应就像饱受各种虐待的孩子，面对酒鬼父母的荒唐行为听之任之，甚至自己也想在酒精中堕落。

除了些许穿着阿迪达斯运动服的老年人会乘坐大巴从不知什么地方来到布歇街、贝居安会院或大广场拍照留念，几乎没

---

1 《纯粹理性批判》是德国哲学家伊曼努尔·康德创作的哲学著作，该书首次出版于 1781 年，是康德的哲学巨著三部曲中的第一部。
2 让·戈尔（Jean Gol），比利时政治家，1995 年 9 月 17 日卒于比利时列日。

有什么游客会光临撒尿小童小于连的泥泞土地。即便有，那也只是为了转机去"大苹果城"或伯利恒这样的圣地朝圣观光，在扎芬特姆[1]的人造大理石地板上匆匆而过。电话铃响也无人接听，醉鬼流浪汉如云如林。遭人遗弃的国度像痛苦的鬼魂一样游荡，受够了一切。再也没有什么可以阻止利尔斯足球队的死忠把夏尔卢瓦竞技队的拥趸干掉。处于极度慌乱中的宪兵呜呼悲鸣，哀叹已经成为过眼云烟的紧急响应小队、第242条、殖民地中校、9毫米乌兹冲锋枪、意大利产直升机、布拉班特瓦隆大区各超市里发生的"政变"、枪声。便衣警察缉捕大队完蛋了。在这片因投机而变得灾难深重、寸草不生的土地上，"弗拉明戈""欧洲创意大奖""美丽埃莱娜"之流的西洋镜纷纷冒出。西洋镜里登台的都是可怜的东欧女孩，多半已经当上了母亲，多半染成了金发，天知道因为什么不幸之事流落至此。人们只要投上1欧元硬币就可以看上40秒钟。她们跟着摇滚音乐热舞一番，抽根烟，喘口气，然后继续搔首弄姿。缉毒刑警大队完蛋了，只能惊恐无助地看着毒资金元雨让那一大群最高法院的决策人变得脑满肠肥，只能傻乎乎地看着少男少女在酒吧里面嗑药过量，总会因为比巴勃罗·埃斯科巴[2]更厉害的申根协定而生个闷气，没有一点新意。法警完蛋了，昨天还在趾高气扬地逮捕气候变化委员会的成员，如今只不过是苟延残喘、年老色衰的庸脂俗粉，坐在位于普拉尔特广场、满是灰尘的办公

---

1　扎芬特姆（Zaventem），比利时弗拉芒布拉班特省的一座城市。
2　巴勃罗·埃斯科巴（Pablo Escobar），哥伦比亚毒枭。

室里醉生梦死，幻想成为乔纳森·哈特[1]或警界双雄那样的英雄，缅怀往日幸福的小警察时光。

尽管当时雨下个不停，我们依然能在瓦隆高气压区的泥泞地面或弗拉芒沿海圩地的淤泥中觅到某种凝结于其中的文化发展的痕迹。这种文化发展并不总是值得称道的，与其说是马勒的交响乐，倒不如说是欧洲电视歌唱大赛，绝非什么远见卓识的巨擘写下的宏作，而是种族歧视的小报记者的胡编乱造。然而，某些异类仍在低保阶层内勉强度日，在蒙蒙细雨和经济迫切需求的冗长说教下苟延残喘，以怀旧为生，就像大型动物园每年一度的游园活动，和原子球塔或滑铁卢雄狮雕像也没什么两样。人们会因其为王国荣光所做的贡献奉上褒奖、支票、祝贺。而你们，亲爱的朋友们，你们就是王国的杰出代表。在我眼中，你们是如此美丽。

感觉灾难马上就要降临，却因很少同时用双语标注的表格而束手无策，男生们觉得自己都快疯了。这也不是为了责备他们什么，但他们勃起的次数远少于偏头痛发作的次数。欲求不满的女友会把他们看作蠢货，"瞧瞧人家意大利人，好好学学，我又不是什么丑八怪"。出生率已经无法用肉眼可见，距离归零已经不远了。此前一直梦想在帕纳堤岸上骑自行车的孩子们，如今只能在武力胁迫下为举步维艰的社会努力工作。"这可不是大溪地，别老想着偷奸耍滑，要对得起你们那份微薄的薪水。"

---

1　乔纳森·哈特（Jonathan Hart），美国漫威漫画旗下的超级英雄。

在这个国家，爱情也完蛋了。再也没有什么能让人兴奋激动的东西了，这是世界末日哈米吉多顿[1]的征兆，浪漫散步的场景如今只有在荧屏上才能看到，陪伴左右的只有幽灵阴魂。当然，这其实并没有什么可意外的，虚幻令人醉生梦死，但最终留在心中的只有象征社会动荡的苦涩滋味。

斯帕温泉的灾难就是这一切的终点，类似结束长期衰败的最后一次痉挛、结束进程的最后一声高呼。现在我们知道，当时聚集在那里的是最高法院、国家政府、国立剧院的常客，再加上几个中央银行的狐假虎威之辈。欧洲货币蛇形浮动体系、欧洲共同化标准令他们窒息。他们大口喘着粗气，叫嚣着要报仇雪耻。这天降的神罚，到底是针对谁的？又是为了什么？无人知晓。是谁按下了按钮？雷霆一击由何而来？这到底又有何作用？法涅、茨温、索瓦涅森林、环城道，所有剩下的也全都完蛋了，被这场盲目的怒火摧毁了，恐惧的产物，无能的产物。所有可怜的人都完蛋了，那些德里德、范德普特、阿拉韦、贾科莫、戈尔登贝格。比利时法语区电台、电视台和比利时弗拉芒区电台、电视台完蛋了，电视新闻屏幕都被球棒砸碎了。团结和力量之梦完蛋了，比利时永远伟大美丽的壮志完蛋了，余下的只有些许残酷的景象，一处炸食摊子，一片弗拉芒街区，还有天空中那可怕的颜色。

---

1　哈米吉多顿是基督教《圣经》所述世界末日之时以"兽国"发起的列国混战的最终战场，只一次出现在《新约圣经·启示录》的异兆中。哈米吉多顿是 Armageddon 的汉语音译。

# 医院美食，变脸，医院篇

　　科学记者：不论在何种情况下，比尔的头脑和鲍勃的头脑都没有任何可比之处。两者之间的差距犹如蒸汽机和空中客车飞机发动机之间的差距。专家们认为，比尔的智力还不及鲍勃的一半的四分之一。从进化的角度来看，鲍勃的头脑成功地欺骗了大多数见过他的精神病专家，让他们以为，即使他的思维能力较为薄弱，即使按照惯用的表述，他"笨得像一头猪"，他就是一个"废物可怜虫"、一个"没用的垃圾"，总而言之，一个"十足的蠢货"，即使他有以上诸般不是，他还是能起到一些用处。比方说一件没有难度的小活计、帮食堂洗洗碗、在宿舍扫扫地、小心地给看守的办公室除除尘、给皮鞋上蜡，不管是什么小任务他都能胜任。相反，如果让比尔帮食堂洗碗、在宿舍扫地、给看守办公室除尘、给皮鞋上蜡，最好的结果就是直接遭到拒绝，最坏的结果则是一场灾难。到后来，谁也不会再去找他帮忙做事了，在他整个住院期间，除了对他进行治疗，其他时候都完全对他放任自由，随便他晃来晃去，一晃就是好几小时，他在走廊里挠着脑袋嘀嘀咕咕自言自语，或是在公共休息室观看电视购物节目，而且毫无疑问，这些电视购物节目他要么根本就看不懂，要么就会和《动物世界》混淆起来。

比尔和鲍勃在智力上有巨大的差距，但是他们相互之间似乎存在某种好感，甚至可以说是友谊，他们经常会就各种千奇百怪的话题长时间进行讨论。在每天自由活动的那几个小时里，他们会坐在公共休息室一点也不舒服的扶手椅上，相互询问对方的近况，谈一谈治疗情况、健康状况、睡眠质量，以及其他比尔和鲍勃觉得重要的事情，如有可能，还会交换各自的意见。

医院院长兼主治医生肩负千钧重担，活得非常辛苦。因为焦虑，他的双颊凹陷，晚上睡眠不足，日复一日在早上的时候往洗脸池里掉头发，脸色苍白得就像狂欢节上的酚醛塑料面具，鼻梁上的眼镜早已过时，嘴上的薄须在护士看来就像一层敷在木瓜果酱表面的霉。主治医生兼医院院长落到这般田地，是因为他的职务让他必须向许许多多人负责。首先，他要向内政部负责。医院的运转费用、他的工资、男女护士的工资、精神病人的伙食、员工的伙食、他的公务车都得靠内政部。同时，他还要向卫生部负责。要是没有卫生部提供的十多公斤黄色小药丸，所有的病人都会高唱圣歌扑咬看守的咽喉；要是没有卫生部提供的十多公斤绿色小药丸，所有病人都会争先恐后地开始自慰或是相互发生肉体关系；要是没有卫生部提供的十多公斤黑色小药丸，所有病人都会提出一堆又一堆的问题，质疑为什么要把他们关在这里。他还要向他妻子负责，他不但要把工资的一大部分交给妻子，还要给她开具黑色小药丸的处方，就因为她觉得黑色小药丸对他有好处。最后，他还要以心照不宣的方式向他的同行负责，因为他知道这些同行就像一群肮脏的秃鹫一样，等着他因为疏忽、无能、轻率、程序不合规而被炒掉。言归正传，对于院长主治医生来说，两个相互之间本应无话可说的家伙居然开始把最美的光阴用于坐在公共休息室的扶手椅上谈论让别人摸不着头脑的东西，这意味着四倍的威胁。万一内政部得知，两个正式监禁在由其出资的精神病院里的疯子以某种方式使国土安全面临危险，院长主治医生肯定会受到严厉斥责，他的前途就会变得岌岌可危，他就可以和他的职位、他的医院、他的办公室、他的公务车、虚报费用、给他妻子免费提供的黑色小药丸说声永别了。没了这些黑色小药丸，他妻子的心理就会回到原点，回到那个自她孩提时代起就有无数谵妄性观念升腾缠绕的腐臭沼泽，然后她就会重新变成那个整晚用各种愚蠢话题折磨他的、令人无法忍受的丑恶女人。

对于院长主治医生来说，鉴于压在他肩头的万钧重担，他绝对不能冒任何一丝风险。哪怕是两个疯子在公共休息室里交谈这么一件看起来无足轻重的事情，也要进行严肃对待。于是，按照他的要求，工作人员在比尔和鲍勃坐的扶手椅上安装了四套窃听器，每张椅子两套，分别安装在椅背和扶手上。还安排了一名年轻实习医生暗中在比尔和鲍勃谈话时进行观察，并且对眨眼、嘴部颤动、皱眉头或其他面部表情进行记录，然后每周一第一时间把前一周的记录报告装进信封，放到院长主治医生的格子柜里。

一名隶属于内政部的技术人员对着两张扶手椅忙了一整晚，活干得非常漂亮，简直天衣无缝，没有折痕，没有凸起，没有缝线，表面上什么也看不出来。录音工作可以开始了。


年轻实习医生：第一天，10点40分，自由活动时间，电视里正在播放连续剧《德里克探长》，剧情讲到探长在调查面包店女店主遭强奸的案子。

比尔：好可怕。真是太可怕了。我有没有跟你讲过一个三十多岁的女人？突然有一天，她嘴里说出来的只有阴茎和吸尘器这两个词，而且这样的情况持续了整整一年。

鲍勃：是不是多米尼克·埃卢瓦？雅内·多米尼克·埃卢瓦？

比尔：没错，整整一年，雅内·多米尼克·埃卢瓦就只会说两个词：阴茎和吸尘器。她有两个孩子，一个8岁的儿子和一个6岁的女儿，两个漂亮的小孩，头发是像刺柏浆果一样的红棕色，皮肤像牛奶一般洁白光滑，总是笑嘻嘻的，总想着助人为乐。孩子的父亲在故事发生3年前就和一个不知道是《镜报》还是《太阳报》的不知名女记者私奔了。扔下多米尼克一个人带着孩子，没有工作，唯一的经济来源就得看某家可疑的可变资本投资公司的心情了。反正勉强刚够每个月买一袋茶叶的。

鲍勃：这个故事讲的是不是两个小孩被指控谋杀了邻居家的孩子？

比尔：对，就是这个故事。

鲍勃：是不是就是我们刚来的时候，主治医生给我们讲的那个故事？还对我们说，也就是我们运气好，要是放在以前，像我们这样的家伙都会被剁碎了做成帕芒特风味的土豆牛肉糜。还说要不是内政部长心善，他本来是这么打算的，一了百了，万事大吉。

比尔：对，对。你，你还记得？

鲍勃：不记得了。只记得两个小孩和邻居孩子的事情。

比尔：我常常会想到这个故事，常常会想医生给我们讲这个故事到底是什么意思。我猜想他从故事里看出了我们的过去和现在之间的某种联系。

鲍勃：护士说，以我们目前的情况，试图回忆起随便什么事情都是非常危险的，就和把头伸进开水锅里一样危险，会造成同样可怕的后果。

比尔：只要我们能找到路就不会，鲍勃。

鲍勃：路？

比尔：比如雅内·多米尼克·埃卢瓦的故事。这就是一条路，你不觉得吗？

鲍勃：听得我有点晕……

比尔：就是某种实实在在的东西。你知道当战斗机掉进水里，飞行员在晕头转向、分不清上下的情况下，怎么才能浮出水面吗？

鲍勃：说来听听。

比尔：他们只要跟着气泡就行，鲍勃。这下你明白了吗？我们需要的就是气泡。雅内·多米尼克·埃卢瓦的故事就是气泡。我们可以跟着它，看看会把我们带到哪儿去。你想试试吗？

鲍勃：就我现在这个样子，为什么不呢……

年轻实习医生：11 点 15 分，自由活动时间结束。比尔和鲍勃道别，说明天见。德里克探长对案情产生了严重怀疑，他认为那个面包店女店主，那个猪肉食品商的遗孀，捏造了整个案情，想要诬告无辜的糕点师。

科学记者：内政部长并不幸福。这一点从多个方面都得到体现。他的脸皱得和一块碎纸板一样。他站着的时候略显驼背，让人不禁会联想到恒河猴的模样。他说话的时候语句并不连贯，总是断断续续的。他吃东西的时候总是显得难以下咽。他睡觉的时候，总是蜷成一团，双拳紧握，牙关紧咬，经常觉得不是太热就是太冷，特别是会梦到被人活埋，梦到他再也不是部长了，梦到妮可儿回来了，依旧那么清纯可人，而他已经是浑蛋糟老头子了。然而，对于幸福不幸福这件事，他一点也不在乎，就像对待他的第一张党证一样。他奉行的逻辑并非幸福，而是碾压。为了当上部长，内政部长碾压了不少碍事的可怜虫。这种碾压早在大学时期就已经开始了。也正是在那个时候，那个名叫妮可儿的女孩对他说了这样一番话："我离开你，不是因为别的男人，我离开你，是因为和你在一起，感觉就像和法医一起生活。你闻起来有死亡的味道，你的亲吻就像死亡一样冰冷，你触碰我的时候，我会觉得体温飞速下降。"内政部长坐在他那张日本柚木大办公桌后面，经常会回想起妮可儿对他说过的话。每一次，他都会点头认同她说得一点也没错。他和死亡一直有一种奇怪的缘分。他的母亲在生他的时候死了。因为妊娠困难，而且负责诊断的家庭医生大概是从中世纪的天书上学的医术，她的腰断了、肝坏了、子宫不起作用了、血液循环系统梗塞了。后来死的是他姐姐，在百货商场发生的火灾中，因尼龙丝袜着火释放出的毒烟而窒息死亡。后来，他的父亲死于动脉瘤破裂。后来，收养他的叔叔在希腊帕特莫斯岛淹死了。到最后，只剩下他的婶婶，一个悲情而严厉的女人。在这个她不得不加以照管的孩子身上，她看到了自己经历过的各种挫折。她从未向孩子展现出一丝爱的情感，从未抚摸他的脸庞，从未亲吻他的额头，确切地说从未说过一句暖心的话，从未鼓励过他，从未安慰过他，从未询问过他什么，从未给过他帮助、纾困、支持。未来的内政部长就这样和一块冰一道生活了10年。与冰块的接触使他正在成形的心理变得冷酷无情，僵硬地固化在几个最为基本的参照标准上：什么是好的，什么是坏的，什么是他的，什么是其他人的。在他10岁或是11岁的时候，碾压的因子在他自己都没有意识到的情况下，在他心中萌芽，并不断发展壮大。

妮可儿、妮可儿、妮可儿、妮可儿、妮可儿、妮可儿、妮

可儿、妮可儿、妮可儿、妮可儿、妮可儿、妮可儿。她做了什么，她说了什么，让未来的内政部长的心化作一片虞美人花田？他一直未能找到答案。但从遇见妮可儿的第一天起，他仿佛觉得人生走上了另一条道路。在那一个月的时光里，他一直生活在无比幸福的巅峰，空气如水晶般纯净，和煦的阳光每天温暖他的胸膛十二个小时，蔚蓝的天空中镌刻着神奇的词语，爱情、温柔、惆怅、妮可儿。夜晚，他的梦沁润着罗莎香水的芬芳，就和无数浅色小连衣裙60%棉、40%腈纶的质地一样柔软。

后来，当妮可儿对他说了关于死亡的那番话之后，纯净的空气中充满了碳氢化合物，阳光失去了温度，蔚蓝的天空中再也看不到任何字眼，他的梦境里满是坟墓、浓雾、枯树。潜藏在他人性最深处的东西开始真正觉醒。未来的内政部长开始无情碾压。


年轻实习医生：第二天，10点40分，自由活动时间，电视连续剧的剧情发展到，红光满面的德里克探长拿着经正式签字盖章的搜查令，面带日耳曼式的坚定，于拂晓时分来到罗莎·乌布利奇女士的面包店门口。罗莎·乌布利奇，职业为面包店店主，婚姻状况为寡妇，精神状况为有谎语癖的，司法记录含混不清，可能是有罪的，可能是危险的，可能正通过大门的猫眼窥视着探长。

比尔：鲍勃，你的记忆找到哪一步了？

鲍勃：我只记得我们到这儿的那一天，第一次和院长约谈的事，再以前的就不记得了。

比尔：和我一模一样。不过，你在尝试想起往事的时候，什么也没发生吗？

鲍勃：什么也没发生。

比尔：一点也没偏头痛？一点也没头晕？一点也没恶心？

鲍勃：没，什么也没有。那种感觉更像给一间长时间没有空气流通、没有光线照射的房间打开一扇窗户。

比尔：所以，护士说什么脑袋会像泡在开水里一样，根本就是在扯谎，我们完全可以想起以前的事，不会有任何危险。

鲍勃：应该是吧。往房间里放点空气和光线进去，稍稍整理一下。

比尔：我建议你继续以雅内·多米尼克·埃卢瓦的事为线索。

鲍勃：就像跟着气泡一样？

比尔：没错。我要弄明白院长为什么会在我们刚来的时候给我们讲这个故事。而且这也是我们现在记得最久远的事情。你知道吗，记忆是以超文本的方式运行的，一个记忆指向第二个记忆，第二个记忆又指向第三个，以此类推。有了关于这个故事的记忆，我们就能找回其他的记忆。

鲍勃：这方法看上去有点复杂。

比尔：一点也不复杂。听着，我起先四处打听了一下，后来就发现其实这里有不少人都知道雅内·多米尼克·埃卢瓦的故事。有的人比其他人知道得更详细一点。院长应该是把这故事当作典型案例告诉了每一个新来的。

鲍勃：为了告诉他们，他们有多么幸运。

比尔：对。因为这个，我终于把那女人的故事完整地捋了一遍。从开始到结局。那是一个非常可怕的故事。

鲍勃：快说来听听。看看到底是怎么一回事。

比尔：雅内·多米尼克·埃卢瓦从小和她父亲在一间只有50平方米的小公寓里一起生活。公寓的窗户对着市立医院的院子。她母亲有切罗基族印第安人血统。有一天，她抛夫弃女离家出走了，临走的时候说："我还年轻，生命里还有许多事等着我去做！我可不想在还没老去的时候就憋在这里慢慢发霉！"那年雅内只有5岁。她父亲没有工作，但作为残疾军人能领一份微薄的补助津贴。一颗子弹切断了他右边膝盖的肌腱，更糟糕的是伤口还没有得到有效的治疗。自那以后，他就只能瘸着走路，悲叹自己的命运，自怨自艾地说这就是他的运气，说他本来想当送货员的，但现在这个样子，让他的梦想化为泡影，说他得有多愚蠢才会娶那个切罗基臭婊子当老婆，说给他发补助金的政府就是最最卑劣的食腐猛禽，诸如此类。由于他老婆跑了，加上没有哪个人能够忍受他超过五分钟，因此他也没什么朋友，所以，能够忍受他的人就只有放学回家后的小雅内了。

鲍勃：可怜的娃。

比尔：是啊，可怜的孩子。雅内一到结婚年龄，马上就逃离了那间耗子洞一样的公寓，随便找了人嫁了。那是一个普普通通的财会系大学生，天知道她是在哪儿认识的，天知道她对他做了什么，让他在那个暑假下定决心和她结婚，连父母的意思都没问过一声。

鲍勃：那么雅内的父亲呢？

比尔：后来再也没有消息了。可以推测雅内任由他像一条残废的老鼻涕虫一样自生自灭，而且心里没有一丝内疚。事情就是这样。雅内结了婚，很快就要当妈妈了，她丈夫觉醒了炒股天赋，1984年买了英特尔的股票，1987年买了诺基亚的股票，可怕的直觉让他名利双收。直到这个时候，雅内的境遇还算不错。

鲍勃：那后来呢？

比尔：后来那个不知道是《镜报》还是《太阳报》的女记者出现了，来采访她丈夫，报道他是怎么从默默无闻的会计变成传奇股票大亨的。那个不知姓名的庸脂俗粉一看就是从小制作色情片里出道的，凭借你最好不要去弄明白的手段当上了特约记者。雅内的丈夫一看到她，瞳孔立刻扩大了。过了一个星期之后，他就和那个女的跑了，还威胁雅内说，如果她敢大吵大闹，或是不满足留给她的那点可怜的不定额投资基金，就会把全世界最牛的律师找来天天盯着她。于是，只剩下雅内呆若木鸡，不知所措，带着两个红棕色头发的娃，不名一文，没有丈夫，只有用来遮风挡雨的房子，只有用来哭泣的眼睛，还有数不清的细微心理创伤。这些连她自己也未曾意识到的精神创伤就像绵绵春雨中的矢车菊一样一朵接一朵绽裂。

年轻实习医生：15 点 15 分，自由活动时间结束。一名护士走过来和气地提醒比尔和鲍勃该走了，到时间去吃黄色小药丸、绿色小药丸、黑色小药丸了，要乖乖听话，赶快去进行已经延误的治疗了。电视上，面包店女店主坦白承认。没错，她之前是在装无辜；没错，她诬陷了别人；没错，她是躲在猫眼后面偷偷窥视。德里克探长的目光就和威斯特伐利亚平原一样阴郁，和隆美尔师团的装甲车一样沉重，面包店女店主感觉就像 1939 年 9 月 1 日的波兰一样无助，努力以绝望的自我保护姿态想要让探长相信，这锅不该让她一个人背，那主意不是她想出来的，但她不能说出罪魁祸首的名字，否则她就会被开膛破肚、粉身碎骨，做成法兰克福香肠，她恳求大慈大悲警察总监探长大人，千万要理解她心怀恐惧的苦衷。德里克探长略略皱眉，大脑全速运转，像恩尼格密码机一样精确地对调查线索逐一抽丝剥茧，慢慢发掘出这个小商户迷案的真相。

科学记者：小的时候，院长觉得他母亲就像《睡美人》里的老巫婆。后来，他又觉得他母亲其实更像一次学校出游时在大英博物馆某幅肖像画上看到的苏格兰女王玛丽·斯图亚特。多年以后，当他从医学院毕业之后，他觉得年华老去的母亲超像《猛龙怪客》里的查尔斯·布朗森。尽管他母亲给他带来了无尽的恐惧，但是院长依然爱着她，甚至可以说是崇拜。当然，他自己也意识到这份爱远远超出了儿子对母亲的正常情感。这份爱，出于一些他无法理解的原因，顺着回旋曲折的运河，经过一道道船闸堤坝，最后全部注入令人掩鼻的臭水沼泽，化作各种欲壑难填的性之欲念。对他来说，母亲的雷霆暴怒更像是润物春雨般的拥抱，关进地窖的禁闭惩罚只会催生柔情似水的幻觉，直到18岁依旧几乎每天都会揍在他屁股上的巴掌比最为香糯的阿拉伯乐口糕点还要绵软。夜晚的时候，当他梦到这些，撕裂般的勃起会将他从梦中唤醒。这些回忆伴随了他的一生。究其一生，虽然从未加以流露，虽然从未做过任何能让别人窥及他哪怕一丝有违本性的举动，但他一直想要重温那种浴火重生的感觉。

度日如年的时光仿佛没有尽头，在这漫长的岁月中，他感觉内心慢慢冷却，慢慢像行尸走肉一般活着，直到多年以后，他才找回曾经以为永远失去的东西。那时他还是一名年轻的精神病医生，新婚带来的惊诧尚未消散，感觉就像坐在飞碟里俯瞰乡野大地，日子就像泉水一样流逝。后来有一天，送来了一个年轻女病人，她面容消瘦，被镇静剂折磨得半死，嘴里说出来的只有"阴茎"和"吸尘器"这两个词。她是一起可怕事件的元凶，所有人都会奇怪这么年轻貌美、看上去与世无争的女子怎么会做出如此残忍的事情。后来将会成为主治医生的年轻精神病医生弄清楚来龙去脉之后，他原本以为早已熄灭的内心之火一下子又熊熊燃烧起来，原本以为早已冰封的躯体又变成炙热的熔炉，在他原本以为早已死水微澜的脑海中，润物春雨般的拥抱、柔情似水的幻觉、乐口糕点的香糯，这些记忆仿佛用一剂狂暴的静脉注射猛然唤醒。查尔斯·布朗森的面容就像迎风招展的旗帜一样在他的记忆中飘扬。

　　他坚持亲自照料那个年轻女病人。他让她把她的故事反复讲了上千遍，每一次都能给他带来无尽的愉悦。年轻精神病医生和他的病人之间有没有发生什么事情？很有可能。但是医院领导不愿事情就此发展下去，因此把他调去了另一家医院。然而此时年轻精神病医生的心已经燃烧殆尽，只留下一小块又黑又硬的残骸，所有的理智也全都随之化作一缕青烟。在他那辉煌的从医生涯、令人称羡的地位、长袖善舞的政治才能背后，主治医生几乎完美地把破碎的心灵隐藏了起来。说几乎完美，是因为存在一个缺陷，一个原本不会造成任何后果的微不足道的缺陷。主治医生会情不自禁地向每一个医院新收治的病人讲述那个故事。这是他根本无法抑制的欲望。这是他稍稍找回往日风采的方式。对于主治医生来说，讲述雅内·多米尼克·埃卢瓦的故事，就是他的抗抑郁药。


　　年轻实习医生：第三天，10 点 40 分，自由活动时间，比尔看上去心烦意乱，鲍勃显得忧心忡忡。电视剧的剧情讲到，面包店女店主罗莎·乌布利奇的坚硬如铁的意志在德里克探长犀利的目光下，慢慢蜕化成绕指柔的面粉。她那位猪肉食品商丈夫其实没死，而是隐藏起来悄悄替当地黑社会干活。面包店女店主只不过是他手里可以肆意蹂躏的肥美猎物。"他老是打我。"说着她露出像一大块白面包一样的乳房，上面留着一圈青紫印记；"他用雪茄烫我。"她撩起裙子，露出大腿根部的烫痕。

"他还会强暴我。"探长阻止了她开始做出的动作，他已经不愿再看下去了。在他那副蔡司墨镜后面，些许带着咸味的液体从眼角流出。眼前饱受摧残的乳房、大腿、白得就像纽伦堡大理石一样的胴体让他心如刀割。他说会帮助她的。他说，他会让她摆脱那个卖猪肉食品的败类。他又说，他会把这群无法无天的家伙从这个城市清除出去。话音未落，面包店女店主带着酵母味的红唇猛然覆在了他的唇上。

比尔：自从我们尝试回想起往日生活以来，你有没有产生一种奇怪的感觉？

鲍勃：是有种不自在的感觉。算不上非常不舒服。某种略有妨碍的东西，可我又说不上是什么……从脑后开始出现，然后从头顶翻到前面，停在我的眼前。就像有谁在我眼前放了滤镜，让我没法看清楚东西。感觉就像……

比尔：……像一种隔阂？

鲍勃：对，说得没错。我略微有一种被隔开的感觉。比方说现在，我觉得正在观看一个玻璃鱼缸。看到的东西感觉近在咫尺却又遥不可及。生活全部都在玻璃后面进行，而我只能用眼睛看，却无法用手触碰。感觉有点危险，有什么恶毒的东西藏在里面。

比尔：就好像，所有这些，医院、病人、药丸、治疗，全都和我们没什么关系？

鲍勃：对，没错。自从我们开始讲述雅内·多米尼克·埃卢瓦的故事，开始追寻气泡以来，就一直是这样。

比尔：亲爱的鲍勃，我想我们应该离水面不远了。这记忆训练的效果太棒了。你还记得吗，雅内·多米尼克·埃卢瓦的故事，我们上次说到哪儿了？

鲍勃：说到她被丈夫抛弃，身无分文，一个人带着孩子。

比尔：非常正确。那你知道后来发生了什么吗？

鲍勃：知道，主治医生给我们讲过的东西我现在记得越来越清楚了。自从她独自一人带着孩子生活以后，她就开始往医院跑了。

比尔：对，对，就是这样。先是带女儿去看病，然后是带儿子去。

鲍勃：嗯。但别太快了，需要细节。我们得靠它们才能往上浮。

比尔：说得有道理。再来一遍吧。雅内·多米尼克·埃卢瓦被丈夫抛弃了。

鲍勃：独自带着两个孩子。

比尔：先是女儿生病了。病得很蹊跷，呕吐、头晕、腹痛。雅内带女儿去医院看病。她十分担心。医生给小姑娘做了检查，但没查出什么特别的。雅内坚持让别的医生再看看。来了一个两鬓斑白的医生，很资深的样子。那医生认为是中毒了，开了一两剂药，说要连着吃一星期。雅内千恩万谢地带女儿回家了。

鲍勃：一切看上去都恢复了正常。

比尔：只是看上去而已，因为一个星期之后雅内又带女儿去医院了。症状基本上和之前没什么两样。她非常有礼貌地要求让两鬓斑白的资深医生看看。医生又做了听诊检查，还是诊断为中毒，又给她们开了药。雅内又千恩万谢，为冒昧打搅表示歉意。

鲍勃：她带女儿回了家。

比尔：又过了一个星期……

鲍勃：她又去了医院，再次求见两鬓斑白的资深医生。医生皱起了眉头，因为这次她不但带着女儿，而且把儿子也带来了。男孩同样也是呕吐，头晕目眩，双手抱着肚子。

比尔：她为再次打搅感到很不好意思，专门给医生带了巧克力，给护士带了鲜花。

鲍勃：两鬓斑白的资深医生询问她在家都做过什么吃的，"淡菜？""噢，没有吃过。""生蚝？""噢，没这个条件，我丈夫，您知道吗？他抛弃了我，一分钱也没留。""那么生奶奶酪呢？""这辈子就没吃过。"两鬓斑白的资深医生根本摸不着头脑。他安排了内窥镜检查、涂片、验血，给小女孩做了核磁共振，给小男孩做了 X 光检查，最后表示会全部送到化验室进行化验。

比尔：雅内连声道歉。痛哭流涕地亲吻自己的孩子。护士给她递上纸巾，暖心地送他们出去。

鲍勃：三天后，雅内的邻居，一个 4 岁小男孩的妈妈，打电话报了警，情绪崩溃到近乎歇斯底里。

比尔：那小男孩本来安安静静地在屋前玩着红色小玩具车，雅内·多米尼克·埃卢瓦的儿子和女儿跑到他面前，把他拖回了他们家，带着小男孩爬上二楼，然后把他扔出了窗外。砰！

鲍勃：小男孩死了。

比尔：雅内和她的两个孩子被带到警局。

鲍勃：雅内在警局放声大哭，停也停不下来。两个孩子呕吐头晕，抱着肚子。

比尔：警察经过简单询问后，赶到医院，找到正处于极度震惊之下的两鬓斑白的资深医生。化验室的化验结果已经出来了。麦角酸二乙胺、高纯度可卡因，以及其他脏东西，各种毒品在两个孩子体内已经深入骨髓。两鬓斑白的资深医生表示，老天啊，这些不可能是孩子自己干的，肯定是那个送来了巧克力和鲜花、面带无辜的妈妈干的。

鲍勃：审讯才刚开始，雅内就和盘托出了，麦角酸二乙胺、高纯度可卡因，还有其他毒品，的确都是她弄的。早餐的玉米片、布丁、炸薯条，孩子吃的东西里她全都掺进了毒品。"那又怎么了？那又怎么了？"她再三质问。然后连着两天一言不发，然后又开始说话，但只是反复念叨两个词，哪两个？

比尔：阴茎和吸尘器。

鲍勃：直到后来，医生们才发现，在雅内和她父亲一同生活的那些年里，那个瘸腿老浑蛋强暴了雅内。

比尔：以这种方式来报复他那个切罗基老婆。

鲍勃：而且，为了不让邻居发现，他还开了吸尘器，以此掩盖可怜小雅内的哭声。

比尔：饱受父亲摧残之后的雅内跑进自己房间躲起来，连着好几个小时一动不动，呆呆地望着马路对面的医院里穿着白大褂的男人和护士来来往往。

鲍勃：在雅内眼中，医院那方天地就是真正的天堂。

年轻实习医生：15点15分，自由活动时间结束。比尔和鲍勃表现出极度烦躁不安。比尔在起身离开座位之前，在鲍勃耳边悄悄说了一句话，扶手椅上的窃听器没能记录下来。鲍勃的眼睛一下子发出光芒，嘴巴张开，但没发出任何声音。比尔对他做了一个别人无法理解的手势，两人各自离开。电视里，德里克探长和罗莎·乌布利奇穿好衣服，一起坐上了探长那辆灰色大众帕萨特，驶上了柏林斯图加特高速公路，直扑假死埋名的猪肉食品商可能的藏身之处，找到他之后就会用毛瑟枪把他乱枪击毙。汽车风驰电掣，探长对面包店女店主许诺要带她去位于德累斯顿的别墅度假，整晚整晚地缠绵，去巴伐利亚举行婚礼，再生一个孩子，就起名叫英格或库尔特。蓝宝收音机里播放着瓦格纳的乐曲。德里克的灵魂激情似火，全然不顾超过140千米的时速，在罗莎的唇上印下一记带着烈酒佳酿味道的吻。"我的小蝴蝶。"头脑如天旋地转，理智早已脱缰放飞。

科学记者：内政部长先是在考试中碾压所有同学，一个接一个，就像碾压脚底的蟑螂，嘎吱！嘎吱！嘎吱！后来他成为一位副专员的政务顾问。那位副专员也像蟑螂一样被他碾压在脚底下，嘎吱！他当上副专员之后，经过五到六个月的精心筹划，又把办公室秘书长踩在了脚底下。砰！砰！当上办公室秘书长之后，他又毫无困难地晋升为办公室主任。此后，疯狂的晋升之路依旧延续。他碾压了党内所有年轻的野心家和头顶上各路元老巨头，成为党魁的左膀右臂。没错，对内政部长来说，碾压，这比重训还来劲，简直就是满满的幸福。

妮可儿、妮可儿、妮可儿、妮可儿、妮可儿、妮可儿、妮可儿、妮可儿、妮可儿、妮可儿。你应该知道死神和内政部长就是铁哥们。但或许你并不清楚他们有多铁。多年之前，是内政部长一手策划了爆掉敌对党派所有大佬脑袋的"疏通行动"。还是他，亲爱的妮可儿，想到与卡车司机工会结盟，瘫痪了全国的交通，颠覆了时任政府。还是他，亲爱的小姐姐，与参谋部狼狈为奸，组织占领了行政本部。后来的血流成河？那当然也是内政部长的手笔。立即处决？那还是他的杰作。针对"前朝显贵"的精神康复计划？依然是他的创意。他为这一计划感到无比骄傲，内政部五分之一的预算都用于保证十几家精神康复中心的运作，用于生产成吨的黄色小药丸、绿色小药丸、黑色小药丸。没错，千真万确，妮可儿，你的内政部长碾压工作做得极其出色。

年轻实习医生：第四天，10 点 40 分，自由活动时间，比尔和鲍勃在小小的公共休息室碰头的时候，神色极为慌张。他们瞪大了眼睛看着四周。电视里，德里克探长的灰色大众帕萨特发生了侧翻，横着滚了五六圈，撞在路灯上，像蟒蛇一样缠绕在上面。车内，探长耗尽最后的气力，对罗莎说了些什么。

罗莎，今天刚洗脱罪名，今天刚爱上一个警察，同样是在今天马上就要死去，满头满脸都是挡风玻璃的碎片，汽车侧面的加强筋透胸而过，赛车座椅震碎了她的脊柱，安全气囊就像一个该死的球无可挽回地撞断了她的颈椎。"《平均律键盘曲》《慕尼黑和死亡》《我爱你》……"[1] 瓦格纳早已哑然。激情在汽油挥发中消散。

比尔：看来你和我一样，所有事情全都记起来了。

鲍勃：是呀，全部。一点也不少。我母亲，小时候住过的房子，带薰衣草香味的抹布，卧室墙纸上的小马。

比尔：我想起了我们埋葬在花园深处的金鱼，夏天的时候流到我胸口上的桃子汁。我父亲说我很有头脑，让我别走他的老路，让我好好工作，说我前程远大。

鲍勃：儿时的记忆对我来说就像糖果，圆圆的、甜甜的。青少年时期的记忆就像泰餐，让我浑身发烫、汗流浃背。我父亲是护士，所以想让我当医生。每个星期他都会冲我唠叨："要成为医生你得这样，要成为医生你得那样，等你当了医生就会明白的……"我 13 岁的时候，他给我买了一本关于内科医学的旧书，然后每天晚上都会考我。14 岁的时候，他给了我一本关于骨骼组织的教科书。15 岁的时候，他给我订了专业医学期刊。16 岁的时候，我在童子军营地用一把欧皮耐尔木柄折刀给一个吞了一只蜜蜂的同学做了气管切开术。

---

1　原文为德语，*Das wohltemperierte klavier*，巴赫的《平均律键盘曲》，*Das munchen und dood*，《慕尼黑和死亡》，作者在此或喻指舒伯特的《死神与少女》（*Der tod und das madchen*），*Ich liebe dich*，贝多芬的《我爱你》。

比尔：我父亲憎恶政治。他总是对我说："全都烂到根了，那帮家伙干的全都是钩心斗角、狼狈为奸的事。"每回我们在城里逛街的时候，他就会指着那些高楼问我："你知道他们靠建筑许可收了多少贿赂吗？"他会指着那些黑色豪车对我说："那个，是部长级别的汽车，都是茶色玻璃，这样他们就可以在里面随心所欲地冒坏水或是和妓女花天酒地了。"这些关于阴谋诡计和花天酒地的事让我向往不已。15 岁的时候，我就一边想象在豪华汽车皮革座椅上发生的事情一边打飞机。17 岁的时候，我背着父亲入了党。每个星期六都骗他说去踢足球，但其实是上街贴海报。

鲍勃：18 岁的时候，我进了医学院。凭我之前学过的东西，医学院的课程就是小菜一碟。我熟知人体每块骨骼的名称，寰椎、枢椎、股骨的大转子和小转子，关于血液循环系统、神经系统、消化系统的任何问题都难不倒我。我可以闭着眼睛画出肾上腺的示意图。晚上睡觉的时候，我能感觉到体内器官的运作，肺部里面的压力、心脏的轻微挤压、肝脏散发出的庞大热量、肾脏沉甸甸的重量、体内数公里的管道内部奔流不息的各种液体。我觉得自己就像一部奇妙的机器。每次做爱的时候，我都会为自己的勃起而赞叹不已，我会如痴如醉地观察睾丸的挛缩和射精时的神经性颤动，还会轻声计数，好等未婚妻睡着之后做出图表。

比尔：20 岁的时候，有一次我在市场分发传单，碰到了我母亲的一个朋友。那臭女人转头就去告诉了我父母。我父亲在家里候着我，对我说我血管里流着肮脏的血液，既然我已经这么厉害开始搞那些阴谋诡计，那么肯定能够离开这个家自力更生了。他把我的衣服装进垃圾袋扔在我脚下，又给了我200块钱，然后就把我赶出了家门。我去了党总部，有人在一间办公室里给我在沙发上备了床铺，我把200块钱捐给了党组织，让所有人都认为这些钱我一点也不在乎。一个星期之后，我就真的一点也不在乎了。我的心肠变硬了，各党部的大佬开始对我青眼有加。

鲍勃：我成了全国最牛的医生。这让我财源广进。我感觉就像生活在迪士尼乐园里一样。没有什么是我做不到的，整个世界就像一大块石英一样绽放出耀眼光芒。我像疯子一样努力工作，我夜夜笙歌，放浪形骸。白天的时候，即使我的血液酒精浓度达到每毫升三克，还是能够完美地进行三重搭桥手术，我吃了摇头丸还能进行肾脏移植，我能唱着布莱恩·亚当斯的歌切除肿瘤，直到有一天飞来横祸落在我头上。那其实不是我的错。一个病人因为麻醉过敏才三分钟就翘了辫子。这可不是我的错。病患家属就是一群歇斯底里的疯子，叫嚣着要取我性命。他们在新闻界有人脉，慢慢我就看到"丑闻……""杀人犯医生受到高层保护……"诸如此类的文章，最后高层不得不把我给开了。管你是不是天资卓越，他们才不放在心上呢。

比尔：那是一段美妙的时期。我们在大选中胜出，我们制订了一个可怕的计划，所有的一切都将为之改变，整个国家、经济、民众。我突然被任命为部长，我们开始设立各种全新的机构，这自然有人喜欢有人恨。那些不喜欢的人很快就变成了麻烦。他们不愿接受不能再用老眼光看待事情了。我们和他们谈了好几个月，但情况一点也没改变，他们开始把事情弄得一团糟。火药味也越来越浓。第一个想到精神康复中心这个点子的人是我，比现任部长早得多。开始招募医生来实现计划的人还是我。经过首批实验之后，我们发现计划完全可行。我感觉像揉捏胶泥一样对社会主体进行塑造。

鲍勃：你联系我的时候，我的意志消沉得就像一块沉在一桶脏水底部的旧抹布。最后的几块钱也全都化作可卡因燃烧的一缕青烟。我对毒品物质在器官组织内发生的作用进行观察，有的时候我还会将其做成图表。每一天我都想做个了结，但怎么也下不了决心。你推荐的主治医生职务对我来说就像天降甘霖。甚至可以说你就是对以西结[1]进行启示的上帝。你让我重新走上工作岗位。我对意识形态那一套知之甚少，但我根本不在乎。重要的是我又成了医生，我又能工作了。

比尔：后来风向变了。我记得那些不喜欢的人展开了他们的"疏通行动"，卡车司机把我们搞得疲于奔命，当参谋部占领行政本部之后，一个晚上就变天了。

鲍勃：不管怎么说，我们还是比他们厉害。

比尔：厉害一百万倍。都是危险的疯子。这个医生，这个部长……

---

1　以西结是以色列地方的先知，著有《以西结书》。以西结一词希伯来文含义是"上帝加力量"。以西结被称为犹太教之父。

比尔：可现在，我们就像人行道上的两坨屎，不是吗，医生？

鲍勃：对，部长先生，就像两坨烂屎。

年轻实习医生：在一间密闭的小房间里，雅内·多米尼克·埃卢瓦抹着眼泪看完《德里克探长》连续剧的大结局。车祸的桥段令她潸然泪下。她也曾幻想能爱一次。她曾想将身心全部奉献给爱她的人。她想不通为什么有的人可以活得有滋有味，而有的人活得苍白无力；为什么有的人鸿运高照，而有的人厄运缠身；为什么有的人能活着，而有的人却不能。她知道，情感波动对她来说不是好事，这会让她想起她的母亲、她的父亲、她小时候的卧室、她那两个天知道现在变成什么样的红棕色头发的孩子。她感觉咽喉略微发紧。她拿起了一粒黑色小药丸和水吞了。

# 21 世纪的精华

## 旁白

这个故事一点也不好笑。

抱歉。

真实的故事很少会有好笑的。然而，如果想要加深对于新千禧的了解，了解关于那些成吨成吨的破烂垃圾、罹患神经退行性障碍的可怜人、别无他法只能去找德拉鲁[1]怨天怨地的妇女、失业金到期只能借酒消愁的失业者、差不多无家可归的人、"爱心餐厅"[2]的常客、遭受生活嘲弄的人、遭到命运背叛的人、愤怒的人、绝望的人、消沉的人，那么，就必须从真实的故事

---

1　德拉鲁，Delarue，法国 Canal+ 电视台电视节目主持人，观众可以在节目中吐槽生活中遇到的各种烦恼。
2　由法国已故笑星克吕齐于 1985 年成立的公益组织。

入手。

如果想要听好笑的，

如果想要装作什么也没看见，

如果想要继续相信人性本善，

如果想要坚信苦难能够孕育伟大，就像有毒垃圾场也能长出藏红花，

如果想要相信法式生活方式，

那么现在就请转换收音机频道，

或者请打开电视，

或者再读一遍马瑟·巴纽[1]的作品，口音、光明、旭日、童年……在那儿等着你。

好……这下行了……

现在留下来的都是真心愿意听的人了，我们现在可以开始了。

为了让大家对故事背景有所了解，首先要知道故事中大部分人物都住在一栋公寓楼里。那是一个没有灵魂的大家伙，和其他没有灵魂的大家伙一同矗立在一片黏土平原上。差不多千年之前，那里还覆盖着光秃秃的矮树、茂密的多刺灌木，是各种野生动物的藏身之所。

然后是 19 世纪的工业革命，城市得到发展，20 世纪 80 年代由"省级公共事务所"或"信托局不动产总公司"向一些建

---

1　马瑟·巴纽（1895—1974），法国剧作家、小说家。

筑事务所下了订单。这些显然让建筑师头疼不已。

这完全可以理解。不是谁都可以成为勒·柯布西耶[1]的。如果一定要有天赋才可以工作的话，那恐怕就永无出头之日了。

经过那么多事情之后，现如今那里长出了成排的没有灵魂的大家伙，就像恶性疾病一样，还有锈迹斑斑的汽车停在前面，蹩脚的汽车，好不容易才还清了车贷。没有灵魂的大家伙，楼面上安装的天线锅比市场营销系大学生脑门上的粉刺还要多。没有灵魂的大家伙，单单从前面经过都会往你头上掉蟑螂。没有灵魂的大家伙，单单睡在里面就会把你的生活变得一团糟。

历史学家称之为"社会经济动力学"。

所有人都称之为一堆破烂。

而这其实也并不矛盾。

在其中一栋公寓楼的二楼，走廊的尽头，一扇房门上写着擦不掉的浅红色涂鸦字样"该死的基佬"，一个男人独居在那扇房门后面。


## 门房

我在这儿已经 30 年了。我的工作就是在这儿待着。这份工作可比下矿井轻松多了。

---

1　勒·柯布西耶，20 世纪最著名的建筑大师、城市规划家和作家，现代主义建筑的主要倡导者。

我没什么可抱怨的。

我的工作就是待在我的单间公寓里，守着电视机和机顶盒，守着惠而浦电冰箱和里面的黄油、火腿，守着一直开着的咖啡机，守着抽屉里面的全套备份钥匙，守着那张贴在墙上的"1986年摩纳哥一级方程式大奖赛"海报。那时候，我一直以为自己对动力运动感兴趣。

这份工作的薪水也还过得去。

足够我支付机顶盒的包月费，购买火腿、黄油、咖啡，并且付得起全部电器运转所产生的电费。

足够支付那辆黑色雷诺Twingo的保险费和油钱，每周六可以去"火枪手"超市买东西。

火腿加上黄油加上面包加上咖啡一共是8欧元。每个月花上5次8欧元就是40欧元。加上Twingo车的支出100欧元。再加上机顶盒包月费30欧元，一共是……170欧元。每个月我能赚1250欧元，而且不用付房租。

算上额外支出……每个月我能存下1000欧元。

干了30年，一共攒下36万欧元。

我没有老婆，也没有孩子。

当了30年门房，我深知老婆孩子就是这世上最大的陷阱。

有了老婆孩子，就不得不付书本文具费，不得不购买"营养均衡"的食物，在"火枪手"超市的开销就会增加两倍，不得不开着单厢宽体车全家出发去度假，不得不在高速公路休息站停下，为了附赠的塑料玩具买一本《青苹果》杂志。老婆孩子就是预算杀手，至于相应的回报……这画面真的不太美。

这一点我看得很明白。

实话实说。

老婆会冲你大吼大叫。

孩子会吸毒成瘾。

然后就要去警察局接人，就要支付律师费。

我有 36 万欧元。

再过两年，我就能给自己买一幅《芭蕾舞教室》那样的色粉画习作。一幅德加的漂亮作品，白色和粉色的。38 万欧元。我会把画放在电视机上。那应该会很美。

在插播电视广告的时候我就有东西可看了。


## 旁白

长期以来，社会学家、心理学家、教育学家、街头教育家、小学老师、家长、积极性最高的宪兵一直都认为有办法让与社会完全脱钩的年轻人的灵魂再次得到激发，使其成为"人生赢家"。

他们的想法也不无道理。

瓦尔特就是一个活生生的例子。他出生在一个酗酒而暴力的家庭，7 岁开始吸毒，8 岁变成强奸犯，9 岁当上杀手，直到 14 岁还没学会过去分词变位。尽管按时去共和国高中上课，却还是分不清鼻窦和余弦[1]。

终于有一天，瓦尔特凭着"改邪归正"的念头幡然醒悟，竭尽全力获得"工业系统控制设备维修"职业学校毕业证之后，他在芥末灌装厂当上了临时工，每天被技术总监骂得狗血淋头。

瓦尔特的人生取得了成功。

但我们现在关心的例子不是瓦尔特。

而是阿明。

谁也不会在乎阿明的命运。作为十二口之家的第八个孩子，他生活在连楼梯平台都算上一共才 60 平方米的恶劣环境里。阿明会挨父亲的揍，他的父亲因为泌尿器官缺陷而被人起了"喷泉"这么一个可笑的绰号，而且还因为这个一直都没能加入阿富汗的伊斯兰训练营。阿明受到母亲的无视，他的母亲为生活所累，把强迫症般地阅读 *Voici* 八卦周刊当作最后的精神寄托。阿明也会被哥哥们打，他的哥哥们都不正常，觉得自己的未来只能在斗狗组织中度过。阿明还会因为严、严、严重的口、口、口吃而遭到姐妹们的耻笑。

如果阿明出生在一个正常一点的家庭，如果他能感受到爱，如果他母亲会在他去上学前为他准备好巧克力酱涂面包，并且亲吻他的额头，如果他的父亲会和他一起在花园里踢足球，如果他有机会去度假，如果有人能帮他矫、矫、矫、矫正他的口、口、口吃，阿明或许有可能成为医生。

---

1　在法语中，鼻窦和余弦这两个单词分别为 sinus 和 cosinus。

阿明或许会拿到肿瘤学的 MBA 工商管理硕士，或许会发表题为《北部加莱海峡大区空气消化道癌症》的论文，并且通过标记出癌症的地域不均匀分布帮助拯救数百条生命。

可惜，这一切都未曾发生，阿明也就变成一个有人生没人养的浑球，他那被仇恨塞满的脑袋根本不会在意善与恶之间存在的细微差别。

阿明，恶毒的施暴者，他的生命必将不得善终。

因为阿明胆子太小，不敢以人为目标，所以就拿动物作为发泄对象。

他刚用《侠盗猎车手》游戏盘换了一只雄性白鼬。

如果有谁凑巧转世投胎到这只白鼬身体里……那真的可以说运气太差了。

因为阿明会好好对付这只白鼬的。

而故事这才开始。


## 阿明

我不知道自己为什么会做出一些事情。

我也不在乎。因为我想做，所以我做了。

我把白鼬放进盒子里。

我带着盒子走进地下车库，来到去年一辆标致 106 汽车着火的地方。

依然可以明显地闻到难闻的气味。

这地方根本没有打扫过。地上到处都是烟熏火燎的痕迹和熔化的残渣。

地下车库的这个角落自那以后再也没有人来光顾过。

除了我。

我和装在盒子里的白鼬。

它是我的。我可以决定它的生死。我可以决定是给它吃点苦头还是让它安静待着。

这就是人们说的"拥有权力"。这种感觉真好。可以摆脱所有的不幸，可以让所有的悲伤流走。爸爸和哥哥们的拳头，姐妹们的讥笑，妈妈冰冷的目光，仿佛全都缓缓朝着白鼬流去。

我还没想好要对它做什么。

也许我可以拿点汽油把它烧了。

也许我可以往它身上倒一点管道疏通剂。

也许我可以揍它，拧它，往它身体里塞点东西。

电视里有的时候会讲这个世界是怎样的。杀人放火，抢劫盗窃。没人会放在心上。看到有钱人就摇头摆尾，看到穷光蛋就踩上一脚。

白鼬长着一对圆溜溜的黑色小眼睛，眼神无光。

它的嘴脸和猪的嘴筒一样丑，爪子锋利，牙齿和大头针一样尖细。

我得小心一些，把白鼬换给我的那家伙说过，发怒的白鼬可以轻而易举地把人的手指咬掉。

想想那些我想要对它做的事情，就可以知道它肯定会生我的气。

非常生气。

我也许应该先去买一副劳保手套。


## 白鼬

他对我做的那些事情我是不会一一说出口的，因为不管怎样我还是有自尊的。

或许，可以先简单回顾一下我的生平：

我的母亲来自汝拉养殖场。我那个有着北方血统的父亲强奸了她。

我是一胎七仔中的一个。除了一个兄弟因为气味不招母亲喜欢而被母亲吃掉，我们都在母爱中成长。我不想对母亲这一出于本能的行为做出任何道德层面上的评价。

我断奶断得太早了，这或许可以对之后的事情做出解释，在性成熟共生阶段过早与生母分离，恶的种子就此种下……联邦调查局的侧写师听到这番话肯定会发出会心一笑……这就是基本常识。

我在宠物商店被人买走，送给一个父母刚刚离婚的少年，来慰藉他受伤的心灵。

这个少年又用我交换了一张《侠盗猎车手》游戏盘。

就这样，我变成了阿明的东西。

我喜欢阿明。

我舔了他的手指，我没有拒绝他的抚摸。

我们本来可以发生一些美好的事情。

我会等他等上一整天，他会在放学回家后和我玩耍，喂我新鲜的碎肉。他会把我带去学校做一个关于"新朋友"的演讲……

但阿明就是阿明。他开始做他那些事情。

都怪他的父亲，都怪他的母亲，都怪他的兄弟姐妹，都怪那个被他当作家的充满恨意的60平方米。

于是，我开始憎恨这个把他变坏的世界。

我再也没有喜欢过谁。

我的心中产生这样的想法，有人必须为白鼬的爱遭到背叛而付出代价。

还能怎么办呢？所有这些针对我的恶行，让我变成一只彻底陷入创伤后压力综合征的可怜动物，一个完全否认他人个体性的神经病，一个反社会者。为了保护内心中可悲的"受伤的自我"，我给自己构建了一个了不起的"伟大的自我"。

这是应对情感伤害的经典手段。

今天……

如果我能变成一座核电站，那我就要变成切尔诺贝利。

如果我能变成一项太空计划，那我就要变成"阿波罗13"。

如果一个美国精神病专家用 DSM-IV 精神疾病诊断标准对

我进行评估，只需两分钟他就可以宣布我根本就是一个神经病。

如果对鼬科动物神经病进行排名的话，我就是它们的泰德·邦迪 [1]。

于是我在盒子上咬了一个小洞，正好可以让我钻出去。

于是我跑出去溜达了一圈。

## 旁白

那些没有灵魂的大家伙就像墓碑一样矗立在黏土平原上。离它们数百米的地方有一座商业中心，可以满足"墓碑"居民的衣食住行，有的时候还会雇用他们。在那些没有灵魂的大家伙内部，生活着各色人等。既有生活还算美满的家庭，也有处于发生社会悲剧事件边缘的家庭，还有在米蒂克征婚交友网站上聊天，期望来一段邂逅，最好约一次炮的单身汉。他们当中有自言自语的寡妇，有香水小样收藏家，有每天早上 5 点 30 分起床坐上死气沉沉的快速地铁、赶着去挣一份微薄薪水的上班族，有筋疲力尽的教育优先区教师，有弯腰驼背的护士，有泡病假的重卡司机，有准备把选票投给国民阵线 [2] 的病人，有准备把选票投给革命共产联盟 [3] 的其他病人。在那里，有数以公斤计

---

1　泰德·邦迪，原名西奥多·罗伯特·考维尔（Theodore Robert Cowell），是美国一名活跃于 1973 年至 1978 年的连环杀手。

2　玛丽·勒庞领导的法国极右翼政党。

3　法国革命共产主义者同盟，或译作革命共产联盟，是法国主要的激进左翼政党之一。

的丑恶，有成吨的骇人听闻，甚至有时候还会有能够装满一个个垃圾箱的难以想象的苦难……

除了所有这些，还有奥雷丽。

奥雷丽是整座大楼的小母鹿、可人儿、洋娃娃、尤物、女神、"美艳不可方物"。

她母亲是荷兰人，而她父亲就没什么人知道了。看奥雷丽的小麦肤色和深色头发，她父亲或许是缅甸人。

光有小麦肤色和深色头发还不足以成为女神。

还得有一副精致的面容，可以拿来印成宽5米、高7米的海报，贴在任何地方作为装饰；

还得有秀美的身材，每周去"热带健身"俱乐部锻炼三次，还报名参加"纤体瘦腹丰臀"课程外加一个小时的泰拳；

还得有银铃般的笑声，就像珍珠项链上的珠子从大理石的楼梯上滚落。

在没有灵魂的大家伙内部，有七个男性深爱着奥雷丽，其中两个已经过了84岁，一个还未年满11周岁。

在没有灵魂的大家伙内部，有218个男人就想着把奥雷丽给睡了。

而对于几乎全部女性来说，奥雷丽就是一个"搔首弄姿的小狐狸精"。

其实，奥雷丽独自生活，她的心，她那颗如黄油一般柔软的心，悲伤得就像一小堆灰烬。

## 奥雷丽

有一天在地铁里，一个醉醺醺的家伙走到我身边。我不记得是在哪个地铁站了。但记得是在夏天。一个下午。天热得要命。地铁站里几乎看不到人。我一边等车，一边看着洗发水的巨幅广告。广告里的女孩头发真漂亮，熠熠生辉，就像涂了金粉一样。那肯定是美图修过的。现在不管是什么图都可以修的。头发可以修，皮肤可以修，身材可以修……然后就会让人相信可以拥有这样的头发、肌肤、身材……谁也没想过这是不可能的，人的身体是活的，会产生脂肪，脂肪会堵塞毛孔，会让头发失去光泽。谁也不可能拥有这样的身体……那么光滑，那么紧致，就像芭比娃娃。

话扯远了……我一个人站在地铁站台上。站台一角有几个流浪汉睡在一堆脏兮兮的铺盖和一些纸板箱上。其中一个爬起来朝我走来。

他的脑袋……脏得要命，肿得吓人……就像一个正在腐烂的烂水果。他的眼睛，就像两颗陷在一堆潮红烂肉里面的血红珠子。

他身上味道很重。那是一股混杂着酒精、腐臭、汗味、尿味、难闻得让人无法想象的味道，就好像一头骆驼死在了酿酒厂里。

他朝我走过来的时候，我以为他会问我要钱或者会像偶尔遇到的情况那样对着我露出他的下体，或者这两件事都会做……先做这件或先做那件。

但这些都没有发生……他仅仅朝我走来……我看得出他想对我说点什么。浓重的气味熏得我眼睛有点刺痛，但我还是朝他笑了笑。算是一种本能的反应吧……我的笑容应该给了他自信，于是他又朝我走了几步……他个子不高……我一点也不害怕……凭借学过的泰拳招数，我可以在不到四分之一秒的时间里弄碎他的膝盖……

然后他开始说话了。他的嗓音听上去就像三十个人在那里敲碎核桃。

他对我说："小姑娘，生活，就像迷宫，很多人都会迷失方向……"

说完他就转身走了。但是他这句廉价的心灵鸡汤却印刻在我的脑海里。许多次，当我早上醒来，在镜子里看着自己的时候，便会情不自禁地想起他的话来。

活到现在我的运气一直很差。7岁去滑雪的时候，我的胳膊卷进了架空牵引装置的滚筒里。

别问我怎么会发生这样的事情。

我只能说这样的事情是可能会发生的。

我的胳膊留在了那里，留在了牵引装置里，从此与我天各一方……现在顶替胳膊的是一个多功能肌电控制系统，一个用浅色塑料做的义肢。

这是我身上被修过的地方。

这是我的梦魇。

# 旁白

地狱有许多不同的版本，不公正、疾病、痛苦、战争……不幸的演化形式要远远多于幸福的演化形式。

而让·弗朗索瓦很好地诠释了其中一种。

让·弗朗索瓦有两个孩子，埃丝特勒，8岁；雷米，9岁。

他常常扪心自问到底真的爱他们吗。

由于从来也没能找出令人满意的答案，最后他再也不问了。

让·弗朗索瓦娶了玛丽安娜。

他常常扪心自问到底真的爱她吗。

由于从来也没能找出令人满意的答案，最后他再也不问了。

让·弗朗索瓦考取了"市场营销和销售技巧"秘书职务技术员合格证书，然后未经周折就在大商业中心的一家大型超市的一个大货品区获得了一份配货员的工作。住在那些没有灵魂的大家伙里的所有居民都会去大商业中心购买食物和日用杂货。

他常常扪心自问到底真的爱这份工作吗。

由于每次的答案都是否定的，最后他再也不问了。

让·弗朗索瓦活得就像一台机器，每天始终按部就班做着同样的事情。"机器"早上6点准点开始运行，叫孩子们起床，看着动画片《起床啦，祖祖》吃完早饭，冒着清晨的寒霜下楼发动那辆老旧的雷诺5型汽车。"机器"把孩子们送到学校，把玛丽安娜送到大药房，她一整天都会在那儿卖抗抑郁药。然后"机器"去上班，和两三个同事调笑几句，巡视一遍货区，扫描一下价格，开具一下订单，整理一下瓶瓶罐罐，把龙舌兰精粹合成洗发水排列整齐，交接轮班，午餐一个小时，吃掉装在致癌塑料袋里的白面包夹冷火腿，然后继续整理货品，然后完成一天的工作，与几个同事道别。接下来，"机器"去晚托班接孩子。两个小孩都面色苍白、筋疲力尽、脾气暴躁。这样的生活节奏让他们变得态度恶劣。他们相互吵闹打架，他们会使用一些连"机器"也不知道的但猜想应该是粗话的词语。然后"机器"去接玛丽安娜。她同样也面色苍白、筋疲力尽、情绪不佳。"机器"从商业中心带了冷冻食品当作晚饭。一家人一边看吕基耶[1]一边吃饭，一边看阿沃尔一边消食，一边看德拉鲁一边昏昏欲睡。然后老婆孩子全都上床睡觉。孩子们扑在"蜘蛛侠"和"风中奇缘"的床罩上倒头就睡。玛丽安娜闷声不响地吞下一剂氟硝西泮。只留下"机器"独自一人，站在窗前，迷惘地望着儿童乐园的方向，几个毒品贩子的身影坐在冰冷的秋千上，等待有谁前来光顾。

在"机器"看来，这份平淡无奇的安宁就和垃圾车来过之后的大垃圾箱一样空洞。

只有一些污垢粘在垃圾箱深处。

还有一丝隐约的臭味。

---

1　洛朗·吕基耶（Laurent Ruquier），法国著名电视主持人。

## 让·弗朗索瓦

小时候，我梦想成为宇航员。

这个梦想没能实现。

青春期的时候，我梦想能和金·贝辛格[1]结婚。

这个梦想还是没能实现。

现在，大家都睡着了，我独自望着窗外。

找家住在 10 楼，视野很不错，太阳升起的时候能看到东边天际的垃圾场。

我在想，如果我再也不去上班，如果我再也不叫孩子起床，如果我再也不送玛丽安娜去上班，那会发生什么事情。

我经常会想，如果我就这么站在这儿，望着窗外，那会发生什么事情。

也许玛丽安娜最后会把社会服务部门的人叫来。我会接受心理医师的咨询，会接受罗夏墨迹测试，我会被关起来，会和一个肥胖的抑郁症患者关在一起，他会喋喋不休地和我讲起他的母亲和嗜好吃屎的外星人，我会被强迫以土豆泥为食，会吞下许多药物，保险、房租、医疗费……所有账单我都会欠着，债务会像滚雪球一样在人生的每个角落堆积起来，孩子们会厌恶我，玛丽安娜会和药店老板偷情，给我戴绿帽子，他会爬到她身上，就在药店仓库里，即便那环境并不怎么让人愉快。玛丽安娜和药店老板应该会为此感到相当沮丧。

---

1　金·贝辛格（Kim Basinger），美国演员、模特。

所有这一切都是因为我只想站在那儿望着窗外。

生活就是一座监狱。

假使我勇敢一些，我就会和那些人一样，清空银行账户，买一把猎枪，了结全家人的性命，然后跑到泰国开始新生。

我可没有这样的勇气，也没有这样的精力。我会就这么机械地运转下去，直到退休……等我退休以后……我会慢慢干瘪萎缩，先是在这里……就在这间公寓里，那个时候公寓里会闻到苍老的皮肤、腐朽的地毯、陈旧的窗帘、臭掉的汤……

然后，会在一家便宜的养老院，和今天的我一样消沉的护士每天都会打我，对老人动动拳脚会让他们感觉好一点。

那就是他们的镇静剂。

那样他们就不会打自己的孩子了。

比起打老人，打孩子更遭人唾弃。

而且，如果孩子怨恨你，那是一辈子的事情……至于老人嘛……

有时候我会扪心自问自己到底有什么用处。我的家占据了地球表面的 60 平方米。我的汽车和暖气向大气层释放二氧化碳。我买的东西都是用污染环境的塑料包装的。我的孩子会变成可怕的掠夺者。在工作中，我一边对环境的缓慢破坏推波助澜，一边为建立制造不幸的经济结构助纣为虐，那样的经济结构只会让比我更能造成污染，比我更加不幸的几个股东变得更加富有。

真实，它就在眼前。我就是小寄生虫世界里的一条小寄生虫。

微波炉上的时钟显示已经 1 点 15 分了。

现在，玛丽安娜因为她之前吃的东西，应该处于接近昏迷的状态。现在我可以爬上床去，对她做一些她从来都不允许我做的事情。

这应该很容易。

我甚至可以拍成视频，分享到 P2P 对等网络上去，标题就叫"素人真实，男人强奸年轻女性"。

强奸……取这样一个标题，几天之内就会有数千次下载。

我应该会成为网络红人。

不管怎样，这将会让我的生命变得有意义。


## 旁白

如果对黏土平原上没有灵魂的大家伙的全体居民进行肖像侧写，就会让人觉得幸福在那里根本不存在。

这差不多就是事实。

如果可以对幸福和不幸进行量化，那些没有灵魂的大家伙应该包含了 88% 的种类不同、程度不同的不幸，10% 的同样也是种类不同、程度不同的幸福。还有 2% 是无法进行量化的。比方说住在 B 栋 9 楼的阿拉维太太，她的阿尔茨海默病已经发展到非常严重的程度。阿拉维太太的认知功能已经退化到如此严重的地步，不管是谁，哪怕是和她一起生活的儿子，都讲不清楚她到底幸不幸福。她就属于这无法量化的 2%。

话虽如此，如果把一束郁金香和一匹"小马驹"混淆起来是好心情的表现，那么阿拉维太太应该算是非常幸福的。

在 10% 的幸福里面，还得算上小艾洛迪，她是一个只有两个月大的婴儿，现在刚刚吃饱了奶在睡午觉。

但这份幸福必然不会持久。

等她知道自己的母亲是众所周知的瘾君子，经常躲在垃圾箱后面抽 15 欧元一烟斗的鸦片，而她的父亲是一个暴躁的小青年，极度认同国民阵线的政治主张，满怀热情地操持着一个名为"武装西方"的博客，每年都会参加改装车狂欢节，她的生活肯定会变得苦涩不堪。

当然，这是以后的事情了。

在 10% 的幸福里面还要算上保罗先生，就在刚才，他刮彩票中了一万欧元。但是他的幸福会像蜉蝣的生命一样短暂。明天，他就会收到前妻发来的律师函，向他说明为什么他对 8 岁女儿的爱抚会让他失去探视权。至于白鼬，它对人类乃至所有生命都怀着满腔怒火和仇恨，它看到的只有最为无耻的背叛，因此它既不是幸福的，也不是不幸的，也不是无法量化的。

它就是非常激动的。

这份情感如此强烈，就像被擦亮那一瞬间的火柴头，让它备感心思憔悴。

毫无疑问，这都是阿明的锅。

阿明迟早是会遭报应的。

白鼬从来都没听说过犹太基督教伦理，也不知道犹太基督教伦理的精髓就是宽恕。宽恕的概念对它而言，就和垂直技术硬盘对于在高山牧场上吃草的奶牛一样。

相反，复仇的信念在它的脑海中却无比清晰。

不过，在寻找阿明的复仇之路上还有三大障碍，门房的公寓、奥雷丽的公寓、让·弗朗索瓦的公寓。

对白鼬来说，这三间公寓就是它的珍珠港。


## 白鼬

我把自己缩得很瘦很瘦。

我钻过一个又一个很窄很窄的洞。

我钻过一条又一条臭得要命的管道。

我把一只试图拦道打劫的老鼠胖揍了一顿。

我爬上了一层楼。

我在水里游了一会儿。

我游得可好了。

我爬得可好了。

我有惊人的天分。

我能准确地知道阿明的房间在哪儿。

很快我就可以和他好好讨论讨论了。

这一回，要让他明白喜爱我的好处了。


## 门房

30 年了……我在这儿已经 30 年了。如果在物业公司聘用我的那天我有了儿子，现在他也有 30 岁了。他应该会是一个高个子，长着一张和我一样的蠢脸，说话的声音也会和我一样听起来不太聪明的样子。但这些他应该都不会意识到。

他甚至会因为我而觉得有些丢脸。他应该从来都不愿意和女朋友们提起我，他会和朋友们说我的坏话，他都不会来看我。

一年也就见上一次，新年的时候，到后来他也许只会通过短信发来祝愿。

他会"因为工作"搬到别的地方。他会在离我 800 公里的地方生活。他会在计算机行业或者其他同样无聊的行业工作。他会挣很多钱。他会和女朋友中的一个一起贷款买一栋小洋房。

他们会有自己的孩子。

孩子们的年纪都还小，但我基本上都见不着他们。

除了每年新年的时候，或者当我儿子和儿媳想要享受"二人世界"假期的时候。

反正，我的孙儿们，他们不喜欢来我这儿，这里又小又破，来这儿度过假期就和关禁闭没什么两样。

这些小家伙都被宠坏了，从来都不缺各种玩具、新奇的小玩意、游戏机……

我儿子想把他小时候没机会享受的东西都买给他们。

他会把所有的钱都用来满足他们。

他这样只会让他们在宠溺中腐烂。

而且他从来都不会和他们提起德加。

我儿子憎恨德加，因为他的童年毁了，就因为他老爸把钱都存了起来，想要花 38 万欧元给自己买一幅《芭蕾舞教室》那样的色粉画习作。

他会把他们培养成一个个浑蛋小野心家，最后都变成伦敦证券交易所的操盘手。

他们只要动动手指就能毁掉菲律宾蔗农的生活，然后去网红咖啡馆喝上一杯 10 欧元的咖啡。

我不要孩子是正确的。菲律宾的蔗农欠我一命，当然他们对此一无所知。

今天早上，我看到一只白鼬在我房间里穿过。

它从浴室钻进了厨房。

浑身湿漉漉的。

我已经不是第一次见到小动物从我眼前跑过了，楼里的居民有时实在闲得慌，什么东西都会往家里带，蜥蜴、蛇、猴子、鬣蜥、老鼠……

反正我又无所谓……在那些动物后面追着跑可不属于我的工作范围。

那只白鼬应该是从厕所里钻出来的，然后应该是从脱排油烟机的通风系统跑到了走廊里。

可怜的小家伙。

就和我一样。

它会在这儿度过一生，最后死在这里。

都不知道是为了什么。


## 白鼬

屋里有一个老头。

长得真难看，皮肤皱得就像破旧的纸板箱。屋子里乱七八糟的，弥漫着一股子咖啡和香烟的气味。老旧的浴室，一瓶波特兰，一块肥皂头粘在浴缸上。老旧的厨房，一罐四季豆，一块吃剩的猪排。老旧的客厅，深色的木头家具，一张仿制品扶手椅，地上铺着瓷砖，挂着脏兮兮的窗帘。

再也没有什么比孤独老人更加悲惨的了。

在鼬的世界里，老鼬会脱离族群，找一个不会打搅谁的地方等死。鼬是有节操的，有尊严的。而上了年纪的人，就像电冰箱里的霜，是总也摆脱不掉的麻烦。

我讨厌上了年纪的人。

老头在抽屉里藏了很多钱。

人类就喜欢钱。

年轻人喜欢钱，是因为他们觉得有了钱就能多一点性爱的机会。老年人喜欢钱，是因为他们觉得有了钱就能活得久一些。

人类真蠢。

我把老头的钱都给吃了。

搞得我肚子好痛。

我在他放满旧衣服的衣柜里拉了一泡屎。

大便的气味应该可以盖掉那讨厌的陈腐气息。


## 奥雷丽

我恋爱了，爱得那么深，那么强烈，彻彻底底地恋爱了。那种感觉就像每天早上都有 LSD[1] 晶体颗粒在我脑袋里一颗接一颗地爆裂，就像爆米花一样，绽放出欢乐的焰火。

他叫威廉姆，今年 34 岁。他是马提尼克人。他戴着助听器，他的左手在他 12 岁的时候，在他帮父亲打扫花园的时候，消失在木料粉碎机里。

这些都是他告诉我的。

他和我一样，也有修过的地方。

他在商业中心二楼的游戏厅当保安。游戏厅总会遇上麻烦。那些电子游戏总会引来小流氓、小痞子，我不知道这是为什么。威廉姆也不知道。但他也不在乎。威廉姆身高 1.99 米，体重

---

1　D-麦角酸二乙胺（Lysergic acid diethylamide），也称麦角二乙酰胺，常简称 LSD，是一种强烈的半人工致幻剂。

130公斤。因此，即使他有一只木头假手，如果他不让你们进去，你们就进不去。即使你们有八九个人，即使你们想要硬闯，他会用那只好手抓住你们，会让你们疼得恨不得马上去死。

这些都是他告诉我的。

威廉姆，是他先开始撩我的。那天我挎着购物袋出门，他对我说了一句我没法在这里复述的话。这句话有点下流，却让我为之一笑。看到我的笑容，他的胆子更大了。他在我身后跟了一段路。身后跟着一个身高1.99米、体重130公斤的马提尼克人，这情景和牵引泰坦尼克号有点像，让人觉得自己魅力十足。他邀请我等他解决了游戏厅的小流氓后跟他一起喝一杯。我同意了。喝酒的时候，他跟我讲了他的经历，讲了他怎么失去听觉的，手怎么断的，怎么学习机械的，怎么来到法国的，怎么偶尔狠狠教训闯进游戏厅的小流氓的。

他讲的事情让我打开了心扉。

于是我也和他说了我胳膊的事情。

他听了显露出很感兴趣的样子。

他告诉我，所有和机械有关的东西他都很感兴趣，带有多功能肌电控制系统的义肢，听着就觉得很厉害。

因此，在他送我回家的时候，我向他提议进去坐坐，顺便看看我的义肢。

我给他看了我的义肢。他给我看了他的假手，还给我看了他的助听器。

然后我能够明显感到他想和我做爱，我也让他明显感到我愿意，然后我们就做爱了。

和一个身高 1.99 米、体重 130 公斤的马提尼克人做爱，那种感觉就和跟一台拖拉机练柔道差不多。

就这样，我恋爱了。

他对我说，会让我看看他是怎么教训游戏厅的小流氓的。

我呢，也会找个机会让他看看我的泰拳。

我们径直朝着婚姻发展下去。

将来我们的孩子会是商业中心的霸王。


## 白鼬

人类交配的时候做的事情和鼬也差不多，来来去去的，然后就结束了。

但是，完事之后鼬还是生龙活虎的，而人类却需要睡觉。

我躲在衣柜里，什么都看见了，娇小的女人和雄壮的男人。

那动静可不小，呻吟、大叫、低沉嘶吼……

然后雄壮的男人跑去厨房喝了一大口水，娇小的女人仰躺在床上看着天花板。

接着，雄壮的男人咬着一个应该是在厨房里匆忙做好的碎肉酱三明治走了回来，左手还拿着一瓶水。

娇小的女人喝了点水，喝得有点急，呛到了，雄壮的男人问她要帮忙吗，娇小的女人摇手示意不用，咳得脸都红了，雄壮的男人继续吃他的碎肉酱三明治。

他赤条条地站在床前，娇小的女人躺在床上咳嗽。

娇小的女人喘过气来之后，开始讲起话来。她说话的声音很轻，手不停摸着男人雄壮的身躯。她说道："刚才真棒，你知道吗？我现在感觉轻飘飘的，轻飘飘的，我已经很久没有这么舒服了。即使是练完泰拳之后也没这么舒服过。你有没有意识到发生了一些事情？对，没错，但我说的是超越性爱的，真的很特别的事情你知道吗？我的腿到现在还在打战，这种感觉很奇怪，但也很舒服。最奇怪的是，我对你差不多一无所知。关于你的生活，你是不是有事情瞒着我，比方说，一个女人。你已经和她结婚了，有了孩子或者其他诸如此类让你不得不操心的事情，即使事情真的是这样，也没什么要紧的。我觉得要保持良好关系，沟通真的很重要……"

娇小的女人滔滔不绝说着这些的时候，雄壮的男人去厨房又给自己做了一份碎肉酱三明治。等他回到卧室，娇小的女人说，白色的面包屑掉在他黑色皮肤上长出的黑毛中，看上去真的好美。

这时候，他让她别再说话了，赶快睡觉，因为他第二天还要早起去商业中心的游戏厅上班，为了对付小流氓他得保持良好的状态。

娇小的女人闭上了嘴。她点了点头，因为她明白了。他掸掉了沾在胸口的面包屑。面包屑掉在了床单上。他就这么躺了上去。床铺一阵吱嘎作响，他睡着了。她对着他看了一会儿。

她亲了一口他的脖子。她把灯关掉了。后来，所有人都睡着了。

除了我。

我从衣柜里钻了出来。

屋子里漆黑一片，充满了奇怪的气味。

闻上去有一股碎肉酱的味道。

我喜欢碎肉酱。

我靠了过去。

雄壮的男人浑身散发着碎肉酱的味道。

那气味直冲脑门，勾起了我的许多回忆，妈妈、爸爸、同
胞兄弟、生命、死亡、肉……

那气味让我嘴里满是唾液，让我想要……想要咬下去。

那里有一坨臭烘烘软绵绵的东西。

我咬了下去。

非常用力。

味道真好。


## 旁白

人类面临的最大危险，比基因突变的流感传染病还要危险，
比全球气候变暖还要危险，比全球金融一体化还要危险，比大
规模杀伤性武器军备竞赛还要危险，比脱离传统文化、文化适
应、肮脏教育等等还要危险，最大的危险，就是让人们的梦想

化为泡影。

梦想的破灭，这足以让人变得恶毒。

设想一下，比方说，出于对银行体系的误解，把一辈子的积蓄藏在橡木餐具柜的橡木抽屉里。

设想一下，这个橡木抽屉得用钥匙才能打开，正面用钢板加固，还配了从"火枪手"超市买的数码锁。

设想一下，为了不让别人看到这个橡木抽屉，特意把餐具柜转了个方向，正面对着墙，背面对着客厅。

就一个对于银行体系没有任何信任度、将其视为"窃贼组织"的人而言，这一套装置给他带来了安全感。

这些积蓄和这套装置就是人们所说的"人生意义"。30年来每天早上坚持起床的原因，每天晚上入睡时都会梦到的东西。

白鼬天生有着能从最细小的缝隙钻墙入室的本领。

哪怕只是几毫米的缝隙都能凭借激怒之下把手指一口咬掉的利齿扩大到4厘米。

爱的缺失让白鼬心中满怀恶意，而作为这一切的罪魁祸首，那个没人教养的小孩自己也从未感受过爱的呵护。这样一只白鼬完全能够让勤俭持家者的梦想化为泡影。

对于那些没听明白的人，我在这里可以说明一下，白鼬把他藏的钱全给吃了。

当他发现的时候，那种感觉就像大脑颞叶被人撕成了两半。

撕心裂肺的疼。

这种程度的痛苦一般来说是恢复不过来的。

在短短一秒钟内，门房回想起了过往的一生，存钱、牺牲、没有女人、没有孩子、对德加习作的疯狂觊觎。

他回想起小时候在单亲妈妈租住的用人房里玩木头小汽车。

他回想起青少年时期穿着破旧的衣服站在操场上，周围人都管他叫"乡巴佬"。

他回想起去卢浮宫游览的时候第一次看到德加画作上穿芭蕾舞裙的年轻姑娘们，心想要是能有这样一件东西放在自家客厅里，应该会显得与众不同。

他回想起去查询了"画家行情表"，并计算了攒够钱所需的时间。

他回想起把第一个旧法郎硬币放进雀巢凯利恬巧克力盒子里。

大脑颞叶撕成两半的痛楚让他放声大叫起来。接着，门房冲到床边，从床底下拖出一口大箱子。

那口装着猎枪的大箱子。

大脑颞叶撕成两半的情况下，通常有必要找个人干掉。

不管是谁都行。


## 让·弗朗索瓦

微波炉上的时钟显示已经 2 点 17 分了。阵阵雨水猛烈地扇在窗户上，响亮的声音就像沙子落在野营桌上。

我真的须要去度个假。

但是今年因为孩子生病，我只剩 10 天的假了。

反正我们也没钱去度假。

要不就只能去一些破地方，去那儿的全都是和我们一样住在大楼里、在商业中心工作的人。

到处都是蚂蚁的野营营地，离海滩好远，脏兮兮的淋浴间，噩梦一般的厕所⋯⋯

可是我真的须要去度个假。

听说在网上可以挣大钱。只需一些非常简单的小创意，比如卖旧货的网站、用来下载愚蠢小视频的网站⋯⋯

我呢，我会拍玛丽安娜。

我老婆。

趁她睡死过去的时候⋯⋯

我还会对她做点什么。

一个给小流氓看的网站，得付钱包月，这样我就有进账了⋯⋯

有了钱以后，我就再也不用去上班了，我就可以提出离婚。我就可以把这些该死的小崽子抛在脑后，一个人跑去加利福尼亚。

我可以买一栋那种加利福尼亚大洋房，有两层楼，建在丘陵斜坡上，可以俯瞰大沙漠，还带游泳池和自动洒水器。

洋房里，穿着比基尼的加利福尼亚辣妹冲我招手。

我呢，我会躺在躺椅上，喝着马提尼，读着《特别空勤团》。

　　各界名流都会来我家赴宴，帕里斯·希尔顿、小甜甜布兰妮·斯皮尔斯、大卫·贝克汉姆……特别订制的俄式冷盘分量很小但价格超贵。我们会抽着可卡因，拿电视新闻里的穷鬼逗乐子……

　　或许我会在哥伦比亚电视台有关法国自然灾害的报道中，看到我的前妻和孩子被泥石流卷走。

　　对此我肯定会无动于衷的。

　　我会请小甜甜给我递一片超贵的吐司。

　　她会向我暗送秋波，她会邀请我共度良宵。

　　我会欣然同意，我们会拉上帕里斯来一场三人运动。

　　我会变成彻头彻尾的浑蛋。

　　我会遇到我的命中缘分。

　　那该会是多么美好啊。


## 白鼬

　　我知道阿明住在哪儿。

　　现在我离那儿已经不太远了。

　　我从墙缝中钻过，我在假天花板上爬过，我在管道中游泳，我在电缆管罩中匍匐前进，我沿着设备空间攀爬。我身手依然矫健，但也已经精疲力竭。

我的身上脏得要命。原本如 8 月海风一般柔顺的皮毛现在粗糙纠结，再也看不出原来的毛色，让我浑身瘙痒。我想我应该是出现了过敏。我开始掉毛，眼睛也开始刺痒，眼角出现些许绿脓。现在可不是遇到母鼬的好时机。见到我这副鬼样子，母鼬肯定宁愿找一个簸箕。

等事情全都了结，等阿明爱上我之后，他会用芦荟柔顺洗发水给我好好洗个澡。然后，他可以找一只母鼬放进我的笼子里，让我有机会进行繁殖。正常的家庭都是这个样子的。为此我们必须做个了结。

但是我首先得平静下来。

老头的钞票、大块头带着碎肉酱味的老二，这已经很不错了，但是再加上我眼前看到的，事情就会变得更加美妙。

一个女人，从头到脚，完全陷入昏睡。

浓郁的镇静剂气味扑鼻而来。

这对她来说再好不过了。因为她不会有任何感觉。


# 旁白

对于奥雷丽这样一个脆弱的、为生活所伤的、自我怀疑的、极少得到周围人肯定的女孩子来说，刚才当她枕着碎肉酱三明治的面包屑、裹在充满性爱淫靡气味的被单里熟睡的时候所发生的事情，无疑是与现实的彻底断裂。

断裂的发生分为好几个步骤。

先是一声惨叫将她从梦中惊醒，那时她刚刚梦到和弗洛朗丝·阿尔托[1]一起操作三体帆船出航。

接着，醒来看到威廉姆站在那里，用强壮的手捂住下体。

接着，尝试理解威廉姆惨叫嘶吼的含义："不不不不不噢不，这不是真的，啊，疼死我了，快叫救护车，你家里有老鼠……"

接着，惊鸿一瞥间看到一个模糊的小小身影，灰褐相间，毛茸茸的一团，像激射而出的点球一样朝卧室半开的房门冲去。

接着，在大脑皮层无声的黑暗中，第一个神经突触发生爆裂，并无痛楚。

接着，奥雷丽张开嘴想说些什么，但一个音也发不出来，只有一阵气流。

接着，发生连锁反应，80万个神经联结同时爆炸。

接着，请听众注意，场景快进至沃克吕兹省蒙瓦莱疑难病例疗养院，可怜的奥雷丽得了幻觉精神病，正在慢慢消化满满一剂氟哌啶醇。强效安定药的副作用在她身上毫不留情地显露出来，真叫人同情，身材胖得走形，面部皮肤变得松弛，锥体外系综合征让她的四肢不停颤抖，就像一个未老先衰的帕金森患者。

真是暴殄天物。

---

1　弗洛朗丝·阿尔托（Florence Arthaud），法国著名女航海家。

再次请听众注意，现在回到故事发生之时，白鼬刚刚解决了玛丽安娜。

鉴于场景过于恐怖骇人，在这儿不会给出任何细节描述。抱有病态好奇心的业余级心理变态者可以在图尔法医学研究院年鉴中找到相关详细记录。

让·弗朗索瓦挺住了。

发现玛丽安娜的尸体后，他冷静地打电话通知了社区警务中心、宪兵队、市政府、医疗急救队、他老板（老板在睡觉，没接电话，但他给老板留了言）、他母亲、他最好的朋友弗朗索瓦（同事）、孩子们的学校（没人接听）、他的前妻米舍利娜（他一直保留着她的电话号码，接电话的是一个男人）、他哥哥，然后为了查询神父的电话号码给118—218查询中心打了电话，最后给梅尔吉奥尔·迪沃神父打了电话，询问能否在紧急情况下通过电话进行忏悔。

通话很快就结束了，因为社区警察、宪兵、市政府工作人员、医疗急救队、他母亲、他最好的朋友弗朗索瓦纷至沓来，呈现在他们面前的是让·弗朗索瓦的悲痛欲绝和卧室里可怕的血腥场面。

白鼬趴在窗帘杆子上，眼中闪动着能让法国连环杀手蓝胡子兰德鲁血液冻结的魔性微光，嘴边还沾着威廉姆和玛丽安娜的鲜血，冷眼看着公寓里极度纷乱的场面，过度亢奋的警察，法医抵达现场，让·弗朗索瓦的哽咽，孩子们号啕大哭，社区警务中心心理干预部门的好心大姐把孩子们带到厨房。如果白鼬具备相应的机体功能，它一定会露出狂妄傲慢的笑容。

但它不会笑。

它只会专心致志地看着。

并且为后续做好准备。


## 阿明

我就喜欢一个人待着。在这个鬼地方，在这些没有灵魂的大家伙内部，命运让这里塞满了和我一样的可怜虫，一个人独处，才是真正的奢华。有的邻居买了离子屏电视机，有的开着二手 E 系大奔，把所有的钱都花在这些东西上面，满心以为这样就能忘记贫穷的滋味。

他们就是一群蠢货。

真正的奢华，就是离群独处。

在家里我可没办法一个人待着。我的床就是客厅的沙发。每天晚上，只有等家里人全都看完电视才能入睡。

每天早上，我都会被动画片《起床啦，祖祖》的声音吵醒。那是姐姐为了有片刻安宁专门打开让弟弟看的。

我在 14 楼的设备间里给自己安了一个小窝。那里没有窗户，25 年来一直无人问津。地方不大，3 米长，3 米宽。

地方虽小，但对我来说却无比广阔。

因为我随时都可以在那里一个人待着。

我把那里彻彻底底打扫了一遍，还在地上放了一张床垫。我在墙上贴满了海报，电影海报、电子游戏广告、女孩照片、摩托车照片，气场十足。

　　超有品位。

　　我把我不能说怎么弄来的 iPod 接在两个我不能说怎么弄来的音箱上。

　　这样我就可以听 iPod 里的音乐了。都是些古典的东西，钢琴曲、歌曲……iPod 屏幕上显示是巴赫的弥撒曲和莫扎特的协奏曲。

　　如果有的选我肯定不会选这个，但听着听着就会习惯的。

　　其实我还是挺喜欢的。

　　我闭上眼睛，努力想象着全世界所有没有灵魂的大家伙的所有公寓里的所有家庭里的所有人的骚动。

　　我努力想象如果能把所有这些能量汇集输送到巨大的能源收集器里会发生什么。

　　那应该会是无比庞大的能源。

　　这些能源没能被收集利用起来，反而被浪费在争吵、欺骗、非法交易、早起、晚睡、难吃的食物、焦虑、泪水、叫喊、争论上面。

　　而我，独自一人，安安静静，内心平和，耳朵里听着由一个头戴假发、脚穿便鞋、一口德语的死人创作的音乐。

　　在这样的时光中，我想说幸福是可能达成的。

　　只要永远没有人来找我。只要我永远也不会有什么账要了结。只要别人把我遗忘，放任我躺在我的床垫上，躲在没有窗户的设备间里。

那么就是可能的。

只要花上一点小心思。


## 白鼬

攀爬、啃咬、进食、小睡一会儿。闻闻嗅嗅，小心翼翼。利用沿途遇到的一切让我平静下来。作恶多端。重新找回路径。继续前进。阿明身上的油柑味让我掉头前进。反复告诉自己要让他爱我。想要他的抚摸。希望他能明白，我们是天生的一对。我是他的白鼬。他的宠物。他的甜蜜。他的温柔。


## 旁白

感兴趣的人只要在网络上简单搜索一下就能找到许许多多关于命运的引述，伤怀的、有趣的、荒谬的……应有尽有。但在这里，唯一值得我们谨记的就是伊索所说的："命运根本无法改变。"

据普鲁塔克[1]所述，伊索是一名奴隶、战俘，容貌丑陋，瘸

---

1　普鲁塔克,（约46—120），罗马帝国时代的希腊作家、哲学家、历史学家。

腿驼背，说话结巴。他身无长物，而且最后是被人从悬崖上扔到海里淹死的。

伊索如果现在还活着，应该会住在一栋没有灵魂的大家伙8楼，在商业中心的超市当技术员，整天穿着蓝色的工作服，每天早晨穿上，黄昏脱下，用上面印着他名字的磁卡在超市开门前通过一道道门禁。他会娶一个收银员老婆。他老婆每天都会受到顾客和经理的骚扰。那位经理因为当空军飞行员的壮志未酬而把手下的雇员当作出气筒。每天晚上，伊索和妻子都会回到位于8楼的小公寓，筋疲力尽，心情阴郁，身旁围着他们的三个孩子，同样筋疲力尽，心情阴郁。

一年年就这么逝去，就像冷却器管道里的污水，没有痛感但流毒深远。

凭借日新月异的医学，伊索太太会查出罹患子宫癌不治之症，只能躺在无名医院的普通公共病房里任由癌症发展壮大，仅有的娱乐活动就是"新星"选秀淘汰赛[1]。

伊索会继续眺望8楼窗外能够看到的景色。停车场、沙地游乐场、环岛交叉口、商业中心。原生自然的唯一踪迹就是一棵发育不良的树和几朵低矮的云。

伊索都用不着等别人把他从悬崖上扔下去，他自己就会从自家的小阳台上跳下去。

命运根本无法改变。

---

1　法国歌唱比赛，相当于中国的"超女"，以海选形式挑选出歌唱新秀，然后用短信投票方式进行淘汰赛。

就在今天，门房、威廉姆、奥雷丽、让·弗朗索瓦、玛丽安娜一一遭遇了注定的命运。现在终于轮到白鼬和阿明来弄清楚他们在这个故事中所扮演的角色了。

让我们把目光重新投向白鼬。

白鼬凭借敏锐的嗅觉和不熄的怒火，终于找到了阿明独处休憩的秘密据点。这场穿行于廉租楼公寓房间和走廊之间的血腥之旅终将落幕。

对于白鼬来说倒也是好事，因为它开始感到疲倦，想要在此阶段享受一下战斗间的休整。

它就停在胶合板大门上的白色塑料通风口前。阿明的气息从门后传来，鲜明得就像大管风琴奏出的降 D 大调。阿明的存在迹象差一点让它走火入魔。

白鼬用锋利的小爪子抓挠，用尖锐的小牙齿啃咬，用小脚掌推搡，小小的心脏剧烈跳动，略停片刻，喘一小口气，然后变本加厉地进行破坏，就像顺着最后一个大斜坡冲刺时的自行车发电花鼓一样。

终于，咔啦一声，咔嚓一声，白色塑料通风栅栏掉了下来。一个狭窄但足以通行的通道出现在它面前。

白鼬冲了进去。

白鼬张牙舞爪。

突然间，阿明，就在它眼前。

如果白鼬接受人类智商测试的话，它的智商应该不会超过12。这智商实在不高，但白鼬有自己的优势，那就是数千年漫长进化赋予的出色本能。

这种本能告诉它阿明有什么地方不对劲。白鼬知道人类的血液是热的。但阿明的身体是冰冷的。

白鼬知道人类会有规律地进行呼吸。但阿明既不吸气也不呼气。

白鼬知道在人类的胸膛里有一颗比它的大得多的心脏，会有规律地跳动。但是阿明的胸膛里就和毫无生机的沙漠的无风之夜一样寂静。

本能还告诉白鼬，正常情况下人类不会脖子上绑着床单挂在天花板的水管上。

本能告诉白鼬，世界已然分崩离析，它径直冲向的是无尽的沉沦。本能告诉白鼬，死人是不会爱它的，死人永远也不会抚摸任何人，因此它与阿明的人生规划、它唯一的期望、它的因、它的果、它的野望，所有这一切，大体上只能装进垃圾袋扔进垃圾管道了。

从来也没有哪只白鼬哭泣过，但这一只，挤了四次眼睛。这是白鼬进化中非常非常重要的一步。

从来也没有哪只白鼬骂过"我去"。从来也没有哪只白鼬有过一间公寓，可以通过把所有东西砸碎让自己平静下来。

从来也没有哪只白鼬跑到脏兮兮的咖啡馆吧台前有气无力地点上一大杯百加得朗姆酒来借酒浇愁。从来也没有哪只白鼬能找"知心老友"倾诉衷肠。从来也没有哪只白鼬会关上百叶窗和玻璃窗，把自己关在家里，再也不接电话，再也不开启信函，赖在床上，沉浸在如矿井般深邃的颓唐中，把世界和诸般苦楚抛在脑后，把自己也抛在脑后，就像扔掉一双穿破的帆布鞋，一个人躲在衣柜里，幻想时间能够疗伤愈痛，好让自己产生回归生活的念头。

面对汹涌袭来的情感，我们的白鼬，限于简单的大脑回路，只能略显焦躁地舔舔自己的肚子，来表示内心的触动。

就和经历了百加得、老朋友、歇斯底里、消沉抑郁、幽闭自囚之后一样，白鼬在舔过肚子之后感觉好些了。

它从房门下方的破洞钻了出去。

它需要一点时间。这并不奇怪，这就是让·吕克·德拉鲁所说的"必要的哀悼"。

而且，现在，当下，它需要一些新鲜空气。

然后好好睡一觉。

# 肉体

## 场景

陌室，一角，一棵小小的圣诞树

## 人物

保罗·隆巴尔

洛朗丝·隆巴尔

弗雷德·隆巴尔

女战俘

# 第一幕

保罗坐在扶手椅中。他在看电视，不断切换频道。观众看不到电视屏幕上的画面，只能听到不同电视频道发出的声音。先是地方新闻，接着是电视购物节目。最后他停在某个肥皂剧上。电视里有人在向别人宣布什么重要的事情。保罗身体前倾，看上去全神贯注。这时门铃响了。

保罗起身走向挂在墙上的内部对讲机。

保罗：对……对，是我……什么？现在！可是……15 日还没到呢……之前你们说是 15 日的……不，不是您，是那位和我通电话的女士，我记下了她的名字，您愿意的话……噢……您不愿意……那是另外一个部门……啊，好……可是，我还什么都没准备呢……您不能 15 日再来吗……不行，你们要调休连休……这样的话还要再等一个月……行……行……您请上来吧……

保罗整了整身上的运动服。有人敲门。保罗把门打开。从屋子里看不到送件员的身影。只看到保罗接过递给他的一沓纸。

保罗：我在这儿签名。还有这儿。那其他文件呢？……会寄给我的……好……再见，唉……

保罗在敞开的门前站了一会儿。

保罗：算了，进来吧……

他伸手一拉。战俘走进屋内。她穿着一条橘黄色的背带裤，手上脚上都戴着铁链。她戴着眼罩，因此没法看清她的脸。

保罗：好吧，好吧……就这样了……你个子不算大，嗯……这挺好，因为家里地方也不算大。在这儿等会儿。你别想逃跑啊……

他看了看铁链。

没事，你跑不了的。

他找来一张床垫，放在地板上。

来，这就是你的窝了。等一会儿……我得把资料核对一下。

他拉开五斗橱的抽屉，拿出一堆纸，大声念了起来。

战俘由 UPS 快递公司于 12 月 15 日至 17 日间送达接收人住所（若情况发生变化，请查询本方网站 www.infodetention.gov），呵呵，可以啊，够狡猾……接收人收货时，应确认随俘房提供的镣铐锁具处于完好状态，并承诺永远不会自行加以解除（如有必要，镣铐应由技术人员进行解除）。

保罗停了下来，对镣铐和锁链进行检查。

OK，没问题……另外，接收人承诺按照巴塞罗那公约采取必要措施，在接收期间保证战俘的安全……

保罗对装在墙上的铁环进行检查。

很结实……和舒适（卧具的尺寸，OK，每日保证至少可以如厕三次，OK，每日两餐，每餐保证蛋白质的摄入，OK，OK……巴拉巴拉……）补助金将于每月月底前15日发放……巴拉巴拉……

就在保罗大声朗读材料的时候，战俘在床垫上坐了下来。保罗看到她的举动……

嘿，嘿，你在做什么呢？……别乱动，要让事情顺顺利利的，就得讲规矩……没有得到批准，你就什么也不能做，知道了吗？你会说我们的语言吗？你会不会说呀？You speak English？（你会说英语吗？）我去，压根就听不懂。

他抓住战俘的胳膊让战俘站起来。

我这个人挺和气的。我可不想摊上什么烦心事。对于你的遭遇我深表遗憾。很遗憾你们输掉了这场战争。事情已经到了这地步，谁也没法改变了。但是我希望你不要自作主张。你可以坐下来，但得让我先把你拴上。这我可没得选。这是规矩，规矩也不是我定的。规矩在材料里白纸黑字写得清清楚楚。按照规矩，我得把你拴起来。看，就这样。这下就行了……这也没那么糟糕，不是吗？……看，这不就可以了吗。

保罗感到一阵局促，不知道接下来该做什么。

他看着电视屏幕，重新放大了音量。电视里放的还是肥皂剧。

这个你看过吗？……这女的就是一个婊子……和她哥哥有一腿……肮脏的妓女……不要脸的臭婊子！

保罗依然感到局促不安。

你大概饿了吧。我去给你弄点吃的，等着。

他朝厨房的储物柜走去。

巧克力，拿着。

战俘接过那板巧克力，但没有吃。

啊，差点忘了。你头上戴着这东西没法吃。

他伸手要把眼罩揭掉，但突然停了下来。

等会儿，我得核实一下。

他拿起材料。

应该在附录里。眼罩，眼罩……找到了："棉制的，可机洗，均码"，在这儿写着呢！"接收人可自行决定拿掉或保留……"太好了。

他走到战俘面前检查了一下眼罩。

这玩意怎么弄的？我得把这根带子解开。然后把这个去掉。哈，设计得很巧妙嘛，这下行了。

他拿掉眼罩，大叫一声，倒退几步。好一会儿他就那么一动不动地盯着战俘的脸。

女的！不是吧，一个女生。我去！上帝啊。等会儿。

他拿起材料，拨通了上面的电话号码。

语音提示服务：个人接收战俘程序相关咨询请按1，家中接收的战俘相关技术问题请按2，联邦补助金支付方式相关问题请按3，人工服务请按4。

保罗：按4，走起。

一阵音乐声。

女性语音提示：为了提高我们的服务质量，我们可能对您的通话进行录音。

一阵音乐声。

一个男人的声音：利昂内尔·瓦诺维兹温莫尔布洛克兹津为您服务，您好。

保罗：您好。是这样的，我刚刚收到我的战俘。但有个问题，先生！

男人的声音：您请说。

保罗：战俘是女的。

男人的声音：先生，请问您的客户编号是多少？

保罗：保罗·马尔尚，呃，啊，想起来了，47-41-LS。

男人的声音：好，先生，收到。先生，俘虏的性别不会明确注明的。在您收到的相关材料里写得很明白。

保罗：材料里写的是接收一名战俘，而不是一名女战俘……

男人的声音：我明白，我明白。这样的混淆情况已经出现过了。因此，现在的表格已经增加了相关特殊条款。

保罗：好吧，那就是说没什么办法啰？

男人的声音：先生，没什么办法。我可以安排给您寄一份接收女战俘的特别材料。

保罗盯着开始吃巧克力的女战俘看了一会儿。

保罗：不用了，没关系。我自己能搞定。

他挂上电话，朝女战俘走去。他来到女战俘身边，伸手抚摸她的头发。他走进厨房拿了一瓶啤酒。然后似乎做了什么决定，回到女战俘身边。

保罗：听着，我不知道你叫什么，也不知道你听不听得懂我的话，但我希望你知道一件事，我可是了解女孩子的，我知道她们在动什么脑筋，那些玩剩的小把戏，嗯，想要操控别人的把戏，嗯。奉劝你别给我来这一套，不然的话我会生气的。希望你听明白了。另外，别给我装出一副受气包的样子。如果不是因为你们挑起的这场战争，经济形势绝对不会像今天这副狗屎样。你明白吗？一堆冒着臭气的狗屎。而我还能朝九晚五地上班，10 点来杯咖啡，中午来个午休，还有我的同事娜塔莎，管法务的。

他突然想入非非起来。

娜塔莎……娜塔莎……

这时候门开了，洛朗丝走了进来，怀里抱着两个大袋子，脸都快被遮住了。她四下看着能把袋子放在什么地方。

洛朗丝：什么娜塔莎？

保罗惊跳起来。

保罗：洛朗丝？

洛朗丝：人多得不得了。本来还想去那家新开的大百货商店看看，就是橱窗里有发光小鹿朝路人致意的那家。弗雷德看腻了。我们就去买了点东西，待会儿你看了就知道。弗雷德在搞什么呀，又没多重。

她把头伸出门外大声喊道。

弗雷德？弗雷德？你行吗？小心点，那经不起碰的！

她最后还是把袋子放在了桌子上，转身对着保罗，看到了女战俘。

这是怎么一回事？

保罗：战俘，没错。

洛朗丝：女的！

保罗：对，没错。

洛朗丝：可材料上写着一个男的。

保罗：对，没错。我可记得收到材料的时候，有人对我说："放着，让我来。"

洛朗丝：什么?！都是我的错啰！简直不可理喻！别忘了，上回你填写材料的时候，差点儿让我们惹上官司。

保罗：那只不过是一场误会。你又不是不知道。这次我们惹来的不是官司，而是一个女孩！

洛朗丝（平静下来，走到女战俘身边仔细端详）：不管男的女的，说到底还不是一回事。你叫什么名字？

保罗：她听不懂。

洛朗丝：也好，这样倒还简单了。话说回来，这是你的主意，而且你说过你来负责的……

保罗：可那些事情，那儿，就是那些事情，还得你来。

洛朗丝：什么事情？

保罗：就是女孩子那些事情。你懂的，就是她有需要的时候。说到底，她现在在这儿，全都是因为你，不是吗？

洛朗丝（再次提高嗓门）：还女孩子那些事。也不瞧瞧你那猥琐的样子。要是家里养了一只母仓鼠，难道也要我来负责那些事？别忘了，这都是你的主意！

保罗：给我们惹上这出麻烦的人是你！

这时候，弗雷德抱着一只体积庞大的塑料做的鹿走了进来。

弗雷德（语气阴沉，就好像刚刚知道什么噩耗一样）：他已经来了！

洛朗丝：女的她！正和你爸说这件事呢。

保罗：这个本来要上网站咨询的。这也是材料上写着的……

弗雷德（走到女战俘身边）：她叫什么名字？

保罗：不知道。她听不懂我们说的话。

弗雷德（指着自己对女战俘说）：弗雷德，弗雷德，你呢？你叫什么？

他转过身看着父母。

他妈的！现在这算什么？有……有这么一个杵在房间里……

保罗：幸亏有这么一个，我们才能付得起房租，才能买点儿"圣诞年货"。没有这么一个，我们早就睡大街了……

弗雷德（模仿他父亲的口吻）：哇！政府补助！哇，补助金！我可以不用挪动我的屁股四处奔波去找工作了！我可以安心当一个富有的失业者，关闭我的大脑，打开我的电视，整天无所事事，哇！谢谢你。

保罗：够了。你给我闭嘴！现在付房租的人还是我！不称你的心，我也不留你，嗯。你又不是什么战俘。你翅膀硬了，可以自力更生了，好让你领教领教生活多么不易。生活就像一台机器……

弗雷德（插嘴接话）：把你逮住，把你咬碎，再把你吐出来。烦不烦……

保罗（片刻令人难受的寂静之后，他用一个自尊心受到伤害的父亲的口吻说道）：滚。从我面前消失。滚回你的房间。我不想看到你。

他凑到弗雷德面前。

给我滚！

弗雷德摔门而出。

洛朗丝：这气氛真好。就不能换个方式来解决问题吗？

保罗：别，你们别一个个都来烦我！你觉得问题该怎么解决，靠你的……工作……

他用非常轻蔑的口吻说出最后这几个词。

洛朗丝：你一直就不满意我当收银员。

保罗：刚认识你那会儿，你的梦想是拍电影！

洛朗丝：刚认识你的时候，你的梦想是当工程师。

保罗：我就是工程师！

洛朗丝（厌恶地对着他从头到脚看了看）：是呀！真是风度翩翩！眼神里看着就是干大事的人！

保罗（耸了耸肩）：还真巧，我老婆是演员！

洛朗丝（凑到他面前，挑衅一般地说道）：可怜虫。什么也做不了的可怜虫。对你的儿子你什么也做不了。他抱怨，是因为他在学校会被当作蠢货嘲笑。接受政府战俘补助的会受到所有人的嘲笑。对我你同样什么也做不了，你这个半性无能。"你理解的，都是因为压力，因为压力……"开什么玩笑。我就知道有的人压力山大照样生龙活虎。有的人丢了工作，却不会像缩头乌龟一样活着。"我不想动，我不想动，我只想安静地躲在里面，躲在我的壳里。我就喜欢我的壳，有壳真好。"还有，你知道吗？我早就想对你说了，你臭死了，都臭了好几个星期了！现在，我失陪了，我累死了，我去放洗澡水了。

她走了出去，保罗独自和女战俘在一起。

保罗：她是有点脾气……其实我们夫妻关系还是挺和睦的……她发火的时候总会口不择言……

他对自己闻了闻。

你觉得我身上有味道吗？人嘛，说到底就是这样的。

他指了指自己。

虽然有时候她的确让我生气，但还是要理解她。一直以来她也不容易。我们经历了一段非常困难的时期，她一直非常焦虑，现在她也就是发泄一下，你明白吗？或许是因为你是女孩子，这让她感到心烦。这很有可能。女生之间可麻烦了，比男人之间麻烦多了。男人当面一记老拳就完事了。女生总要在后面搞点小动作，在这一点上人和动物没什么大差，如果你把两条母狗放在一起，注意噢，我并不是想说你就是母狗，呃，也不是想说洛朗丝就是母狗，尽管有的时候……不是，我就是举个科学上的例子。其实洛朗丝是了解我的，她知道我有……知道我就是这么一个男人！有需求的男人！你懂的！

他靠得非常非常近。

再说你也很漂亮。换一种情况也许我会请你喝一杯。你觉得我怎么样？我已经45岁啦，但老实说你觉得我看上去像吗？说真的。知道吗，我有个同事，是以前有个同事，那时候她刚到我们公司工作，一个年轻女孩，美得就像一座雕像，才19岁，那头发……和你的有点像……她明白我是什么人物，你看，她明白的。她明白我能在职场上给她帮助。

他把声音放低。

因为爱，我能帮到她的……爱情，你懂吗……我去！有时候，我感觉就像看电影一样看我的人生，你知道在走廊里前行的人会发生什么事情。你知道他不能打开走廊尽头的那扇门。你知道在门后面有一个拿着武器的家伙。就算你大声呼喊让走廊里的人不要打开那扇门，但他还是打开了。有时候，我感觉自己就是这样的情况，我会做一些事，我看着自己做出这些事情，我知道不应该做，我告诉自己不要做，但最后还是做了……你多大了？……我想最多 25 岁吧……我向你保证，这真是不可思议，你和她长得太像了……

他儿子开门进来，打断了他的话头。

你居然还在，臭小子？

儿子没有回答，径直走到厨房在冰箱里拿了点儿东西。

呵呵，行啊！你在这儿就像在宾馆一样，尊贵的客人，宾至如归啊，生活难道一点儿也不艰难？一切都能如你的意？

弗雷德走到他面前，在口袋里找了找，掏出一沓钞票。

保罗：这是什么意思？

弗雷德：我付钱。你别再跟我唠叨了。你别来烦我，我付你钱。每个星期我都会付你钱的。

保罗接过钞票，看着他。

从现在起我就是客户，我们就是纯粹的业务关系。我们会见面，我们要有礼貌。我就是你的客户。

保罗（把钞票揣进兜里）：你就是一个彻头彻尾的小浑蛋。有时候我就在想，你们这一代人都可以回炉了。我们直接重新从零开始，好好给你们讲讲事情该是什么样子的。所有的小孩全都把脚拴上，每天拴五个小时，这样对大家都好！

洛朗丝走了进来，身上穿着浴袍。

保罗：哈！最美的来了。

洛朗丝（递给他一个信封）：我在洗发水旁边找到的。

保罗：什么东西？

洛朗丝：电话账单。催款单。亲爱的客户，巴拉巴拉，这应该是您的疏忽……滞纳金5欧元……巴拉巴拉。

保罗：电话账单怎么会跑到洗发水旁边去的？实在让人难以置信……

洛朗丝：没什么难以置信的，就是因为乱七八糟和满不在乎。白白损失5欧元。

保罗：噢，没什么关系，我来付。我现在就付。走起！在线支付，搞定……

洛朗丝：不！有关系的！因为这说明一个问题。这说明你根本就没放在心上！想想这个世界如果全都是你这样的人！全都是搞不清发货时间的人，全都是从来都不付电话账单的人……好好想想吧……你就是人类文明的绊脚石！

保罗（挥着电话账单）：因为你管这叫人类文明？

洛朗丝：你完全明白我的意思。

她走进厨房。

保罗（看着电话账单）：呵呵，这简直就是东部前线……每个文明的崩溃都是这样的……永远都是别人的错！得，我还是去买张刮刮乐吧！

他做出要出门的样子，然后马上折回来冲洛朗丝的方向喊道。

不管怎么说，瞧瞧你周围，告诉我你哪只眼睛看到了人类文明！人类文明对于民主来说，就如同自制鸡尾酒对于土耳其烤肉店一样……这是市场营销上的说辞。

屋里只剩下弗雷德和女战俘。

弗雷德：慢慢你就会明白的。我爸，他就是一个名言警句的专家。我们家就是一个奇怪的动物园。遗传学决定了我就是一个蠢货，你觉得我还能有什么希望摆脱这一切吗？我的血管里流淌的都是愚蠢的染色体。

他伸手抚摸女战俘的脸，他的手慢慢滑向她的肩膀，接着是她的胸部。

女战俘：别碰我！

弗雷德（好像烫到一样迅速把手收回来）：嘿！大新闻呀，你会说话呀！你听得懂我们说的话！这下有戏了。

他又伸手抚摸她。

怎么！你还想报警？要知道我想怎么着就怎么着！只要我们给战俘提供食宿就行！要知道都是因为你，我再也没法请我女朋友到家里来了。她就像公主一样，她无法忍受男朋友的父母竟然是接受政府战俘补贴的糊涂虫。事情就是这样！都是因为你，我变成了单身狗。你明白的，像我这样年纪的人只想着一样东西，就是这个东西。

他把手伸到她的双腿之间，女战俘给了他一巴掌。

女战俘：我经历过 5 年的战争，你以为我会害怕你两条腿中间那个小家伙？

弗雷德（再次尝试）：现在呢，你能怎么样？

女战俘（又给了他一巴掌）：这是原则问题。

弗雷德：我可不是什么初哥。

女战俘：巨婴而已！

弗雷德（一把掐住她的喉咙）：别敬酒不吃吃罚酒。让我给你讲讲上回把一个女生给上了的事情。那女生，你不需要知道她的名字，她非常喜欢音乐，她有一些 T 恤衫，上面印着她喜欢的乐队的名字，她会在本子里贴上贴纸，钱包里还藏着谁的亲笔签名。我和朋友一起一共五个，我们对她说有演唱会的票子，她可以来我们这儿拿。她来了。一个哥们告诉她："票子不在我身上，放在我爸的地下车库了。"我们五个和她一起下到地下室。我哥们对她说票子可以有，但是得交换。她问用什么交换。我哥们说："让我们看看你的胸，我是摄影爱好者。"这话是真的，他掏出一架数码相机给她看。那女生叹了口气，掀起了衣服。我哥们拍了照，然后对她说她就是一个飞机场，很遗憾不能用这么小的胸换演唱会的门票。那女生急了："什么？什么？这我又有什么办法？"她就这么看着自己的胸，就像这样。我哥们说道："这样吧，你的屁股，让我们看你的屁股，拍出来肯定很好看。"那女生对他说："我的屁股？要是你还是不喜欢，我该怎么办？"我哥们说道："别担心，这世界上的屁股我全都喜欢。"接下来的事情让我们都不敢相信，那女生转过身，脱下裤子。唰！她对我们露出了屁股。闪光灯一亮，我哥们拍了照片。女生对他说："现在演唱会的门票可以给我了吧？"我哥们说道："我去，这骚货，在这里刺激我们，还想把我们甩在一边。"另一个哥们对女生说："你这个大傻瓜，我们压根就没有你那烂乐队的票。"那女生这下明白了，说道："你们以为这样我就会让你们这些学校里的小瘪三给上了？醒醒吧，你们还不如用手指头插自己的眼睛。"我哥们回答说："你看着吧，看看我们的手指往哪儿插。"说着，他一把把女生推倒，对我们说："兄弟们，尽情享用吧！"轮到我的时候，我让那女生睁大眼睛看着我，我也盯着她看，一直看到眼底深处……

女战俘：你想看什么？

弗雷德：这个嘛，我也不知道。也许是一道光，在走廊的尽头。

他笑了起来。

女战俘（打断了他的笑声）：凛冬时节，天气冷得要命，吐口唾沫都会在着地之前就冻成冰块。落地有声，就像爆米花一样。你知道有些青蛙是怎么抵御严寒的吗？

弗雷德：原地跳个不停？

女战俘：它们让自己冻僵。心脏停止跳动，血液不再流动。身体慢慢变硬。看上去就和小石子没什么两样。

弗雷德：它们死掉了？

女战俘：对，死得不能再死了。但厉害的是它们能活过来。这是适者生存的巅峰。学会复活。等天气稍稍变暖，它们就开始融化，在身体里面产生极其细微的运动，这些极其细微的运动引起极其细微的静电放电，心脏重新开始搏动……

弗雷德（再次把手放到女战俘双腿之间）：你是在给我讲寓言故事吗？你想告诉我你现在冻僵了，但只要有谁给你一点温度你就会活过来。是不是啊，我的小蛤蟆！

女战俘又一次狠狠地把他的手打掉。

嗯，我最后肯定会爱上这一口的。

女战俘：那是战争期间。天气非常冷，晚上躲进洞里睡觉，都不知道第二天醒过来的时候鼻子手指还在不在。每天都那么冷，我们内心深处有些东西也随之变得冰冷。那是战争，我们对别人开枪，把投降派的汽车、国际援助车队、军人统统炸飞。我们不在乎。我们想要的就是这些人全都滚蛋，别来烦我们。一天，我们炸飞了欧盟代表团的三辆汽车。车子炸得几乎什么也没剩下，但我们还是走过去看看能捡些什么回来。我们听到一辆汽车里面有动静，我不知道这是怎么一回事，简直就是奇迹，一个小女孩，也就三四岁的样子，站在冒烟的残骸之间。她毫发无伤，就连身上穿的天蓝色裙子都没弄脏。应该是代表团某个成员的女儿。这个不知道性别的傻瓜没找到保姆，只能带女儿来出差了。小女孩站在那儿，惊恐万分，一双棕色的大眼睛直直地盯着我们，怀里紧紧抱着一只兔子公仔。她没有哭，就是嘴角有点下垂，像极了动画片里的人物。我们不知道该拿她怎么办。虽然我们的心已经冷了，但谁也下不去手把她干掉。我们也可以把她带上，但我们不太清楚带回去又能怎样，一个小女孩藏在我们的地洞里，外面是轰炸和士兵。她肯定挺不过去的……

弗雷德：后来呢？

女战俘：后来我意识到她看的人是我。也许是因为我是队里唯一的女性，这激发了她的本能反应。我也说不清楚。后来我说道，对着这个一直看着我的小女孩，我说："算了吧，让她去吧，就把她留在这儿。"于是我们就出发了。我回头看了一眼。我不知道为什么会回头，就像罗得的妻子在离开索多玛时回头一看，立即变成了一根盐柱。我看到她还是一直看着我，她的头发上已经出现了冰霜。

弗雷德：你真是一个彻头彻尾的浑蛋。

女战俘：这样说来，我们也算是一对了。

洛朗丝（在厨房里大声说道）：弗雷德，你可以把餐具摆一下吗？

弗雷德：你这故事真烂，听着一点儿也没法让人感到伤心。就像狗血电视剧的结局，在小提琴伴奏下推着奶油蛋糕出来就想让人潸然泪下。我得去干活了。

女战俘（独自一人，不无嘲讽地自言自语说）：欢迎随时回来。你知道能在哪儿找到我。

黑幕。


## 第二幕


女战俘坐在舞台一角的浴缸里。她泡在水里，身上还戴着锁链，锁链简单地拴在洗脸池下面。

保罗和洛朗丝在一墙之隔的客厅里。他们并排坐在沙发上，面前的电视机闪烁着光芒。

保罗：我真心不懂这些人怎么会愿意在电视上讲述他们生活的不幸。换作我肯定会张不开口的。

洛朗丝：这些都是演员。

保罗：怎么可能，都是演员？

洛朗丝：你真以为电视台会花上好几个星期给你找来五个惨遭乱伦的女孩，或者五个去土耳其做隆胸手术结果手术失败的女孩，又或者五个买了乱七八糟的东西想让老二变长的男人？电视台还要说服他们对着观众讲这些事情。这些，都是演员。就和自由式摔跤一样……

保罗：什么，自由式摔跤？

洛朗丝：对，自由式摔跤，都是演的。那些选手做的"晾衣绳凌空技"都是假的。他们根本不是真打。

保罗：全是假的？

洛朗丝：全是假的！

保罗：这个，就这个厌食症的女生，她是演的？

洛朗丝：没错。

保罗：演得还真像。

这时候弗雷德走了进来，脱下外套往椅背上随便一扔。

保罗：儿子，你知道这些节目里的人其实都是演员吗？

弗雷德：知道啊……就和自由式摔跤一样。

保罗：那么，那些跑到海岛上靠蛆虫为生的节目呢，还有那些一帮子蠢货去勾引一群骚货，谁顶住诱惑谁就赢的节目呢？

弗雷德：都是演的。

洛朗丝：全都是摄影棚里拍的。

弗雷德：他们都是根据收视率来换剧本的。

保罗：明白了。好吧。那么电视新闻呢……

洛朗丝：你真以为他们会等着事情发生，等事情发生后再来报道……就像这样……全部的真相。

保罗：你想说什么？

弗雷德：她的意思就是说这些也都是演的。

洛朗丝：人类在月球表面迈出的第一步。

弗雷德：演的，棚内摄影。

洛朗丝："9·11"。

弗雷德：演的，棚内摄影。大手笔制作……

保罗：毒气室。

弗雷德：演的，棚内摄影。卓别林和约翰·休斯顿主演，犹太人早就跑到马达加斯加去了。

保罗：是吗，啊……听你们这么一说，电视上就没什么是真的了？……

洛朗丝：当然不是，有些东西还是真的。

弗雷德：电视购物就是真的。

洛朗丝：没错。不然的话别人下了单他们拿什么供货呢？

弗雷德：还有欧洲电视歌唱大赛。

洛朗丝：对，这也是真的，不过没人在乎是不是真的。

保罗：也就是说没人……没人知道到底发生了什么……

弗雷德：不……还是有人知道的……话说回来，知道了又能怎样？对于你我这样的屁民来说，知道真相又不能改变任何事情。不管是在电视上演还是在现实中演，总归是演……因为有人更希望在电视上演，所以大家都在电视上演。

保罗：嗯，说得没错。

洛朗丝：瞧瞧，你就是屁民一个，和所有人一样。你又不在乎。民主嘛，就是这么一回事，就是让人民有说话的权利，但又什么都不在乎。

保罗：没错，我不在乎，但我不是什么屁民。

洛朗丝：你不是谁是？别着急上火，这又没什么大不了的。

保罗（站起来）：有些话我就是不爱听。我每天都尽职尽责，不是吗？……那个，里面那个，每天都是我在管！这样我们才有钱进账！

洛朗丝（嘲讽道）：我们现在有矿啦！

保罗（朝浴室走去）：本来嘛……

洛朗丝：一会儿见，屁民。

保罗走进浴室。他在浴缸边上坐下，拿起一个塑料瓶，在掌心里倒了点里面的东西，开始揉搓女战俘的头发。

保罗：这是河狸油……用了你的头发就会变得闪亮有光泽……

女战俘看着他，眼神中隐约闪过不屑。

保罗（勃然大怒）：你要明白，我没必要对你一直客客气气的。我可以对你为所欲为。昨天晚上电视里播了一个有关战俘的节目。节目里有一个战俘就睡在花园尽头的棚屋里，连暖气都没有。他吃的都是残羹剩饭。我们有权利这么做。如果你们的行为不检点，我们有权揍你们。我们想怎么做就怎么做。

他从小柜子里拿出一瓶慕斯沐浴露，扔进了浴缸里。

龙舌兰精粹的……里面还有肌肤补水成分……

女战俘在掌心里倒了点沐浴露，开始涂抹起来，看都没看保罗。

白眼狼……

保罗打开一台小收音机。收音机里传出一首听着十分弱智的歌。他用跑了调的旋律尝试跟着哼唱。他站了起来，看着浴缸里面……

已经 1 个月了……你还是没明白……你还没弄明白我是谁？你以为我不管从哪个方面来说就是一个家庭主夫？你以为我是什么和蔼的老保姆？你没搞懂在我心底里，在我心底里面……

他指着自己的脑袋。

在这里面……是一个领军者的灵魂……是一个征服者的灵魂……不然你以为是什么呢……你让亚历山大大帝出生在现在

这个时代……生活在这样一座城市里……面对通过考试的重重困难……爹妈都不工作，就因为一句"现在不是经济危机吗"，因为失业和当下生活里的诸多小乐趣……亚历山大大帝，他最后也会变成我……他会变成我，但在心底，他还是亚历山大大帝……

女战俘拿起莲蓬头。保罗一把从她手里夺过，放回原处。

在我家，只有等我说可以冲洗头发之后，才可以冲洗！

他抓住女战俘的头部，按到水里。

《碧海蓝天》看过吗？一部讲自由潜水的电影。我可喜欢这部片子啦。你要明白集中精神的重要性。集中你的精神！你瞧……我想干什么就干什么！我就是你的亚历山大大帝……虽然我没法统治全世界，但我能统治你！集中你的精神！世界纪录将近 10 分钟呢！

他没注意到弗雷德来到他身后，看着他。保罗感觉身后有人，转过身，手依然把女战俘的脑袋按在水里。

弗雷德：从法律的角度上来说，她仍然是联邦政府的财产。如果把她弄死了，你会有麻烦的。

保罗：她可以死于事故。好像已经有不少事故发生了……这样一来，你觉得别人会怎么说？事故嘛，难以避免的。当然啰。

弗雷德：她要是死了，你就没钱可拿了。

保罗：给她上过保险了！

他冲儿子微微一笑，最终放开了女战俘。

反正她什么事也没有。瞧，她这不是挺精神的吗。我们大家都爱她……她来了以后都长胖了。是不是呀……小球球……

保罗站起来，走到浴室门口的时候说道：

刚才我在训练她的注意力……算不上什么坏事。你看什么都觉得很邪恶，那是因为你脑袋里装的全是烂东西……干点儿有用的吧。你帮她冲洗、擦干，然后把她铐起来。

保罗走了出去。

弗雷德：终有一天我要干掉他。

女战俘：每个小男孩都会这么说。

弗雷德：我有许多朋友都去参加反战游行了，滔滔不绝地讲着尊重"人权"。但我知道，有许多人活着还不如死掉的好。

女战俘站了起来，全身一丝不挂，就这么站了一会儿。弗雷德有点手足无措。而她一点也不在乎。

女战俘：按你爸爸说的做吧。

弗雷德解开了战俘的锁链，拿起一块大浴巾递给了她。

弗雷德：再过 1 个月就是圣诞节了。你想过要什么礼物吗？

女战俘：一条漂亮的裙子，一条美丽的项链，去海边度周末，去饭店吃一顿丰盛晚餐……对，诸如此类没用的东西……不然就是，你知道的，那个可以让我出去，让我去旅行，或者让我可以望着窗外小酌一番，任凭时间流逝的东西。

弗雷德：啊哈，自由。

女战俘：没错，就是自由。我没想起来这个词怎么说。

弗雷德：问题是，现在可不是时候。

女战俘：办法总会有的。

弗雷德：你这礼物，我可看不出有什么办法。

女战俘（她猛扑过去，用锁链绞住弗雷德的咽喉）：我来给你解释一下……死亡和生命一样……简单来说就是一个技术性问题……氧气、热量、蛋白质……你像这样待上 180 秒，这辈子你就只能是植物人了。如果时间再长一点，你就会死掉……你肯定想对我说一堆屁话，好让我放了你，不过可惜的是，脖子上的链条让你没法说话……你肯定想说，这解决不了任何问题，或者我搞错了对象，或者我会因为谋杀而被送上绞架……不管你说什么，我的回答只有一个："我不在乎……我已经死了……我就是行尸走肉。"

弗雷德的身体越来越僵硬，脑袋朝后仰去。女战俘朝他俯下身子，亲吻他。

爱情也只是一个技术性问题，同样的条件，氧气、热量、蛋白质……

她放开了弗雷德。

弗雷德：你这个疯子。

女战俘：那场战争不是我让它发生的。那些死掉的人也不是我让他们去死的，他们是因为钱，我一毛也没拿到的钱死掉的。事情的结局是如此糟糕，谁都不满意。有那么多人被拴在别人家里，就为换取那点可怜巴巴的钱，好让谁也不想要的经济苟延残喘下去。你那个同性恋父亲憎恨你和你妈，每次我洗澡的时候都想把他的手指伸进我下面，就因为他自认为是亚历山大大帝。你妈每天晚上回家的时候一副筋疲力尽的样子，就像生命即将走到尽头的软体动物。还有你这小浑蛋，自命不凡的家伙，游手好闲的家伙，瞪着一双死鱼眼，你脑袋里就没有什么比爱上我更好的事了……我没有疯，小浑蛋，我和别人没什么两样。

弗雷德：我可没爱上你！是你把自己的欲望当作现实了。没错，我是想干你，可我没爱上你。

女战俘：你可以要挟我。

弗雷德：你在说什么？

女战俘：你可以用脖子上的伤痕威胁我。你可以这么对我说："吸我的老二，否则我就会去找我爸，把事情都告诉他。然后他就会打电话到上级部门告状，说家里的战俘具有攻击性。

然后他就可以收到一笔丰厚的赔偿。然后就会把你关进设在海边的高安全等级监狱，在那里会把啤酒瓶插进狂躁症患者的肛门里让他们安静下来。"等我被送走以后，你就可以让你女朋友到家里来了，从各方面来说你都可以得益。来吧，要挟我吧。我不想被关进监狱，所以我会吸你的老二。每天都可以……

弗雷德：你这个神经病！

女战俘：你瞧。我说什么来着！你爱上我啦。

洛朗丝走了进来。

洛朗丝：没事吧？

弗雷德：没事！我在帮老爸干活呢！

洛朗丝：我听到一阵动静。你脖子上的印子是怎么回事？

弗雷德：我们在闹着玩呢。剩下的交给你了。

弗雷德走出浴室。洛朗丝和女战俘相互看着对方。

洛朗丝：出来。

女战俘爬出浴缸。洛朗丝伸手摸着她的头发。

都打结了。真可惜。你的头发本来很漂亮的……坐下。

女战俘装作听不懂，洛朗丝用梳子在她头上梳了一下，她就坐了下来。

对，就这样。真遗憾，只有这样你才能明白。说到底你和母牛也没什么两样……我其实并不是针对你，你明白的……

她开始帮女战俘梳头，动作十分粗暴，一边和声细语地说道：

你知道吗……你知道吗……你知道吗……你知道吗……你知道吗……今天弗朗索瓦丝出事了。我的同事弗朗索瓦丝，她和我们新招的卡车装卸工惹出了麻烦。据说装卸工请她到家里喝一杯。据说她去了，据说他想把她给睡了。不管怎么说，她为什么要去呢？她同意去就说明她心里已经有了想法。接下来也就不用装出吃惊的样子了。再说了，装卸工是希腊人。你知道希腊人是怎么思考事情的吗？……他们根本就不思考……我知道你在想什么。我知道你在观察我们。我们说的话你一句也听不懂。你一句话也不说……但你在那里观察我们……你每天做的就是观察我们。这一看就知道。我也一样，我也在观察你。很多事情我心知肚明，你知道吗？我知道保罗那点破事，你让他神魂颠倒……他就喜欢你结实的小屁股……我无所谓的……他完全可以用他的老二干你……我不在乎……在我看来，这和他牵一条狗出去遛遛没什么区别……当然，我们得先有一条狗才行……还有弗雷德，他对你也有反应……就他这年纪……就他这年纪，即便是垃圾袋也会让他有反应的……不过他还是太脆弱……还算不上一个男子汉……如果他是男子汉的话，就应该把他的家伙塞进你的嘴里，告诉你，你就是一个婊子……比一个婊子还不如……因为婊子不管怎么样还属于人类……他应该对你实话实说……他应该告诉你，你连动物也算不上，因为动物还有动物保护法呢……你呢，你就是一个我们不得不收留的肉体……我知道你还想继续你的战争小把戏……我知道你想要破坏我们这个一无是处的家庭……你给我小心点……你给我小心点……

保罗拿着一台摄像机走了进来。他在拍摄……

洛朗丝：这是什么？
保罗（继续拍摄）：摄像机。
洛朗丝：我们什么时候有摄像机了？
保罗：不知道呀。我在弗雷德房间里找到的。真棒。很多东西都可以拍了。
洛朗丝：然后呢？
保罗：没了。然后我们可以看呀……

洛朗丝站了起来，准备出去。

洛朗丝：你儿子怎么会给自己买这种东西的？
保罗：我怎么知道……他自己搞定的……

洛朗丝走了出去。

保罗（继续拍摄）：现在有关男女战俘的网站越来越多了。这可是好东西……有人会掏出银行卡来预订……女生监狱 .com、硬核女战俘、受辱战士 .fr……按次付费，每部片子 5

欧元，还可以包月，每个月 15 欧元。就算只有 100 个人包月，我每个月都能收 1500 欧元……每个月至少 1500 欧元，净收入，不错吧……只不过还要成立公司，还得上税，但包月量很快就会超过 100 个的。我们要发财啦。发大财啦。看我多精明，我可不是什么傻瓜屁民……露出来，快露出来……

他拉开女战俘身上的浴衣。

赞。咱俩好好合作。我们现在算是同事了。

他靠近她。

你想怎么做？要不我们的网址就叫"战俘妓女 .be"怎么样？你想怎么做……

黑幕。


## 第三幕

卧室内。一张大床。女战俘躺在床上，一身滑稽可笑的内衣，带着红色花边。她被锁链拴在床头。脸上化了很浓的妆。弗雷德、保罗、洛朗丝站在床前。保罗和洛朗丝交谈着，弗雷德在收拾东西。弗雷德把各种零碎装进运动包里，然后用多用吸纸擦拭振动按摩器……

保罗：很有气派，不是吗？

洛朗丝：我一直很欣赏你的超高品位。

保罗：花5欧元下载一部片子，就别想追求什么品位了。瞧瞧这个！

保罗让洛朗丝看摄像机的小屏幕。

洛朗丝：上帝啊，这家伙你从哪儿找来的？

保罗：小广告。他一分钱也不要。他干这个就是出于兴趣。他可以每个星期来两次。

洛朗丝（一直看着小屏幕）：真是林子大了什么鸟都有啊……妈呀！他的劲头还真够猛的……

保罗（也凑过来瞧了一眼）：关键在于要和其他网站不一样。

洛朗丝（面带嫌恶地挪开视线）：特色嘛，倒是有了。但你确定这么做是合法的吗？

保罗：至少不违法。我在一些论坛上问过了。这算是法律上的"真空地带"。反正也没人在乎。这话还是你对我说的呢。

洛朗丝：在圣诞节当天工作，这也是合法的？

保罗：我这又不是工作。我这是搞艺术。

洛朗丝：政府可真好说话呀，给拍黄片的家伙艺术家的身份。

保罗（发火）：就算是拍黄片，那也是导演。而导演，那就是艺术家。艺术家就是具有世界观的人，就是对于世界和社会有话想说的人。从道德伦理上来看，黄片也是一种批判，是对自由的表述和对肉体关系的解读。

洛朗丝：这话说得真精彩。

保罗：我说得精彩，那是因为我说得正确。你看，魏尔伦[1]被判入狱 4 个月。莫蒂里安尼[2]，作品遭到查禁，因为他画的裸体上有"毛"。库尔贝[3]的《世界的起源》藏了整整一个世纪……

洛朗丝：你是不是读了什么书呀？

保罗：没，我就看了一档艺术节目。现在的那些文化部部长什么也不懂，和我们一样晕头转向，但他们最担心的就是在查禁方面犯错误，从而被当作"乡巴佬"。

洛朗丝：是吗？

保罗：当然了。谁也不会把票投给一个"乡巴佬"。你肯定会把票投给常去戛纳的、朋友圈里都是大明星的、面带微笑在墙上挂着巨型铜质阴蒂的展会现场溜达的人！

洛朗丝：这是因为他们也无所谓……

保罗：才不是呢，他们才不是无所谓的。他们呀，他们掌握着所有事情的要害，整个世界的关键。

洛朗丝：整个世界的关键……让我猜猜……金钱？权力？

保罗：不是，还得往前。你说的那是第二等级。第一等级先得有市场营销。

---

1　保尔·魏尔伦（Paul Verlaine，1844—1896），法国象征派诗人。

2　阿美迪欧·莫蒂里安尼（1884—1920），意大利表现主义画家与雕塑家。

3　居斯塔夫·库尔贝（1819—1877），法国画家，现实主义美术的代表人物。

洛朗丝：所以说，因为你这些破烂给你艺术家的身份，就是为了给他们自己打广告？

保罗：不是的。广告，那是为了把不管什么东西统统卖给别人，让别人以为自己想要这些东西。这已经挺厉害的啦，但不是什么时候都能奏效的。市场营销正好相反。首先要了解别人到底想要什么，然后再通过广告把东西卖给别人。一个内阁大臣要花上许许多多时间去弄明白人们想要什么。然后他会得出结论，没错，人们的确想要接受领导，但他们希望领导他们的人带着自信的微笑，每天会晨跑，会在电视上开开玩笑，能把对手碾得粉碎，但在骨子里是酷酷的、潇洒的，他有美满的家庭，会牵着妻子的手，会替你着想，让你能悠闲地坐在电视机前度过每个晚上。

洛朗丝：我听着怎么有点晕呢。

保罗：30% 的利润率。艺术家的身份，带来的全都是好处。明年我还能申请奖金呢！

洛朗丝：好吧……我去把烤炉点上……

她走了出去。

保罗：一个天生的创新者就会有这样的烦恼。刚开始的时候，所有人都会把你当作小丑或疯子。我敢肯定，再过 20 年，那时候的人会明白我的艺术创作的意义所在。我们家门口会挂上一块铜匾，上面写着"保罗·隆巴尔故居"。文化遗产日那天会让人进来参观。到时候会布置一个小书房，用天鹅绒绳栏围起来，免得有人乱摸……这是因为我明白一件事……每个人都会构建他的现实。而我的现实，就是这个……

他挥舞着摄像机，弗雷德进来打断了他。

弗雷德：老妈说圣诞树花彩的电源有点接触不良。她想请艺术家先生去看看。这是她的原话……

保罗（一边往外走一边说）：乖乖狗站起来，听话递爪子。

弗雷德拿起摄像机正要看屏幕。

女战俘：别看。
弗雷德：为什么？
女战俘：因为我要你别看。

弗雷德在床边坐下，抚摸女战俘的头发。

弗雷德：我存了5万欧元。我会倒腾点毒品什么的，然后又私吞了一点经手的货。所以现在我已经有5万欧元啦。

他起身拿起摄像机，接着重新坐下来。

我还是要看。胡思乱想更加糟糕。

他按下了播放键。

画外音是一个男人的声音：……你喜欢吗？……小婊子……臭婊子……给我全部接着……哇噢……

弗雷德关掉摄像机，放在床脚下。

弗雷德：看了更糟糕！

女战俘：最糟糕的是，你爸和那家伙已经约好了后天。那家伙本来想明天就来的。你爸跟他说圣诞节当天不能工作。

弗雷德：你知道的……我可没爱上你。

女战俘：这只有你自己才知道……

弗雷德：我可不想让你抱什么幻想。

女战俘：不会，不会的。

弗雷德：我只不过不喜欢事情变成现在这个样子。

女战俘：你是一个高尚的人。

弗雷德：这和高尚没关系。

女战俘：那和什么有关系？

弗雷德：和什么都没关系。就是因为我不喜欢，有些事情我不喜欢。

女战俘：我很清楚你在想什么。

弗雷德：难道你会读心术？

女战俘：你开着车行驶在高速公路上，已经开了很久，你发现一直都没有看到出口，于是就怀疑是不是该走这条高速公路。天黑了，你笔直往前开，就像逆流前行的渔船一样拼命烧着汽油。路上连一块指示牌也没有，你不知道在朝哪儿开，但是你知道离来的地方已经非常远了。你感觉恶心、疲倦、愤怒，乱七八糟地混在一起，在你的嘴里产生让人难受的味道，而且慢慢地这种味道会变得越来越强烈。突然，你看到一块出口指示牌。但出口已经很近了，只有100米了。你来不及去想到底要不要走这个出口。你来不及去想和继续走高速公路相比，走这个出口到底是好还是不好……

弗雷德：战争期间死了多少人？

女战俘放声大笑。

有什么好笑的？

女战俘：一个我认识的家伙曾经对我说过，死的人多了去啦，就像打折快结束的时候那样，清仓大甩卖！后来他自己也死了……

弗雷德：有时候你会想，所有这些关于尊重生命、尊重人权的东西，所有这些打小就被人用榔头砸进你脑袋里的东西，全都是骗人的鬼话。全都不管用，或许在摩比世界里才管用，但在现实世界里根本不行。在现实世界里，要学会杀人，要让别人闭嘴，要变成禽兽……

女战俘：你说得没错。但这话我俩之间说说就行了。

弗雷德：别傻了。这些话早十万年前大家就已经知道了。

他又拿起摄像机，再次按下播放键。画外音再次响起……

画外音的男人声音：我要把你干翻，我要把你干成两瓣……赞……给我把嘴张开……

女战俘：你在干吗？你在搞什么？

弗雷德：我在调动情绪。

女战俘：我不认为看这东西会有什么作用。

弗雷德：有的，有用的。我感觉怒气值在上升。好极了，好棒的怒气发动机。你见过有谁是满怀爱意走上战场的？别人会让你以为这是出于对祖国、对浑蛋上帝的爱。但这都是骗人的。不管在什么时候，杀人都是因为心里充满了仇恨。是仇恨让人们坚持下来。没有仇恨，战争就会变得让人难以忍受。只有仇恨才能让人挺过去。

女战俘：你想去打仗？如果你有这样的想法，那你得好好看看新闻了。再也没有战争了。都结束了，我们输了，你们赢了。现在和平了。

弗雷德：从来就没有什么和平。数以亿计的小型战争不停地把一切全都化作灰烬。职员给老板当牛做马15年，家长和小孩作对，小孩和家长作对，课间休息，课间休息是世界上最惨烈的战争，小孩子会在课间休息的时候丢掉性命，老师和学生作对，学生和老师作对，老婆和老公作对，老公和老婆作对，老板和浑蛋工人作对，浑蛋工人和浑蛋老板作对，癌症病人和肿瘤君作对，股东同政府作对，政府同无政府主义者、打砸抢分子作对，婴儿和所有把母亲从他身边夺走的事情作对……这世上根本就没有爱……只有一地鸡毛的乱战。无时不刻，无所不在，从古至今，直到永远。哈，我已经嗑嗨了。

女战俘：面对这一切你想怎么做呢？

弗雷德：杀人。

女战俘：挺时髦的……

弗雷德（把摄像机对着墙壁一扔，抓住女战俘抽她的耳光）：别拿你的毒舌来烦我。你已经完蛋了。你离死不远了。我来拯救你。我会把我爸妈杀掉。我把他们杀掉，因为这符合这世界的逻辑，我要为我小小的宇宙做一些疯狂的贡献。事情只能以这样的方式来收场。

女战俘：你要把你父母杀掉？

弗雷德（在女战俘身边躺下）：是的，那应该会很赞。

他亲吻女战俘。

因为我爱你。

他再次吻她。

你以为你提到高速公路和出口指示牌的时候，我会不懂你的意思？

他又一次亲吻她。

现在，我下高速公路了。

女战俘（推开他）：不对，你现在是在吻我。而且，就在不到半个小时之前，我刚刚咽下了那畜生的精液。我嘴里还留着精液的味道呢……

弗雷德（亲吻她）：没关系的，这样很好……现在我越来越憎恨所有的一切了。这感觉很赞！

女战俘：你从来都没杀过人。

弗雷德：不重要。

女战俘：你想过杀掉之后怎么办吗？

弗雷德：不重要。

女战俘：别人会知道是你干的。

弗雷德：不重要。

女战俘：要是你下不去手呢？

弗雷德（突然停下亲吻的动作，看着女战俘，抚摸她的脸）：这只是决心的问题。

女战俘（把他拉进怀里亲吻他）：我也不爱你。别自作多情地相信我会爱上你。我不会爱上任何人。

弗雷德（吻回去）：我也不会。

女战俘（说话间，两人不停接吻，越来越动情）：你打算什么时候动手？

弗雷德：今晚不行。今天是圣诞夜。我敢肯定在圣诞节杀人会倒霉的。而且我还需要你帮我。

女战俘：我为什么要帮你？

弗雷德：如果你不帮我，我就向警察举报你，我会说你偷了家里的东西，我会说你很暴力。如果你不帮我，我就看着那头肥猪回来把片子拍完，而且我可以向你保证，他会比今天更加豪放的……

女战俘：那我要是帮你的话，我能得到什么？

弗雷德（吻她）：没有，什么都没有。

女战俘：听上去挺公平的。我同意了。

弗雷德：太好了！

黑幕。

## 第四幕

浴室。舞台空空如也，笼罩在红色的光芒中。旁边的房间里，收音机里正在播放金曲榜前 50 名的歌曲。弗雷德拖着一动不动的父亲走进浴室。他把父亲放在地板上，然后把头伸出门外。

弗雷德：你行吗？

女战俘的声音：等我两分钟！

弗雷德：需要搭把手吗？

女战俘：就两分钟！

弗雷德回到保罗身边。保罗发出呻吟，挣扎着想要爬起来。弗雷德抓起他父亲给女战俘买的洗发水，在他父亲的头上砸了好几下。他看了父亲一眼。女战俘还没有进来，他走出门外，消失不见。

弗雷德（画外音）：快！

女战俘：事情根本就没有安排好。真烂。

弗雷德：才不是呢。瞧，她已经不动了，这不是挺好的吗……

女战俘：她把我的胳膊抓破了。

弗雷德：没什么大不了的。快……

弗雷德和女战俘拖着洛朗丝走进浴室，把她和保罗并排放在一起。弗雷德一只手拿着之前用来拴女战俘的锁链。

弗雷德：多美的画面呀，不是吗?

女战俘：累死我了。

弗雷德：我去拿啤酒。

他走了出去。女战俘时不时给保罗来上一脚。弗雷德回来了，手里拿着啤酒和一个工具箱。他和女战俘在浴缸边上坐下。过了一会儿，弗雷德站起来，用锁链把父母拴在一起，然后拴在洗脸池基座上。他从口袋里掏出电线，把父母以非常不舒服的姿势捆了起来。

女战俘：现在可以把他们干掉了吧。

弗雷德：我们得按之前说的做! 如果不让他们吃点苦头，那就和把他们擦掉没什么两样。我要的不是把他们擦掉，而是把他们杀掉。而且他们的死，我要记住一辈子。他们的死必须是我每天早上醒过来想到的第一件事，每晚入睡前想到的最后一件事。就连做梦的时候也要梦到他们的死。持续的时间越长，记忆就越深刻。不然的话，很快就会忘记的，那就毫无意义了！

女战俘：随你的便！但我想他们是不会明白的。

弗雷德（把空啤酒罐扔进浴缸里）：他们明不明白我才不在乎呢。这么做是为了我自己。不然就没什么意义了。

女战俘（把她那罐啤酒递给弗雷德）：他们是你父母，所以你来吧。

弗雷德把冰冷的啤酒淋在父母头上。他们悠然醒转。

保罗（大声吼道）：弗雷德，你这小畜生，告诉我到底是怎么一回事。

弗雷德从工具箱里拿出一把焊枪，打开开关，伸到父亲鼻子底下。

洛朗丝（抽泣着）：他想干什么？

弗雷德：你已经被捆住了，老妈，你也一样。我仔细想过了，我想现在是时候做点有用的事了。我这辈子没干别的，就是整天吃着薯片看电视了。直到今天，我做过最厉害的事情就是在下乡班的时候在飞飞机比赛中赢了。我仔细想了一下人生的意义，当下作为人这意味着什么，政治行动的必要性。面对每分钟都在对这个世界造成危害的屎潮，我们每个人都应该做点儿力所能及的事情。我在想，如果每个人都能干掉两个浑蛋，事情就会好起来的。

保罗：你才是浑蛋呢。

弗雷德：有道理，这就是思维的局限性。我们始终都是别人眼中的浑蛋。谁是好浑蛋，谁是坏浑蛋？如果我上过哲学课，或许能帮我回答这个问题……我知道的……不管怎样，当一个手里拿着焊枪的浑蛋，总好过被捆着不能动弹、手指马上要被烧焦的浑蛋强。

洛朗丝：手指？

弗雷德：是的，老爸，老妈。我们要把你们的手指烧焦。我女朋友本来还想让我把你们的生殖器烧焦呢。但是对一个孩子来说，父母的生殖器官就有点忌讳了，所以我拒绝了。

洛朗丝（抽泣着）：可是……可是等你把我们的手指烧焦以后，你会做什么？

弗雷德：我会把你们杀掉。

女战俘：告诉他们真的……

弗雷德：好，最后，我们俩商量的结果是让她来把你们杀掉。

女战俘：把塑料袋套在你们头上闷死。这是最干净的死法了……

弗雷德：红色高棉曾经大规模使用过这种方法，效果很好的。

女战俘：塑料袋，这可是世界上最便宜的大规模杀伤性武器了！

洛朗丝：这太过分了！

保罗：你看他们就是在跟我们鬼扯淡。行了，我明白了……说吧，你到底想怎么样？

弗雷德：把手伸出来。

保罗：不。

女战俘：我早就跟你说过吧。事情肯定就是这个样子。

弗雷德：OK。

他拿起一开始就放在洗脸池下面的铁桶，套在了保罗头上。

保罗（头上的铁桶让声音变得闷闷的）：你要干吗？

弗雷德（对保罗下手）：你应该听话把手伸出来的。

保罗（大喊）：住手！快住手！

弗雷德（对女战俘说）：你能把音乐声调大些吗？顺便放点让人听着开心的。

女战俘走了出去。洛朗丝趁她不在试图和她儿子讲道理。

洛朗丝：弗雷德，我的小心肝。我可是你妈妈呀。这女孩肯定对你许诺了什么。但我敢肯定她就是在撒谎。她已经无可救药了，你明白吗？你必须马上停下来。我是你的妈妈，你是我的宝贝。你明白吗？

歌曲《失重》[1]的乐曲声突然响起，盖住了母亲的声音。

女战俘回来了。她对弗雷德说了些什么。弗雷德回应了几句，但是没法听清他们在说什么。弗雷德取下了他父亲头上的铁桶。保罗已经失去了意识。弗雷德打开莲蓬头，把水浇在他

---

1　法国 R&B 歌星 Shy'm 的单曲。

父亲身上。但保罗并没有醒过来。弗雷德对痛哭流涕的母亲说了些什么。她最后还是把手伸了出来。弗雷德用锁链把她的手固定住，用火灼烧。他母亲拼命挣扎，惨叫声混杂在音乐声中，几不可闻。女战俘把塑料袋套在她头上。洛朗丝垂死挣扎。弗雷德死命把她摁住。她的动作逐渐放缓，最后一动不动。弗雷德向女战俘示意。她走出浴室关掉音乐。她回到浴室。弗雷德打开浴室的百叶窗。阳光照进浴室，照在死去的父母身上。

女战俘：现在看来，这事也不算很难吧。

弗雷德：接下来怎么办？

女战俘：把你爸妈放进浴缸里，再往里面倒满漂白水和生石灰，然后把浴室关上三个星期，最后把水放掉就行了。

弗雷德：然后呢，你也没地方可去，你就留在这儿。

女战俘：对，应该吧。

弗雷德：我得去找份工作。我得去赚点儿钱……

女战俘：你每天早上7点半出门，晚上6点回到家。累得要死，心情糟糕。

弗雷德：等战俘的情况好转了，你也可以去找工作。

女战俘：我们俩一起每天早上7点半出门，晚上6点回到家。累得要死，心情糟糕。

弗雷德：每年一次，因为我们没有大手大脚，我们可以去度10天的假。

女战俘：在那破地方买点儿比萨，喝点儿会上头的劣质粉红酒。

弗雷德：就这样过上 30 年。

女战俘：就这样慢慢变老，然后买点儿保险，生病的时候好派上用场。

弗雷德：我们会得糖尿病、静脉曲张、癌症、关节炎、老年痴呆。

女战俘：就算有护士帮我们擦洗，我们身上还是会有尿臊味。

弗雷德：最后我们会死掉。

女战俘：死的时候，就我们俩。夜深人静。就和老旧热水器的火苗一样熄灭。

弗雷德：整件事情比一幅破画好不到哪儿去。

女战俘：没错。现在，我们都没什么盼头了。

弗雷德：我们永远也没法知道，我们是不是相爱。

女战俘：你要记住，这一点儿也不重要。

弗雷德：不管怎样，我们先把这烂摊子给收拾了吧。


完

## 禽流感危机中的英雄主义

舞台上的男子穿着一身蜘蛛侠的行头。

好，既然大家都知道事情的来龙去脉了，我就用不着花几个小时在那上面多说什么废话了。

被突变的蜘蛛咬了一口，然后事情就发生了。

这种事情并不常见。

刚才我想说的不是这个。

我说的是大家都清楚是怎么一回事。

所以这事我就不多说了……

不管怎样我总归还是有权保留隐私的……

我们又不是在德拉鲁那……

也许我最好先和各位说说我最喜欢的五件事情和最讨厌的

五件事情。

这样各位就能知道我到底是什么样的人了。

然后各位也就能明白故事为什么会有这样的结局了。

就这么定了。

说到我最喜欢的事情……

第一件……

注意，这只是今天我最喜欢的第一件事情，因为事情有时候会发生变化的……

比方说排在第二的可能会变成第三，对不?

我的意思是说我不是像这样一成不变的……

他用手比出车辙的样子。

我喜欢的第一件事情就是在无所事事的日子，开着我的菲亚特朋多，去租一部功夫片看看。要是没什么新片子，我就回家找一部布鲁斯·李的电影看。

你们都知道布鲁斯·李吧?

李小龙。

最厉害的那个……少林寺的和尚教出来的……

1973 年 5 月 10 日死于香港。

死于脑水肿? 胡说八道!

其实是因为揭露了功夫大师们的全部秘密而遭到谋杀。没错，这才是真相! 为此，那些功夫大师和意大利、俄罗斯的黑手党沆瀣一气。黑手党曾屡次对李小龙进行勒索。但李小龙从未屈服，不愿依靠好莱坞种族歧视的电影产业的施舍，因为他不愿意去拍什么烂片，烂片剧本让他必须被傻大个埃尔维斯·普雷斯利击败……

什么鬼……

能用一指禅做俯卧撑的男人……

却被埃尔维斯·普雷斯利打败！

就那个穿着可笑戏服的傻大个！

他看了看自己，耸了耸肩。

被这么个傻大个打败……

得了吧！

开什么玩笑，我去！

那可是李小龙！


李小龙的电影里面，我最喜欢的就是《死亡游戏》。他最后一部片子。他也是在拍这部电影的时候逝世的。特别是更衣室里那一段！就是李小龙说"你完蛋了，卡尔·米勒"的那段。

我同样很喜欢《猛龙过江》。片子末尾，李小龙在斗兽场打败了查克·诺里斯。

就在罗马。

你们知道那片子说的是什么吗？

当代的角斗士！

我喜欢做的第二件事就是清洗我的朋多车。

注意，我说的清洗，就是清洗的本意，用上等的清洁剂和所有必要的东西，用吸尘器把每个不起眼的角落都打扫一遍，然后在车里放上一个全新的圣诞树香薰……

我就想让它和女人一样光彩照人……

他意识到自己说了一句蠢话，停了片刻。

嗯，我的意思是说和女人一样……

嗯，和美女一样……

否则别人会说我的朋多和德尼莫斯泰尔女士一样。而这，这根本就是错的，因为在我看来，德尼莫斯泰尔女士让我想到的是一辆西雅特马贝拉……

还是老款，嗯……

他做出模仿老式西雅特马贝拉汽车的样子。

就是再也过不了年检的那种。

刹车在下坡的时候会失灵，笔直撞上街边的房子，撞得稀巴烂，因为那就是穷鬼开的破车。

没有气囊，

也没有加固装置，

安全带是用纸浆做的，结果就是方向盘会插进你的肚子里……

说到这，我就得和各位说说我哥哥。

一个很棒的人。

比我大两岁。他就是那种从小就知道自己一定会出人头地的人。这从他的眼神里就能看出来。就算让他背上装满水泥的背包，他照样能赢下 110 米跨栏。他就是那种一眼看得出"奉天承运"的人，简直就像用荧光笔写在了他的脑门上。他就是那种本应在维基百科上有着长长生平的人。这样的人，他可以出生在陡峭小街尽头的破房子里，放学回家以后也没什么人可以辅导他的功课，没什么人会给他鼓励，或是向他表示祝贺……这样的人根本就不需要这些。这样的人，你看着他生活，就像看着一只努力从陷阱里逃生的美洲豹，用爪子攀缘想要爬出陷阱……有时候会失足落下，但总会从头开始。你会相信，正常情况下最后他肯定能逃出生天的。

除非发生意外。

就因为他的马贝拉，那辆他花了 150 欧元买的二手车。

好一会儿，他似乎都在努力平复心情。

事情已经过去 3 年了……

他深吸一口气，继续说道。

现在没事了……

总而言之，我说的像女人一样光彩照人，指的更多是像科拉莉·罗德里格斯·佩雷拉这样的，全球通手机店葡萄牙店主夫妇的女儿。

他又做出超短裙、长波浪、樱桃小嘴的样子。

这样的女孩，当你看到她从眼前走过……

你就会想要……

你就会想要……

但最终你什么也不会做，因为你毕竟是有教养的人。

所以你就回家……

开始清洗你的朋多。

彻彻底底地！

科拉莉·罗德里格斯·佩雷拉，全球通手机店的葡萄牙女孩，想着她，这就是我爱做的第三件事。

这是一件我随时随地都可以做的妙事，比方说在和比利时全国就业办公室的德尼莫斯泰尔女士面谈的时候，在我反复阅读行健资本"三语程序员分析师""三语公关秘书""三语零售业销售代表"招聘启事的时候。我一想到科拉莉·罗德里格斯·佩雷拉，就好像这些三语人才统统被扔进了高炉里，原本熄灭的高炉已经重新点燃，火力全开，只听见这些三语人才纷纷用三种语言发出惨呼"不"，最后只剩下一小撮三语灰烬。

科拉莉·罗德里格斯·佩雷拉有时会去夜店……

和她那个傻缺男朋友迪朗一起去。迪朗是练泰拳的，总以为自己就是杰罗姆·勒·班纳[1]。

你们不知道杰罗姆·勒·班纳?

---

1　职业摔跤手运动员。

他干倒过鲍勃·萨普[1]。

你们也没听说过鲍勃·萨普？

鲍勃·萨普……

你们可以想象一辆混凝土搅拌车……

然后给它穿上一条白色拳击短裤，这就是鲍勃·萨普。

科拉莉的男朋友……

迪朗有一辆雷诺 5GT Turbo，他还把车后座给拆了，放了一台 5000 瓦 4 个喇叭的"大地震"扬声器和一台 50 公斤重的瑞典卓美 Magma 低音炮。

他有一件法国公鸡运动服[2]。

可他没有工作……

你们一定会问，那么他哪儿来的钱……

他有一份"迪朗"小生意，"经营场所"就在"电音蓝色男孩"夜店门口，周五、周六的时候，他会带科拉莉去那家夜店。

你们知道"电音蓝色男孩"？

每次去夜店的时候，科拉莉都会穿得非常清凉暴露。

他做出女孩跟着电子乐跳舞的样子，并且提高了嗓门，仿佛要盖过音乐声的样子。

她会爬上音箱跳舞，手里拿着红牛伏特加，一帮男人围在那儿……

---

1　美国拳击运动员。

2　法国公鸡，le Coq Sportif，法国运动品牌。

就这样看着她……

在"电音蓝色男孩"，每回都是这样一番场景。

他停下舞蹈，重新以正常的方式开始说话。

话说回来，这只不过是我心里这么认为的，因为，"电音蓝色男孩"我也就去过一次，我的意思是进到里面，就在昨天。

那可真是一团糟。

关于这事，我待会再说……

现在接着说我喜欢的五件事情。

刚才我说到了功夫电影，说到了朋多，说到了科拉莉……

第四件我喜欢做的事和我的服装有关。

而且和昨天晚上、和"电音蓝色男孩"有关。

不过，我得先和你们说说我喜欢做的第五件事。

我喜欢做的第五件事……

…………

我喜欢做的第五件事……

嗯……

其实，我喜欢做的第五件事……就是找到一件我喜欢做的但又不属于头四件事的事情……

…………

这可不容易……

这是因为在这地方……

呃，就没什么事可做的……

我还可以给你们讲讲我不喜欢做的五件事，

好让你们对我有全面的了解。

比方说，头一件我不喜欢做的事就是去全国就业办公室见德尼莫斯泰尔女士，听她说那些表格的事。

第 4.2 项乙，失业金终止；

第 17 项乙，失业金附加补偿金额相关证明；

第 90 项，因劳资原因或家庭原因申请免除；

第 98 项，出勤证明；

第 63 项，失业证明。

28 天内有效：

兹请全国就业办公室开具失业证明，申请人

姓

名

地址

邮编、城市

NISS 社保编号（请见 SISS 社保卡上方）

"你会做什么？"德尼莫斯泰尔女士问道。

我呢，我就给她展示一下。

他表演了如何从手腕处发射蛛丝。

她对我说："除了这些脏兮兮的破烂，你会不会点有用的？"

我回答说："我可以不用梯子就爬上墙。"

她对我说："没什么人会雇用不用梯子就能爬上墙的员工。"

我对她说:"德尼莫斯泰尔女士,如果你被困在大楼83层的地方……"

她对我说:"你见过很多83层的高楼吗?"

我没把她的话放在心上,继续说道:如果电梯发生了故障,消防楼梯起了大火,一个神经病狂笑着乱扔白磷弹,想在七分钟里把大楼烧塌,人们在大楼外面围观,警察也来到现场,但却束手无策,电视台的直升机也在那里盘旋,用长焦镜头对着您拍摄,而您和现在并不太一样,看上去和科拉莉·罗德里格斯·佩雷拉有点像,

您认识她吗?那家全球通手机店就是她父母开的……

哦,没关系。

您那身漂亮的西服套裙已经撕破了,您紧紧抓住一根房梁,散乱的金色长发随风飘荡,

您说什么?没错的,就是一头金发……

……穿着西服套裙……在大楼的83层……还有白磷弹……

这种事总有可能发生的!

从概率上来说,发生这种事情的概率并非为零!

在这种情况下,有人不用梯子就能爬墙,这可是一件大好事……

不是吗,德尼莫斯泰尔女士?

接下来……你们知道她问了我什么吗?

她问我……她问我:"在这事发生之前呢?"

在这事发生之前,我有好多事情要做呢……

比方说，我得帮我妈买东西。

不，德尼莫斯泰尔女士，她一个人买不了。自从我哥开着那辆西雅特马贝拉出了车祸……

她就有点……

她再也不……

创伤后应激反应紊乱！

前一天还是普通女工，整天在那儿包装巧克力糖。

后一天就变成了老白痴……

呆呆地看着墙，就像是在看电视。

呆呆地看着电视，就像是在看一堵墙。

脖子有点歪。

邋里邋遢地吃着软绵绵的东西。

没钱购买商品服务抵扣券[1]。

家里一股子炖白菜的气味。

白天拿抗抑郁药当饭吃，

而晚饭就是半颗 20 粒装的 5 毫克氟硝西泮。

劳保医生会来上门检查，看她是不是在装病。

生活从骨子里透出旧肥皂的味道，每天都不得不从上面咬下一小块来。

期盼早日走到尽头，等待最后一刻的来临。

---

1　商品服务抵扣券（Titre-service），在比利时作为支付手段，个人和家庭用于支付洗衣、清洁、购物、做饭等家政服务。

德尼莫斯泰尔女士……德尼莫斯泰尔女士……我不喜欢她，德尼莫斯泰尔女士……这样的女人，你知道的，天生就是给人找麻烦的。德尼莫斯泰尔女士，早在她6岁的时候，这世上其他的小女孩都是天真可爱的时候，她就已经顶着这张丑脸，坐在同样愚蠢的书桌后面，手里拿着四色圆珠笔，红色是她的最爱，眼中已经满是同样可笑的怀疑，就好像整个世界就是一部谎言机器，而她就是保护文明免受老鼠大军侵害的最后一道防线……

　　德尼莫斯泰尔女士，还有她那一头丑陋的头发，丑得就像用胶水粘在一块的一团灰尘，放在了她的丑脑瓜顶上，还有她那些丑陋的裙子，应该也是那个想出原子球塔的蠢人设计的……

　　整修之前的原子球塔……

　　德尼莫斯泰尔女士，还有她那身可笑的干净味道，就像在大滚筒里轧过的亚麻油毡。

　　德尼莫斯泰尔女士……


　　反正，去见德尼莫斯泰尔女士，这就是我最不喜欢做的事。而且永远都是排在第一的。永远也不会变的。

　　那么第二件我不喜欢的事是什么呢？

　　我不喜欢做的第二件事就是帮老妈洗澡。

　　毫无疑问，这样的事对我的性欲毫无益处。

　　可我要是不做的话，这就和出门倒垃圾一样……

　　我不知道还有谁来做……

但这的的确确不利于我的身心健康。

给老妈洗完澡后，有的时候我会闭上眼睛，想着科拉莉·罗德里格斯·佩雷拉……

画面会出现交织变化……

科拉莉……

老妈……

老妈……

科拉莉……

因此，现在我给老妈洗澡的时候，会把音乐声放得很大很大……

约翰·威廉姆斯的传世佳作，给《外星人ET》《大白鲨》《夺宝奇兵》《超人》《星球大战》配乐的就是他。

《星球大战》!

《帝国进行曲》!

虽然我还是会看到坐在浴缸里的老妈，但我就仿佛置身于电影场景中。

这对我大有帮助，给患有创伤后应激障碍的老妈洗澡，这就像是一场成为绝地武士的考验……


好，现在说说第三件事……

第三件我不喜欢做的事……

第三件我不喜欢做的事就是给老头子打电话问他要钱。

他做出在全球通手机上按动一长串电话号码的样子。

　　首先，我得拨这个外国电话号码，这会耗尽电话卡上最后一分钟通话时间。

　　然后，我不会对他这么说：

　　他大声吼道。

　　"你这个自私自利的浑蛋！你为了那个肥胖公关女秘书离家出走的时候怎么就没想到至少给我们留点东西呢？我们已经吃了31年的面条啦！我们最后会想你到底爱不爱你的孩子，因为做父亲的不爱自己的孩子他们就会变成一辈子的废柴变态神经病，一辈子的伤春悲秋窝囊废，蜗居在灰色颓废的平原国家唯一一条的坡路尽头。活得越凄惨就有越多的表格要填。虽然大家从来都不说，但谁都知道表格会致癌！"

　　他突然平静下来。

　　我会这样对他说：

　　他用非常客气的口吻说道。

　　"你看，我们现在过得真的很糟心。失业金已经停了两个月了……你能不能就帮我这一次……20欧元？啊，好吧，已经很不错啦……够我上网买20立方厘米的氯化钾，好一劳永逸地了结我卑微而失败的一生。"

他做出挂电话的动作。

不管怎样，我永远也不会给老头子打电话的。

他指着自己的脑门。

这里可没写着"傻瓜"。

第四件我不喜欢做的事……

那就是在晚上的时候跑到"电音蓝色男孩"夜店门口。

那儿全都是酒鬼和瘾君子，看着门口队伍里的男生女生，一个个都那么酷，那么放松，每个人都活得像铝箔纸一样鲜亮，每个人的衣服都是"摸上去真舒服，新买的"，每个人身上的香水味都是"因为和我非常配"。

还有那个在那儿做点小生意、自认为是杰罗姆·勒·班纳的浑蛋迪朗。

还有那些出来透口气、抽根烟的男人。

还有他们学着托尼·蒙塔纳摆出的造型。

我不喜欢去"电音蓝色男孩"，但昨晚是个例外，昨晚我去了两次。

第一次，我还不知道我不喜欢去那儿。

我只是想去看看那儿长什么样。

我穿了一身"得体"的衣服。干干净净，仔细烫过。我刮了胡子，梳了头发。我对着衣橱镜子照了照，练习了几个很酷的姿势。让人觉得这哥们已经来过这儿两百回了，已经有点腻了，今儿只不过是碰巧过来的。让人觉得这哥们其实有更好的乐子，来这儿只不过是为了让女朋友开心。他女朋友就是那些在大音箱上面热舞的女孩中的一个。

第一次，我就这么出发了。

开着我的朋多，听着凶神恶煞的饶舌，好让自己进入状态。

嘿，小妞。

要是你看到一辆茶色玻璃的黑色梅科，带着震耳欲聋的低音炮。

那就是我的大奔、大奔、大奔……[1]

我必须让自己感觉就像一头猛兽，出发去狩猎的猛兽。

女孩们对这种感觉可敏感了。

女孩们对此趋之若鹜。

不过呢，我也不是百分百地确定。这是好些年前我在看电视剧《迈阿密风云》的时候听到的。反正这话听上去有点道理……

不管怎样，相信这种话总不见得比相信宇宙大爆炸更蠢……

"女孩们对这种感觉可敏感了。"

等我开车来到停车场的时候，预热准备工作根本没产生任何效果。

---

1　法国饶舌歌曲 *Dans la Merco Benz*，本杰明·比奥莱（Benjamin Biolay）。

我感觉自己就像去做健康检查。

那感觉就和小时候不认识的医生脱下我的衬裤检查我的蛋蛋一个样。

我排进了等候进场的队伍。

我觉得自己就像宝马车挡风玻璃上的一坨鸟屎。

我觉得自己就像浴缸底部永远也没法弄干净的灰色老垢。

就这样，等我排到夜店门口的时候，那个门卫，他眼中看到的不是我。他眼中看到的是一个等着做健康检查的小男孩，他看到的是一坨鸟屎，他看到的是浴缸底部的老垢。于是他就对我说了一句"私人晚会"，说着把我朝边上推了推。

你们以前被人推到一边过吗？

来，设想一下……想象一个非常和善的人……

想象这个人不知道战争的存在，不知道人们会被拷打，女孩会被强奸，房子会被烧掉……

就拿维尼小熊来说吧……

没有谁比维尼小熊更和善了……

现在让维尼小熊去夜店门口排队。

排在它前面的人都进去了。

它就在那儿排队，挺着它的大肚子，没穿短裤，上身一件红色 T 恤，手里抱着一罐蜂蜜……

超和善……超有礼貌……超有耐心地等着轮到它……超幸福……超淡定……超小熊……

然后它来到夜店门卫面前。

门卫瞥了它一眼，看到的只不过是那个大肚子、那件红色T恤、那罐蜂蜜、那头没穿短裤的小熊，和刚刚放进去的、全都一个德行的男女小白痴看上去不太一样。

于是就把它推到了一边……

维尼小熊呢，一开始还没明白怎么回事。

还以为是和它开玩笑呢……

是屹耳和跳跳虎开的玩笑。

于是它先是一阵开怀大笑，接着突然间，它停下了笑声，因为它从门卫脸上看出这不是玩笑，屹耳和跳跳虎远在蓝梦之乡，它永远见不到它们了，它被推到一边，是因为它属于卑微、可怜、肥胖、可笑的那类人……它永远也交不到女朋友，蜂蜜会变得超贵，白天会和长夜一样漫长而痛苦，而它想要进夜店的时候，会被人推到一边。

就像是为了让它明白，它对这个世界来说就是多余的。

这里就没它什么事……

它最好从这儿消失。

于是，维尼小熊……

一直都很和善的维尼小熊……

一下子就想拿起大锤子把脑壳都砸烂。

不停地砸，直到特警把它摁倒在地。

总而言之，当门卫把我推到一边的时候，那是我第一次去"电音蓝色男孩"。

第二次我是大白天去的。

正好是我哥哥和他那辆西雅特出事的三天后。

医生在他的血液里发现了4克酒精和浑蛋迪朗在"电音蓝色男孩"门口卖的那些合成物的踪迹。

我第二次去的时候，和老妈目前的状态有点像，创伤后应激障碍。

我压根不知道自己打算去那儿说些什么、做些什么。

我压根不知道会发生什么事情。

我所知道的就是我的内心深处充满了杀人的欲望，我知道这是唯一能让我好过起来的事情。但人毕竟是不能杀的，这让我有点茫然，不知道事情会如何发展。

脏兮兮的小停车场一片空旷。夜店门脸上的霓虹早已熄灭。我从朋多车上下来，环顾四周。脑袋里走马灯似的逐一出现三天前见到的那些警察的面孔，接着是那些开清障车的、消防队的、医生、护士，最后是大清早来我家，喝着雀巢咖啡向我们详细解释火葬费用表格的殡仪馆的人。

夜店门口，一个上了年纪的女佣正在倒垃圾。一看就是打了30年黑工的波兰人。她的双眼散发着漂白剂的味道，脖子上的皮已经松得垮了下来。她看到我，直起了腰，挺得笔直，准备干一架的样子。她应该经历过战争、党卫军、苏联红军，经历过各种颜色。我举起手，示意她不用紧张。她对我说："关门了。"

我回答说："我哥哥死了。"她说道："关我屁事。我经历过战争、党卫军、苏联红军，我见识过各种颜色。"我说道："非常遗憾。"她对我说:"这儿没什么可偷的,老板每天晚上都把现金装上苏巴鲁翼豹防弹车带走。"我说道:"我不是为了这个来的。"她问道:"那你来干吗?"我回答说:"我也不知道。"这是真话。但她还是冲我嚷嚷:"快滚,肮脏的纳粹吸毒犯。"说着还想用扫帚打我。

我自然有所反应。先是张开蛛丝防护网,然后,上面一记黑虎掏心,下面一记扫堂腿,最后来了一个倒地锁喉技。哈、哈、哈!

这时候跑过来一个老头。应该是波兰老女人的丈夫。应该同样经历过战争、党卫军、苏联红军。看上去从来就没吃饱过,看上去经受过所有人的折磨。我呢,我就在那儿掐着波兰老女人的脖子。波兰老头看到之后,开始大哭起来,硕大的泪珠就像圣诞树上挂的彩球一样。他号啕着哭天抢地起来:"老天啊,好不容易才逃过了纳粹、逃了俄国人、逃过了战争、逃过了酷刑,现在又来了犯罪分子。就没有哪路英雄来帮帮我们吗?"

我放开老女人。

说道:"抱歉,但是她先挑的头。"

老头说:"该死的浑蛋。"

我回到朋多车上。我让人把我哥哥火化了。

这就是我第二次去"电音蓝色男孩"。

第五件我不喜欢做的事,就是昨天晚上我不得不做的事。

我来给你们讲讲发生了什么。因为昨晚发生的事还和第五件我喜欢做的事有关系。

在那件事发生之前，昨天晚上就和平时没什么两样。

所有的一切都在应该在的地方，老妈、电视、餐盘，我坐在老妈身边，电视里放着广告。

好赞的洗发水。

好赞的香水。

好赞的冰冻比萨。

好赞的卫生纸。

我帮老妈把沾在她下巴上的些许"雪屋"牌姆萨卡擦掉。一小块肉酱掉在了天蓝色的围兜上。

我想到了洗衣粉。

我想到了烫衣服。

我想到了用电量。

我想到了电费单。

我想到了收款人银行账号、付款人银行账号、银行账户往来。

我想到了余额不足。

我想到生活就像大型垃圾回收日装满了的垃圾箱。

一个平平常常的晚上。

接着发生了一件事……

我听到仿佛暴风雨的声音逐渐靠近。低沉而有节奏的冲击声变得越来越强烈。听上去正好来到我家门口。

我对老妈说："待着别动。"

这话有点蠢，因为不管怎样，她本来就不会动的。

我来到窗前向外张望。

那儿，就在窗外，离我 3 米远的地方，我看到了自诩为杰罗姆·勒·班纳的迪朗那辆雷诺 5GT Turbo。

我听到的声音是车上的"大地震"扬声器和 50 公斤低音炮发出的，就像大规模军事演习时轰鸣的大炮一样往外倾吐低音。

一开始的时候，我没明白迪朗的车为什么会停在我家门口。接着我看到迪朗下了车，在驾驶座下面寻找什么东西。看上去他应该是掉了什么，想要捡起来。副驾驶位上坐的是谁？一边瞅着指甲一边百无聊赖的是谁？穿着白色超短裙的是谁？

是科拉莉·罗德里格斯·佩雷拉！

我情不自禁地想到这不就是天赐良机。我不假思索地走出门去。

一出家门，强烈的音乐声扑面而来，感觉就像有形有质的一样。

迪朗的雷诺 5GT Turbo 就在我的面前。

我大声吼道："出了什么事？我可以帮忙的。"

迪朗没听见。

科拉莉没听见。

于是我敲了敲科拉莉边上的车窗。

她把头朝我这边转过来。

非常缓慢。

就像初升的太阳。

车窗摇了下来。

电动的。

她对我说："干吗?"

我大声喊着重复道："有什么要帮忙的吗?"

音乐声突然停止。

迪朗，那个自诩为打败了鲍勃·萨普的杰罗姆·勒·班纳的家伙用这样的口气问道："你丫想干吗?"

我看见他手里攥着一把白色和蓝色的小药丸。

这些白色和蓝色的小药丸立刻让我想到了西雅特马贝拉和我哥哥。

科拉莉穿着她的超短裙，迪朗带着他的小生意。

装药丸的袋子应该是不小心打开了，药丸全都掉到副驾驶座位下面。他停下车就是想把药丸捡起来。

就在我家门口。

天赐良机!

我回答说："我就问问有什么可以帮忙的。"

他说道："给我滚开，二货。"

我说道："口气没必要这么冲吧。"

科拉莉接口道："别在意。他有点烦。"

这时迪朗说道："闭嘴，蠢货。都是你的错。你要是把它们放进你的包里，就不会有这些事了。"

科拉莉说："这些事我可不掺和。"

这时，就看到迪朗的手掌越过了手刹和变速箱。啪，直接扇在科拉莉脸上。

我说道："唉，干吗呢？"

他对我说："怎么？你也想来上一巴掌？"

我看着科拉莉。

她的脸颊已经变得通红。她再也不敢朝我看了，眼中亮晶晶的。

似有泪光闪动。

我回想起波兰小老头的那句话："就没有哪路英雄来帮帮我们吗？"

我反身回家。

我处在一种如此激烈的狂怒中，感觉就像发了疯一样，一种狂怒到几乎让人感到愉悦的状态。这种狂怒就像类固醇一样让全身肌肉鼓起。

就在我套上衣服的时候，就是我现在穿的这一身，我听到雷诺 5GT Turbo 在重新响起的音乐声中轰鸣着离开。

在出门前，我给老妈喂了半颗氟硝西泮。

然后跳上我的朋多，放起我最爱的曲子。

约翰·威廉姆斯的《帝国进行曲》。

音量放得非常大。

然后我来到"电音蓝色男孩"门口。

霓虹灯。

装腔作势的家伙们。

门卫。

迪朗的身影从门内闪过。

后面跟着科拉莉。

我得耐心行事。

我排进了门口的队伍里。

因为我这身衣服，人们纷纷看着我，接着他们面面相觑。

我知道他们在嘲笑我。

我没必要放在心上。

我要做的就是进去。

我来到门卫面前。他看了我一眼。

那眼神就和看着一只苍蝇将要停在餐前小食上面没什么区别。

他对我说这是私人晚会。

我对他说："别扯了，我要进去。"

他对我说："别惹事，私人晚会。"

事情就是从这一刻真正开始发生的。而且事情的发生是如此之快，你们得用慢镜头的方式加以想象。

我推了门卫一把。

他想要对我施展一招自卫术，想要绞住我的胳膊。

我躲过他的绞技，在他的喉结上干脆利落地来了一击。

这就是我喜欢做的第四件事。

接着我走进夜店。

里面几乎什么也看不清楚。

只能看到烟雾和闪光。

除了轰鸣到极致的音符，什么也听不见。

在我前面 5 米的地方，我看到迪朗和科拉莉走到吧台前。

我跟了过去。

我来到迪朗身边。

我拽住他的胳膊。在他回头看我的时候，我对他说："打女生是不对的。"

但是因为轰鸣的音乐，他没听明白，对我说："干吗？"

我大声吼着重复道："打女生是不对的。"

他耸了耸肩。

他的嘴巴在动，但这一次轮到我什么也没听明白了……

我看着他的嘴唇，不知道他说的到底是下面两句话中的哪一句。

是"敦刻尔克港因罢工而关闭"还是"别在这儿叽叽歪歪，滚"？

我朝独自一人在角落里等着的科拉莉走去。

她看着我。

我对她说："没事了，他再也不会来烦你了。"

但她并没听明白。

因为音乐声。

就在我想要重复一遍的时候，我感觉有人从后面抓住了我。

我转过身。

是那个门卫。

怒火中烧的门卫。

手里举着一罐防狼喷雾。

大罐的那种。

他按了下去。

他停了片刻，继续说道，语气非常平静。

你们是不是想着我会好好教训迪朗一顿？

你们是不是想着我会让科拉莉醒悟她爱上的就是一个浑蛋？

你们是不是想着我会发出蛛丝，飞荡着消失在夜空中？

你们都希望事情能和平时一样，有一个圆满的结局。

你们都希望能再一次听到，好人获得胜利，坏人受到惩罚，而这一切只要一小时四十五分钟就能搞定。

可惜的是，生活就和因为监管员都去罢工而无人看管的课间操场一样。

生活永远都像一杯冷掉的咖啡，像一场你并未受到邀请的晚会，像是在 2 月的寒雨中在环城路上汽车抛锚，像返校上课却没有带齐书本，像早上 6 点 45 分地铁车厢里的寂静无声。

生活，它永远都像一块烤得半生不熟的蛋糕，里面东一块西一块都是倒霉的凝块。

生活，它永远都像一场厄运大展会，惊恐万分的人们不得不在里面购买自己的不幸。

我跟跄着摸回我的朋多车。

我用可乐冲洗眼睛。

我去！这主意有点糟。

我朝大致的方向开去。

眼前昏暗一片，眼睛里还有异物残留，我觉得就像是在进行漫无尽头的深潜。

最后，我好不容易回到我的英雄之家。

家里面依然弥漫着烂白菜、咳嗽、旧床单和苦恼的气味。

厄运的气味。

我上楼看了一眼英雄的老妈。

苍老、丑陋、迷惘。

我在她的床边坐下。

我拿起枕头，狠狠地摁在她的脸上。

而这，这就是第五件我不喜欢做的事。

老妈，她动都没动。

只是发出了非常轻柔的响声，

仿佛是在表示同意。

我抓起那盒 20 粒装的 5 毫克氟硝西泮。

我上楼来到我的卧室。

透过窗户，我望着坡路下方的夜色。

在那一秒钟之内，我试图弄明白在生命这一侧度过的这么多年到底有什么意义。

我想着哥哥、迪朗、科拉莉、德尼莫斯泰尔女士、老爸会不会从某个地方跑出来，告诉我所有这些都是用隐藏摄像机拍下的恶作剧。

从现在开始我们可以好好活着了。

可没有人从什么地方跑出来。

我一口吞下氟硝西泮。

17 粒从中间的凹槽一分为二的 5 毫克白色超级英雄。

静静等待它们完成它们的工作。

# 生命的起源

（面对观众，长时间的恐慌。

烦躁。

她的微笑在脸上保持了非常长的时间。

她展示手里的包。

一边继续微笑，一边说道。

一瞬间，失落的表情在她脸上浮现。

然后她再次露出微笑。）

我忘记带讲义了，只带了提纲。非常抱歉。不过，我有幻灯片……

（鸦雀无声）

不要紧，这个讲座我已经讲过无数遍了。讲义对我来说就是求个心安而已。就像羽毛……小飞象的羽毛……小飞象邓波……小飞象其实会飞，但它以为需要迪默特的魔法羽毛才能飞起来……小老鼠迪默特……邓波有点傻，因为它不明白，根本就没有什么魔法……有的仅仅是意志！从另一方面来说，虽然它有一对大耳朵，可它的重量大部分都在身体的后半部分，我就不明白了，它到底是怎么飞起来的……或许游泳会比较容易，但说到飞……

稍等……请允许我……

我不能跑题……

我一旦打开话匣子，如果没人阻止我的话，就再也收不住了……

没带讲义的时候更是如此……讲义对我来说就像控制野马的缰绳。

（她笑了起来。）

讲义，缰绳……

（她的笑声没人响应，于是她停了下来，脸上又浮现起初惶恐的神情……）

我不能跑题……

（她再次表现出非常专业的神情……）

作为开场白，我想举一个能够用来作为证明的例子。那是

1884 年，在一座很小的岛屿上……就 2 平方公里，高达 300 米的悬崖临海矗立。刮大风的时候，巨浪在岩石上撞得粉身碎骨。而在风平浪静的时候，日子就过得实在无聊得很。小岛位于新西兰外海。那里的植被因为大风和恶劣天气而变得低矮、紧实、多刺，根系深深扎入岩石之中，为了生存而不惜一切代价……存续，这就是生命的主要特征之一。1884 年的时候，在这座小岛上刚刚建起了一座灯塔，一位名叫大卫的灯塔看守也刚刚带着一只名叫蒂宝的猫入驻灯塔。这是一位红棕色头发的壮硕男子和一只同样壮硕的猫。自从驻守灯塔的第一天起，许是因为终日无所事事的烦闷倦怠，大卫会接连好几个小时透过灯塔二楼的窗户，望着从距离灯塔数米开外一直延伸到海边的荒草地。也许他是在希冀那从未邂逅过的爱情，也许他是在体悟生命的荒诞不经，没有妻子，没有儿女，肩负着向甚至都未曾谋面的海员发送信号的职责，谁知道呢……又是一个黄昏，大卫看到一些小动物从它们小小的领地中跑出来，在干黄的荒草丛中东奔西窜，似乎是在寻找略可果腹的食物。大卫的猫蒂宝同样也注意到了这些小动物。没过两天，蒂宝就叼回了一只小小的猎物，放在屋前的台阶上，作为献给主人的礼物。那些小小的生物是一种显然不会飞翔的小小鸟类。它们只会成之字形奔跑，徒劳地试图摆脱猫的追捕。日子一天天过去，蒂宝给大卫带回来其他小小鸟类的尸体……3 个月之后，大卫算了一下共有 38 只……春天来了，草地上开出朵朵娇小的黄色花朵，蒂宝再也没有带回什么猎物。大卫做出了正确的推断，他的猫已经把岛上这种小鸟猎杀殆尽。出于本能，大卫把一具小鸟尸体寄给大英博物馆。博物馆的鸟类学家经过检验，很快得出结论。这种鸟不仅是直到当时从未发现过的，而且还很有可能是独一无二的。

人们后知后觉地将这种业已灭绝的小小鸟类命名为斯蒂芬斯新西兰小麻雀。这是一种绝无仅有的情况，整个物种全都因为蒂宝，这只灯塔看守的猫，这个唯一的天敌而灭绝……

（她言归正传。）

关于生命的起源，生物学家若埃尔·德罗奈给出了三大基本特征，存续、繁殖、调节……存续……存续是非常……能否请你放一下幻灯片？

（她背后的屏幕上出现了一幅幻灯影像，那是一座类似廉租房的高大楼房。她看都没看图片，继续说道……）

存续就是指生命体努力维持生命的能力。小鸟在黄昏时分出来觅食，猫捕猎小鸟，而人们也尽其所能……在这幅画面中……

（她转身看向画面，话语骤然中断，又一次露出僵硬的笑容……）

——话说，幻灯片盒子上标的是什么？
——讲座 1/2。

——你确定?

——确定,没错……讲座 1/2。

——小家伙们肯定把幻灯片全都搞乱了……

(她转回来面向观众……僵硬的笑容。)

我和他们说过多少次了,别玩妈妈的东西!但总会出人意料地发现……

(微笑从她脸上消失。)

但总会出人意料地发现……

(她非常用力地敲了一下讲台……深呼吸……再次露出微笑。)

存续……

(她又一次转身看着画面。)

我就是在那里出生的。

(她拿起伸缩式教鞭。)

就在那儿!那是客厅的窗户。一套小小的公寓,一个小小的客厅,两间小小的卧室,还有一间小小的浴室和一间小小的厨房。在那里生活着一位小小的先生和一位小小的女士。他们每人都干着一份小小的工作,领着一份小小的薪水,用来承担

小小的房租和大大的购物开销。存续！那位小小的先生在一家
向超市出售糖果陈列架的公司当"销售"，但是业绩并不怎么
样，只够给他那辆小小的汽车加一点点油，给他自己买一份小
小的食物，以免饿死街头……存续！那位小小的女士在一家超
市当收银。尽管这类工作的社会形象极其糟糕，尽管收银经理
总会叫她"我的小骚货"，尽管每天早晚在她搭乘的小小地铁
里，除了疲劳和忧郁之外，她还深信人类的诞生不应该是为了
如此活着，在进化进程中的某一时刻，有什么东西出现了问题，
很难确切地说是在哪个时刻。是在 45 亿年前吗？是在液态水和
碳的混合物中？是在氨基酸最初形成的时候？是在那些白痴水
母第一次浮出海面的时候？是在鱼类演化上岸登陆的时候？还
是在那个无耻的露西表示自己已经厌倦了继续做一头浑蛋的雌
性古猿，想成为女人的时候？她的大部分人类子孙后代会成为
担惊受怕的可怜小男人和可怜小女人。而且不管人们怎么说，
从来就没有人曾经做出哪怕就一次榜样。即使有谁看上去做出
了榜样，说到底还是这样或者那样的欺骗……

我不知道当我父亲遇到我母亲的时候，有没有产生那种感
情，你们知道的……那种不受礼法约束的东西，在广告和其他
地方都会用到，可以吸引你们去看电视……爱情……如果采用
科学严谨的方法……基于最基本的理性坦诚，我认为那里面有
某种与欲望相类似的东西。并非真的欲望……大家应该看到我
母亲了……还有我父亲……这种东西不妨称之为次级欲望，一
种让人以为存在"可能性"的模糊情感……我们把这称为"出

路"……嗯……其实我们只不过打了个转，其实并不知道最终可以抵达哪里。生命主要程序对我们进行了巧妙的操控，不断告诉我们："繁殖……繁殖。"而我们误以为自己掌控了什么，就和游乐场开碰碰车的小孩子一样。然后小小的女士和小小的先生几乎是勉强地在床上赤裸相对，小小地欺骗了自己一下，试图说服自己爱情故事即将展开，孤独即将终结。实际上他们只不过是由烙印在行为模式中的冲动所操控的傀儡……然后他们一再见面，形成习惯。然后他们做出长远打算，然后他们一块搬进了小小的公寓，小小的女士停了避孕药，小小的先生会在排卵期的夜晚爬到她身上，小小的女士最后向他宣布她的经期迟了，小小的先生冲到药房去买验孕棒，又跑到超市买了一瓶气泡发酵白葡萄汁，花了他相当于五分之一月薪的钱，验孕结果显示为阳性，小小的先生对小小的女士说："别喝太多，现在你得当心了。"小小的女士觉得他有点烦人，但她还不知道这种感觉只会逐年增强，直到让她有一天会当面对他说："你和你女儿一样，就是一个自私的可怜虫，除了自己，别的什么也想不到。"当然这其实是未来生活画面的快进。在孩子出生后，他们俩挑了一张粉色的明信片，上面画着一个从一筐水果里爬出来的小女婴。他们俩一起在明信片背面写道："马克和多米尼克怀着巨大的幸福向您宣告，我们的女儿卡萝莉于 8 月 8 日出生。体重 3250 克，身长 52 厘米。"

那就是我……

巨大的幸福……

巨大的幸福……

50 年代……

20 世纪 50 年代……

一只猫睡在地毯上……

一个人看着猫沉睡……

　　某位基齐先生，应是英国哲学家，在那些顶尖大学中的一所任教，那些大学里充斥着身穿白色毛衣、米色长裤去划船的野心家。

　　基齐在自己家里。

　　那是一个典型英格兰式的 2 月，天空呈现令人难以置信的灰色，太阳只不过是记忆中模糊的影子。生命在地球表面出现已经有 45 亿年了，不论我们怎么想，生命形式的繁复多样更像自命不凡的奢侈品在货架上的陈列，而不是真实天赋的表现。

　　白昼将尽，女仆燃起了壁炉，猫背对着炭火熟睡。

　　仿佛是历史开的玩笑，基齐的猫也叫蒂宝，和灯塔看守那只灭绝了一个种族的猫同名。

　　基齐给自己倒了一杯雪莉酒，思索着怎样才能对在他面前熟睡的猫物体进行定义。凭借满满的哲学智慧，基齐想到数量繁多的猫毛长在蒂宝的皮肤上，而且毫无疑问，猫和猫毛都是可以用来对蒂宝进行定义的出色选项。但基齐又想到，在蒂宝的猫毛当中有相当数量的毛已经脱离了猫的身体，只不过因为和依然长在猫皮上的毛纠缠在一起而留在了猫身上。因此，把蒂宝定义为既有长在猫皮上的毛，也有脱离猫皮但没有掉下来的猫毛的猫，这也是一个好主意。由此，一只新的蒂宝仅仅依靠思想的力量就出现在基齐的地毯上。接着，基齐又想到，每次蒂宝都会在这张地毯上睡好几个小时，而且好几年来一直都是这样，在地毯的羊毛编织线中，在那些灰色、棕色棋盘格图案中应该也有不少猫毛。从不那么严格的方式来看，这些猫毛也可以纳入猫的定义中。这样一来，在前两只猫的旁边，第三只猫也出现在地毯上。

基齐由此明白，他的猫是一个模糊的物体、一个概念、一个想法、一个和云彩一样不确定的东西，难以捉摸，无法定义，不能定型。

巨大的幸福……

如何对巨大的幸福进行定义呢？

请各位，恳请各位，保持客观科学的态度，因为这很重要。

怎样的巨大呢？与什么相比？如地球一般巨大？但是地球和火星比起来实在太小！如火星一般巨大？但是火星和太阳比起来实在太小！如太阳一般巨大？但是太阳和旋涡星系 NGC4921 相比要小得多，就连一坨羊粪和一头羊相比都算不上！

那么幸福呢？幸福从什么时候开始？不幸又在什么时候结束？在幸福与不幸之间是否存在中间状态？

别跟我说："但这就是一种说法，一种看法观点！"千万别这么说！我们在这里不是为了开除那些自以为是的浑蛋！这是一个科学讲座。我觉得我可以确定，不用担心我会搞错，那张粉色明信片上面画着从一筐水果里爬出来的小女婴，背面写着"马克和多米尼克怀着巨大的幸福向您宣告，我们的女儿卡萝莉于 8 月 8 日出生。体重 3250 克，身长 52 厘米。"我父母，那位小而又小的先生和那位小而又小的女士，在把明信片寄出去的时候，从一开始就表明他们只不过是可怕的、恶劣的、糟糕的、丑恶的、可憎的、可怜的、可鄙的、恶心的、非常愚蠢的小小骗人精。是和这个所谓定义明确、想让我们当作是"生活"的东西沆瀣一气的肮脏合作者。和那些在一块砖都没有砌的时候就让我们按着图纸购买分时度假公寓的骗人广告相比，这东西也好不到哪儿去。

（突然，她恢复平静，露出笑容。）

喔啦啦，这是一个有趣的话题，我……我感到恼火……这，这让我怒火中烧……

（她对技术员说。）

快速浏览一下，就没有什么幻灯片是可以在这里播放的？

（技术员放出一系列幻灯片，浴室、多人自行车、圣诞树、教室……）

行了，可以了，不用再放了，就这样吧……

（最后出现的是一张小女孩的照片，小女孩三四岁的模样，脸上还沾着巧克力。）

就没有什么看上去像青蛙一样的东西？

（屏幕上依然是小女孩的照片……她再次露出僵硬的笑容。）

看来没有……算了，我接着说吧……

（她深吸一口气。）

刚才和大家提到了存续和繁殖的概念……此外还有调节的概念……调节……怎么和大家解释呢？我的讲义里有一个很好的解释……啊，我去，啊……熊孩子给我搞得一团糟……

（她露出温情的笑容，仿佛想起了什么。然后再次显出严肃的表情，和讲座开始的时候一样，用力敲了敲讲台。）

给他们这个，他们却拿了那个……他们就是天敌，这些熊孩子，如果不采取必要的防护措施……得给他们做点规矩……不然的话，他们就会把你吃掉……角色可不能互换，我可不是小鸟……我才不会蜷缩在小洞里呢……调节……

（她又看了一眼屏幕上脸上沾着巧克力的小女孩。）

那是我……贪吃鬼……海边的假期，沙子、脏水、卫生情况不明的冰淇淋构成的漫长日子让人略感厌倦。有人说天堂就在童年的记忆里……对我来说肯定不是这样……肯定不是……而且我敢肯定绝对不止我一个。撇开某些疾病情况不算，大部分童年可以分为两个阶段。在童年开头的一半，孩子有一种相当模糊含混的感觉。这种感觉就好比长时间坐在老式蒸汽火车里，木质座椅冒出来的钉子让人感到难受。然后，在童年的第二个阶段，随着孩子思维能力的提升、词汇量的增加、参照物变得丰富，孩子会意识到他就是不幸的。不幸而且孤独，这种情况永远也不会发生改变，即使他努力工作、出人头地、成就大业，然后有了自己的孩子，在必要时对他们重复这一套一成不变的爱的仪式，最终他依然只是干净床单上一块不起眼的痕渍，渐渐会变得模糊，最后消失殆尽。而继他之后，又会轮到其他痕渍，变得模糊，一代接着一代。而最好的就是，当初不要参与到这该死的生命故事当中，永远也不要掉落在那块床单上，永远也不要留下痕渍，永远也不要变得模糊，避开这段插曲，在舌尖上只留下幸福的滋味。

10 岁的时候，我和充当妈妈的小小女士一起去买东西。那一年，我弟弟才 3 岁，他陪我们一起去。那天是在我放学之后，妈妈开着她那辆菲亚特潘达来接我，说要在回家前先去一趟超市。我不知道她为什么总要带我们一起去买东西。她就在超市工作，完全可以不用这么麻烦，可以在来接我们之前就把东西买好，我和弟弟也不用被迫跟着在货架之间穿行，反复旁观把推车装满的无聊游戏。

我不知道这是为什么。

我不知道这是为什么。

事情就是这样。

我弟弟坐在童车里，玩着一只口袋妖怪玩具。他会和玩具说话："不，不是你！"

我不知道这是为什么。

那是夏末秋初的时候。

天气还很热，但妈妈已经翻出了外套。她穿着一件带衬里的橙色派克大衣。

我从车内的座位上，可以看到她的一缕短发因为汗水而紧贴在脖子上。

她肯定热得不行了，但却怎么也想不到把大衣脱掉。

我不知道这是为什么。

在超市的时候，事情就和平时一样。妈妈像念经一样念叨着要买的东西，弟弟坐在购物车里，而我在一旁跟着，等着买完东西。

妈妈从来都不会把购物清单写下来。

我不知道这是为什么。

在超市的时候，事情总和平时一样，时间总是过得很慢。

妈妈总会逐一经过每一排货架。

妈妈总会皱着眉头仔细查看价格，就好像在看能够揭开神秘玄机的天书一样。

妈妈总会对商品做出最终评判。

妈妈总会觉得能从罐头的摆放顺序中发现某种让微薄薪水

化作乌有的阴谋。

妈妈总会在这段漫长的旅程之后得出不言而喻的结论，那就是我们差不多可以说一贫如洗了，我们就像一窝鼩鼱，困在无比复杂的社会陷阱里，无法脱身。

最后，妈妈在想到上面那些事情之后，总会又一次选择仿家乐氏麦片，永远也不会像真的那么脆，也不会像真的那么甜，而且每包的价格也永远不出意料地只有真麦片的一半。

鼩鼱一家的报应……

然后我们排队付钱。每当这个时候，弟弟都会激动起来。

我不知道这是为什么。

也许是因为摆在每个收银台前的糖果架就是为了让孩子兴奋起来而设计的。

也许是因为那些在非常尖端的研发中心工作的家伙对生命的本质，对存续、繁殖、调节进行了经年累月的思考，并由此将其与经营绩效结合起来。这些家伙成功地把糖果架的设计与生命三大本质联系起来，孩子－糖果－存续－漂亮颜色－糖分－调节。陷阱一旦设计完成，只须让像我爸爸这样的小小销售成天尝试向全国各家超市的经理兜售这些糖果架，好让尽可能多的孩子为此感到兴奋，好赚上尽可能多的钱，把利润尽可能少地分配给公司员工。而最不公平的地方就是，这些员工的孩子同样也会为了这些可能引发癌症的昂贵糖果而感到兴奋。

我们排在等候付款的队伍里。每天傍晚必定出现的长长队列，由无数身陷极其复杂的社会牢笼之中的鼩鼱家庭组成。3

岁的弟弟朝糖果架伸出他的小手，神经系统在生命基本法则的支配下在他脑袋里释放出来的小小化学物质让他变得兴奋不已。

妈妈受够了弟弟的叫唤，就把他从购物车里抱起来，对他说："只能看看，不能碰噢。"

然后，这一举动好像让她突然想起了什么。

我不知道这是为什么。

妈妈拍着脑门大声说道："呃，忘记该死的洗洁精了。"

说到这，妈妈看着我，说道："看好你弟弟，我马上就回来。"

她走出了队伍，留下我一个人带着那个因为糖果，更因为"只能看不能碰"这道荒谬命令带来的痛苦而激动不已的小男孩。

接着，我的目光被什么东西吸引了，在杂志陈列架上，就在糖果架边上，那本《我喜欢小种马》杂志。

杂志所采用的玫瑰色、淡紫色、亮紫色同样也是某个研发中心精心研究出来的。

其目的就是让还未到青春期的小女孩产生类似性冲动的反应……繁殖……

我瞬间想到"只能看不能碰"的命令是否对我也适用。但是荷尔蒙的迅猛爆发让我做出了明显与事实相违背的推断："我可以碰的，这是大孩子的特权！"

于是我碰了那本杂志。

于是我翻开了杂志。

粉红色。

淡紫色。

亮紫色。

小种马。

我没有意识到，其实我的膝盖在类似性高潮的作用下出现轻微颤抖。

整个世界仿佛变成一片洋溢着小马清亮笑声的大草原。400瓦的太阳映照在与鬃毛缠结在一起的缎带之间。

噢，当我靠近的时候，却发现小种马其实没那么小。

它们散发出新鲜李子、烤棉花糖、干净床单和干草的混合气味。

摸上去的时候……它们是热乎乎的，它们是硬硬的，肯定都是雄性。

我准备不用马鞍就直接骑上棕色大眼睛小种马的脊背。

我的内裤紧贴着它坚硬的鬃毛……

…………

然后我听到妈妈冰冷的声音，就像火警警报一样散发着刺骨寒意。

"他在哪儿？"

我看了看妈妈。

我看了看糖果架。

弟弟本来应该在的地方，空无一人。

嘶。

不见了。

我不知道怎么会这样。

接下来所有该做的都做了。

等待。呼唤。到警察局报案。发布寻人启事。

再也没找回来。

我不知道怎么会这样。

（屏幕上的小女孩照片突然消失了，取而代之的是一张解剖青蛙的特写照片。她注意到光线的变化，回过头看到新出现的照片。）

哈！太好了！

（对技术员说。）

你瞧，给你点儿狠的，你就能干出点儿正事……

（接着对观众说。）

新苏格兰树蛙和所有青蛙一样，是一种没有尾巴的两栖类脊椎动物，无尾目，脊索动物门，管状的神经系统位于消化道之上。相当神奇的是，尽管树蛙的血液是冷的，身体的颜色像鼻屎一样，摸上去黏糊糊的，这种生物却会让人产生好感。或许是因为它的蛙泳姿势会让我们联想到游泳池，游泳池让我们联想到假期，假期让我们联想到一年当中比较有利于繁殖的时光……没错……一切都相关联……

最后是因为……树蛙抓起来并不太困难，可以用于进行有趣的实验……

（她再次转过身看着照片，仿佛自言自语一般。）

想要对犀牛做相同的事，那须要花费的气力可就大得多啦……

新苏格兰的冬季会变得极其严酷，我们可爱的树蛙朋友，遵循千万年演化给它详细写下的程序指引，会躲进小洞里，黑暗而寒冷的洞里，躲开千万年演化让它幻想出的各种天敌。树蛙躲进洞的深处，四肢收拢在腹部下面，如果它具备必要的智慧，就会把这种姿势形容为"放松"的姿势。洞外，寒冬正盛，温度调节器已经调至"最低"，洞内，冰寒刺骨。如果把谁蒙上眼睛放到这里，他一定会以为置身于冰箱的制冰槽里，不出10分钟他就会冻死，冻得像鱼条一样硬。对于树蛙来说，这算不上什么问题。"放松。"它闭上大眼睛。然后任凭神经系统完成余下的工作。就这样，神经元联结一个接一个断开。就好像全家人决定上床睡觉，屋子里的灯一盏接一盏熄灭。而实际发生的情况正是如此，树蛙进入了睡眠……一段长长的睡眠……如此深沉……现在，千万年演化所制定的程序将发挥超出使其入睡的作用。树蛙刚刚来得及梦到自己不是一小堆50克左右的绿色肉体组成的东西，梦到如果命运的轨迹没有那么糟糕，它或许本可成为"欧盟农业总司高级委员"，让转基因产品充斥整个世界，领取相当于一户鼩鼱家庭全年谷物支出的日薪，享受丰厚的实物红利，每次去斯特拉斯堡出差的时候，都能叫上几个未成年的匈牙利小姐，它的梦，一只小树蛙的梦就此戛然而止。在千万年演化所制定的程序的作用下，它的心脏停止了跳动，血管内属于两栖生命的冷血不再循环流动，不再向机体组织供应养分或氧气。假使有一个医生正好路过，又即使这位医生出于其童年某种就连上帝也不知道的缘由一直对青蛙怀着无比的热爱，他的第一反应就是马上把树蛙送到医院急救。人们会把树蛙放在担架车上，推着在医院走廊上飞奔，有人高呼道："氧气，快输氧，见鬼！"另外一个喊道："马上给我 3 毫克肾上腺素，我说了马上！"人们在树蛙的身体各部分接上感应器。护士说："心电仪没有任何反应。"从扶轮国际鸡尾酒会上紧急叫回来的主治医生姗姗来迟，说道："它快不行了。"接着又说道："需要插管。""快，除颤器。"这时，一个实习医生，一个善于钻营的小浑蛋说道："遵命，不过话说回来，这毕竟只是一只青蛙而已。"但谁也没注意他说的，因为久经考验、见多不怪的护士这时也惊慌地喊道："噢，上帝呀，我的神，它快死了。"主治医生摘掉手套，一把扔进垃圾箱里，说道："它死了，这只青蛙死了。"他在回去参加扶轮国际鸡尾酒会之前，对善于钻营的实习小医生说："把死亡时间记录下来，通知家属。"

这一切当然并没有发生。树蛙好好地躲在它的小洞深处，不过它的的确确死了……浑身冰冻，就和霜打了的橘子一样，五脏六腑没有一丝热气，脑电波平得就和《犯罪现场调查：迈阿密》的剧情一样。

死了的树蛙。

再也不喘气的树蛙。

再也不会蛙泳，再也不会发出呱呱声、啪嗒声的树蛙。

Dead the frog.

Muerta la rana.

一命呜呼。

完蛋了……

片尾字幕。

再也不用存续了。

再也不用繁殖了。

再也不用调节了。

日子一天天过去……冬天还是那么讨厌的冬天，苍白而寂静的每一天，严酷而艰难的每个星期，死寂而痛苦的每个月……洞外，寒风掠过光秃秃的树枝，尖锐的、单调的、让人难以忍受的音符，呜……

鸟冻得够呛，人们不停燃烧化石燃料，蒂宝躺在地毯上的老位置一动不动，距离壁炉只有几毫米。感冒的基齐用真丝手绢擤出清水鼻涕。

呜……

大卫·朱尔在灯塔里一边孤独地吃着盐腌牛肉，一边告诉自己，已经有一千五百多天没做过爱了，已经有 3700 天没人对他说过情话了。

呜……

小小的先生明白再也见不到自己的儿子了，小小的女士确信这全都是她女儿的错，小小公寓里的氛围堪比法庭上的气氛。

呜……

树蛙死了。

这世上谁也无法证明树蛙还活着。

接着春天来了。

随着春天一起来临的还有老天爷赏脸提升的几摄氏度气温。

冰雪融化了。

树蛙藏身的小洞早已化作一处小小的坟墓，而如今，那里正有什么事情发生。树蛙在春天这个季节和万物一样复苏了。复苏的身躯产生了一系列极其简单的化学反应，于是……

嗖！

唰！

一阵强度非常非常低的颤抖，从死去的树蛙灵魂深处释放出几毫安的电流，在1纳秒的短暂瞬间点亮了比七个原子长不了多少的神经元片段。之后的片刻之间，什么事也没发生，随后，突然，洛斯阿拉莫斯国家实验室的噩梦降临了，连锁反应！神经元重新激活，神经联结重新建立，心脏重新开始跳动，生命程序重新启动。

小小的绿色尸体重新点燃了机体运作系统……

树蛙睁开了大大的眼睛，眼睛里虽然并未闪烁哪怕一丝智慧的光芒，但依旧重新踏上生命之路……

就像义无反顾地踏上1940年的前线，繁殖-存续-调节，仿佛死亡从未发生过……仿佛生与死这两种状态之间的界限。

这片如此细微而模糊的空间……

这片比基齐那只慵懒的虎纹肥猫蒂宝还要难以界定的区域。

从未存在过。

仿佛生死之间。

归根结底，从来也不曾有过什么区别……

生命的起源？

如果各位愿意的话，尽可以试着揭开隐藏在这标题后面的全部骗局……

生命，只不过是无序的死亡……

生命，只不过是死亡，但又没那么好。

生命，只不过是死亡，但里面却是藏污纳垢……

生命，或许我们开始明白，其实并不存在。

最后，如果这个讲座的用意是提出真正的问题，那么讲座的名字就应该叫作"死亡的起源"。

（突然，幻灯机熄灭了，屏幕一片漆黑。她对技术员说，）

又怎么了？

（屏幕重新亮起……光线恍惚不定，好像电路有什么问题。之前看过的幻灯片在屏幕上逐一迅速闪过，最后出现的是一张看上去有些荒诞不经的 70 年代的黄色图片……）

真是越来越厉害了……

（黄色图片幻灯片消失了，取而代之的是一张精子对卵子授精的图片……）

不，不……还是回到前一张图……我在想这张图在多大程度上能更加说明问题……

（黄色图片再次出现。她思考了一会儿。）

有一天，妈妈对爸爸说："你就和你女儿一样，都是自私的可怜虫，除了自己什么也想不到。"

巴拉巴拉……

演化的顶点，数十亿年的细致准备，数千亿的生物，微妙的碳基化学，数十亿次为了生存而搏斗，数十亿次生物挣扎着想要摆脱死亡，数十亿次生物依然终有一死，一些帝国得到建立，另一些将原先的化为乌有，数千年的战争，各路英雄粉墨登场，幸运的眷顾，厄运的打击，无以计数的能量被消耗，无休无止的付出，结果只有一个：一个小小的女士在一间小小的公寓里痛斥一个小小的先生："你就和你女儿一样，都是自私的可怜虫，除了自己什么也想不到。"

巴拉巴拉……

小小的先生反驳道："晚上6点在人山人海的超市里，谁也不会把3岁的小男孩交给只有10岁的小姑娘照看……"

巴拉巴拉……

小小的女士说："好嘛，这么说来都是我的错啰……在你眼里永远都是我的错。"

小小的女孩心跳得厉害。

小小的女孩 3 个月来一直被无比可怕的梦魇困扰，哪怕在学校也摆脱不了。

小小的女孩深切感受到她的齁鼩小家庭正走在非常非常锋利的钢丝上摇摆不定。

哎哟、哎哟、哎哟。

小小的女孩知道，弟弟的遭遇让她的生活陷入黑暗的一面。

小小的女孩虽然还无法清楚地加以表达，但在内心深处知道，这全得怪《我喜欢小种马》杂志那帮搞研发的家伙。

他们完全知道如何调动青春期前小女孩的繁殖本能，让她忘记自己要像妈妈在过去的四个星期里一直对她大声呵斥的那样，"要对别人的生命负起责任"。

小小的女孩还依稀记得自己原先是一个"巨大的幸福"，但是她并没有意识到，这个记忆就和其他所有东西一样，都是破烂的生活欺骗性宣传留给她的虚假印象。

小小的女孩于是说道："也许你们可以再生一个……"

巴拉巴拉……

尝试存续……

尝试调节……

一记耳光抽在她脸上！

巴拉巴拉……

赶紧给我把幻灯关掉！

全搞砸了，这讲座！

浑蛋的熊孩子！

（她身后的屏幕空白一片。她狠狠地拍打讲台。）

把那玩意关掉！

（蓝色的光线取代了白色的屏幕。她语速很快地说道。）

我有两个孩子。

皮埃尔和让娜。

这两个名字我从来也没有喜欢过，但我还是和一个浑蛋一起取了这两个名字，那家伙跟我说："我呢，就喜欢老派的名字！"

巴拉巴拉……

我的两个孩子就这样变成了皮埃尔和让娜。那个喜欢老派名字的家伙呢，有一天我对他说："回你老妈那儿待着吧，看看能不能找到什么老派的名字……"

巴拉巴拉……

呵呵。

每次想到这，我就会感到好笑。

这个浑蛋家伙，彻头彻尾的浑蛋。

他请了律师。

我请了更牛的。

他开出条件。

我开出更苛刻的条件。

我去，别想给我找麻烦！

他要求每隔一周的周末和每周三下午探视孩子。

我只同意了每隔一周的周末。

皮埃尔和让娜，我的两个老派名字，他们一天天长大……

一开始只能躺着，然后可以抬起头来，然后学会坐起来，

然后吃奶。

接着吃奶。

然后开始吃蔬菜。

然后开始吃肉。

然后生命运作机制以非常简短的词汇在他们身上得到体现：
"还要，不，这个，我，给"。

他们自以为生活在世界的中心，他们就是这世界唯一的
君主。

老派名字和其他名字一样，都是自私自利的小怪物。

他们长得那么漂亮……

皮埃尔和让娜。

他们管我叫妈妈。

皮埃尔是个梦想家，一双诗人的大眼睛。

让娜是个调皮鬼，挂着俏皮的微笑。

我刚刚孵出的雏鸟……

我对他们说了无数次了！

（她狠狠地拍打讲台。）

我看着他们长大。

我给他们买家乐氏麦片，香甜脆口的正品，盒子里面还会有小惊喜。

我从没带他们一起去买过东西。

我的小天敌。

即便我知道那只是并非出自我本心的本能表现，我仍会一直对他们说我爱他们。

（她狠狠地拍打讲台。）

我经常向他们提起他们的舅舅。

3 岁的时候因为并非出自我本心的本能表现而在超市走丢的舅舅。

晚上的时候，他们一个穿着米奇老鼠睡衣，另一个穿着米妮老鼠睡衣听我讲述。

他们问我："舅舅他是不是死了？"

我会把事实告诉他们。

我们就得这样对待他们，对待小孩子，对他们说真话。

我告诉他们：

"我的小可爱，我的皮埃尔，我的让娜，我的老派名字，我的浑蛋小孩，我的小天敌，我的家乐氏麦片终结者，我的米奇，我的米妮，你们的舅舅当然死了，和所有人一样，妈妈，爸爸，你们的小朋友，所有跟我说话、听我说话的人，大家都死了，生命根本就不存在，从上到下，从左到右，有的就只是死亡。我有没有给你们讲过树蛙的故事？大家都以为树蛙是活的，但其实很容易就能证明树蛙是死的。对我们来说也是一样。"

他们对我说："但是，妈妈，我们晚上回家的时候会觉得冷，早上跑步的时候会气喘吁吁，我们的小心脏会跳个不停，悲伤的时候我们会哭，开心的时候笑，饿的时候会吃家乐氏麦片，这些不都表示我们还活着？"

（她拍打讲台。）

于是我回答他们说："不，不是的，不管是冷热、喘气、心跳，还是眼泪、欢笑、饥饿，都不是活着的证据……我有没有给你们讲过基齐那只名叫蒂宝的猫？大家都以为那是一只猫，实际上它什么也不是。"

他们问我："那么，我们也一样，我们也死了？"

我就和他们说："没错，和大家一样。"

他们又问我："那么，你为什么还要照顾我们？死人是不用照顾的。"

（她拍打讲台。）

他们都是小机灵鬼，我的老派名字，浑蛋熊孩子，家乐氏麦片终结者。

我对他们说："我有没有给你们讲过灯塔看守那只名叫蒂宝

的猫？它干掉了一个小鸟种族仅有的 38 只成员……你们觉得，它为什么要这么做呢？"

"为了吃！"皮埃尔说道。

（她狠狠地拍打讲台，柔声说道……）

不，不，不对。

"因为它不爱它们！"让娜对我说。

（她狠狠地拍打讲台，柔声说道……）

不，不，不对……再好好想想……

它这么做是为了……？它这么做是为了……？它这么做是为了玩……

这时候，他们问我："那么你照顾我们，和我们说你爱我们的时候……"

（她柔声回答。）

对……是为了玩，因为这其实没什么用处……因为你们其实是……你们是……

这时，他们俩就像木十字儿童合唱团的小歌手一样齐声回答说："死的……"

教育学上的奇迹……

不过，我依然能从他们眼中看出疑惑，他们是知其然，而不知其所以然……

于是我说道："我的小皮埃尔，我的小让娜，我的小尸体们，我们来做个练习，好不好？"

"就像玩游戏？"他们问道。

"就像一个游戏。"我对他们说。

"就像蒂宝，灯塔看守的猫？"他们又问。

"你们就是我的小鸟。"我对他们说……

"怎么玩呢？"他们问我。

我看着他们。

我向你们保证，他们长得可漂亮了。

这话我可是本着知识上所有的严谨对你们说的。

我告诉他们："你们两个轮流和我做游戏。"

小皮埃尔睁着怀梦诗人的大眼睛说："我先来，我先来。"

我对他说："不，不。让娜先来，因为她是姐姐。"

我拉起让娜的手……

她用那双机灵的眼睛看着我。

我把她带到我那间大大的卧室里。

我跳出了复杂的陷阱。

我已经弄懂了机制。

我提高了自己的社会地位。

我对让娜说，躺到大大的床上去。

她在床上躺下。

我对她说："趴着躺。"

她翻过身趴着躺下。

她问我："游戏开始了吗？"

我爬上床，来到她身边，

在我身体里面，我能感受到那天大的谎言在劝诱：

"不，不，不，存续、繁殖、调节。"

但我已经掌握了机制。

但我要逃出陷阱。

我坐在让娜的背上。

我感到　阵颤抖。

是让娜在笑。

小孩子就喜欢玩游戏。

他们就是通过玩游戏成长起来的。

我把手放在她的颈部。

多么柔软、柔软、柔软。

多么温暖、温暖、温暖。

都是假的、假的、假的。

我掐住。

用力、用力、用力。

她的笑声停止了。

然后我回到大大的客厅。

皮埃尔问我："轮到我了吗？"

我对他说："对，轮到你了。"

他问我："她赢了吗？"

我对他说："在这个游戏里都是赢家。"

我们走进大大的卧室，皮埃尔看到让娜一动不动。

他看着我。

用诗人的大眼睛。

他问我："她是在装死吗？"

我对他说："不，不，她赢了。"

他对我说："我不想玩了。"

我对他说："这个游戏谁也不能不玩。"

（她狠狠地拍打讲台。）

唯一的天敌，断子绝孙。

一切不言而喻……

即便没有我的讲义……

在那之后呢？

在那之后，放松……

（两条红羽围巾从白色屏幕上垂下来。）

喔啦啦，真是一个有趣的主题，我呢……噗，我激动得无法自已了……这，这让我感到兴奋……

在那之后，还剩最后一小部分。

（一条红色围巾从天花上垂下来。她把围巾系在脖子上。）

不能总让小孩子赢……

否则他们就会变得让人难以忍受。

（红色围巾开始上升。）

我们不欠他们的。

如果说这个讲座只有一件事情是要大家记住的，那就是这句话……

（她挂在围巾上升入半空，微笑起来。）

感谢各位的听讲……

（黑幕）

# 咸水

1

事情就和所有人的老婆怀孕的时候一样，按照惯常的节奏依序发生。先是玛嘉丽打电话给他，向他宣布自己怀孕的喜讯。那个时候他正堵在路上，而她在家里。那个时候他心情很差，因为之前销售经理告诉他，"客户"对他"跟进项目"的方式很不满意。他讨厌他的销售经理，就想把那家伙切碎了，把切成小块的臭肉装进垃圾袋，全都扔进高速公路旁的水沟里。他讨厌他的客户，讨厌那个客户代表，那个说话声音像擦鞋垫一样生硬刺耳的小个子女人。他确信那女人用了神经语言规划的伎俩来左右销售经理。头一回见到那女人的时候，他就想把玛嘉丽在他升职时送给他的派克钢笔戳进那女人的眼睛里。但他并没这么做，而是继续微笑着做笔记。

在生活里，人要学会忍气吞声。

他在脑海里回想着这一切，想到垃圾袋和派克笔，想到忍气吞声。他的车被一辆愚蠢的欧宝和一辆愚蠢的西雅特一前一后夹在中间，动弹不得。整个世界就像一片汽车组成的海洋，无数空转的发动机同时释放出好几百万吨温室气体。电台里正在播放一个关于男性失禁及其治疗措施的专题节目。就在此时，玛嘉丽打电话过来了。

他对这一时刻有所准备。他紧紧握住了方向盘。玛嘉丽在电话里问道："你开心吗？"他回答说："这真是太棒了。"她又问："你会通知你妈妈吗？"他回答说："今天时间不早了，我明天再告诉她。"这是睁眼说瞎话，因为这时才下午四点三刻。他就是根本不想给他妈打电话。他宁愿切掉大拇指，也不想打电话给他妈。对于孩子将要出生这件事，那个自我中心的浑蛋老女人只会预见到经年累月的麻烦和毫无意义的花销。

电话挂上之后，前面那辆欧宝稍稍挪了挪。他就这么磨磨蹭蹭地回了家。


2


初遇玛嘉丽，那还是 10 年前的事。那时候，他风华正茂，她青春可人。他想要发财致富，她比现在漂亮。他们租了一间公寓，搬到了一起。他们一起置办东西，开始有了共同的朋友，开了共同的银行账户和电话账户。随着时间一天天过去，他的确动过念头要和玛嘉丽分手，尤其是在那个年轻匈牙利女孩来他公司实习的时候，但是所有那些他和玛嘉丽共有的东西，就变成了如此之多有待克服解决的障碍、问题、麻烦。最后他什么也没做，甚至在他自己都没有意识到的情况下，下定决心要看着玛嘉丽慢慢变老，静静地旁观岁月如何改变她年轻的胴体，看着她的肌肤慢慢失去虞美人般的娇艳亮泽，看着一坨坨赘肉慢慢在她腰间和臀部堆积，看着她芬芳如瀑的长发慢慢变得干枯，看着她那时而流露的小刁蛮慢慢变成一点就炸的火暴脾气，看着生活如何变得难以忍受，而他又会如何加以忍受，就留在原地，一言不发，一动不动，就像忍受一场冰冷刺骨的疾风骤雨，就像他忍受销售经理一样，就像他忍受客户代表一样，等待云收雨歇的那一刻，因为熵理论告诉他，所有的事物都将终结。

只要学会耐心等待就行了。


## 3

所有的事情都按照迎接新生儿的惯常节奏依序发生。超声波检查、婴儿房、糊墙纸、婴儿床、毛绒玩具、车用婴儿安全座椅、奶瓶套装、奶瓶电热器。玛嘉丽开始发福。他曾听说有人认为这世上再没有比怀孕的女性更美丽的了。但他可不这么想。他喜欢年轻的、苗条的、小腹平坦的女人。他并不喜欢大肚子，更不用说大肚子里面还怀着孩子。他觉得这有点原始兽性色彩。他觉得靠女人来生孩子，这是技术工业社会的失败之处。他更希望有一种类似合成的方法，可以加以控制，能在每天晚上用三氯乙烯清洁的实验室里用激光完成。他不喜欢分泌，他不喜欢有机的东西。

但是他什么也没说。他表现出惊喜不已。他给玛嘉丽拍了照片。玛嘉丽赤身裸体站在窗前，显露出渴望早日成为母亲的神情。当她说道："我向你保证，我感觉到他在动。"他马上就把手放到玛嘉丽的肚子上，说道："真是令人难以置信，这实在太奇妙了。"其实这种接触让他心生厌恶。他咬紧牙关。为了让自己平静下来，他运用了神经语言规划培训师所说的"寄托"技巧，也就是说想想让人感到安心舒服的东西。于是，他在脑海里情不自禁地想到了一只干干净净、什么也没装、用光滑的塑料制成的特百惠保鲜容器。


4


事情是在晚上发生的。玛嘉丽晃着他的胳膊把他叫醒，说道："来了，我想羊水应该破了。"他起身，心跳得厉害。他做出了之前在心里面练习过数十次的动作：

1. 洗把脸。

2. 穿衣服。

3. 问问玛嘉丽还好吗。

4. 拿起放在门口宜家小柜子上的汽车钥匙。

5. 拿上玛嘉丽的行李，里面装着住院所需的东西。

6. 问问玛嘉丽还好吗。

7. 替玛嘉丽打开房门。

8. 替玛嘉丽打开车门。

9. 不去想正在发生的事情。

10. 想想让人感到安心舒适的事。

11. 平静轻松地开车，但别开得太慢。

12. 抵达妇产医院。

13. 问问玛嘉丽还好吗。

14. ……

14. ……

没有第14条，从第14条开始，一切都是未知。

从第14条开始，就像潜水者在无尽深渊中感受到的无声的恐惧。

从第14条开始，是后悔自己为什么没有不育症，或者干脆没有早几年就死掉，就在他12岁那年，那时的生活还是井井有条的房间、一书柜的乐高乐园玩具、每天必备的热腾腾的午餐。

可惜，他还活着。

真不走运。

## 5

突然，事情似乎不太对劲。助产士叫来了妇产科大夫。大夫看了看仪器屏幕，大夫把两根戴着手套的手指伸进了玛嘉丽的下面，大夫皱起了眉头，大夫请他到产房外面等着。

他走出产房，感到一阵轻松。

如果运气好一点的话，孩子出生的时候，就没法存活下来。头几个月里，玛嘉丽会不好受，他们肯定得去看心理医生，心理医生会向他们解释如何着手"治丧事宜"。这将是一次艰巨的考验，但他们可以挺过去的。慢慢地，他一定能用拐弯抹角的方式让玛嘉丽确信她没有当妈的命，他们不应屈服于社会的压力和关于家庭理念的陈词滥调，不生孩子他们也能快乐地生活，而且作为女性来说，断了当家长的念头，这也完全是为了她的幸福着想。

况且，如果玛嘉丽实在无法从痛苦中走出来，他们还可以养一只小狗……这可以作为权宜之计，有助于解决问题。当然，小狗时不时得遛一下，但这和孩子带来的麻烦相比实在算不了什么。

他想到这，在构想未来生活的时候，才恍然意识到等待的时间对于生下一具死胎来说有点长了。他的消化道一阵抽搐。万一生的不是死胎呢？如果就是有点难产，而最后的结果依然是一个活生生的孩子降临世上呢？

他站了起来。医院夜间照明的惨绿色灯光让他想到了香叶芹菜汤，凄惨而丑陋。空气中可以闻到乙醚的气味。他看着面前一张一米见方的海报，海报上闭着眼睛的新生儿照片旨在夸耀疫苗注射的丰功伟绩。旁边另一张海报上是一个笼罩在桃红色模糊光晕中的女性背影，海报讲述的是关于阴道真菌病的微妙话题。

他嘴里满是苦涩滋味，在椅子上颓然坐倒，仿佛不堪于生活压力的重击。

妇产科大夫来到他面前。

医生的神情一看就知道有什么不好的消息要宣布。

一缕希望之光。

大夫在他身旁坐下，对他说要保持冷静，事情没有按照正常情况发生，世事难料，有些事情是人们无法预料的……

希望的太阳冉冉升起……

大夫又说道："……有些事情是没法通过验血或者 B 超检查出来的……事情并不简单，但至少他运气还不错，母子都平安……"

希望的太阳下山了。

希望之光悄然熄灭。

说了那么多，到底是什么问题？

大夫摇了摇头，看了一眼手表。

"您的孩子……不太一样……您的孩子……是……一只虾……准确地说……一只大红虾……"

"大红虾？"他问道。

"一只大红虾。"大夫重复道。

然后掉头走了，留下他一个人。

"一只大红虾。"他自言自语地重复道。


6


　　玛嘉丽在医院住了三天后出院回家。在这三天里，她好似
一下子老了 10 岁。整整三天不停哭泣，整整三天就看着大红虾
在新生儿病房里匆忙安装的咸水水箱里游来游去，整整三天一
直努力告诉自己她就是大红虾的母亲，大红虾就是她的亲生儿
子，她要照顾呵护大红虾，最终她要对大红虾产生母爱。

　　这份母爱来得并不迟缓。分娩的第二天他就感受到了。那
时他坐在床头，拉着玛嘉丽的手，想说点什么，最后他脱口而
出："也许从法律上来说，我们没有必要非得把它留下，我可以
去咨询一下……"

　　玛嘉丽猛地直起身子，朝他投来冰冷的一眼，对他说，她
不允许，是的，她不允许，让他给她听好了，她不允许他这么
说她的儿子，她甚至不允许他有这样的想法。

　　随后两人陷入一阵沉默。他很想问她为什么会认为是儿子，
但他还是忍住了。他可不想火上浇油。

　　自那以后，他就明白所有的事情都和以前不一样了。他感
觉到大红虾的出生会让他老婆发生变化，他确信他老婆已经发
生了变化。他预感到未来会比他原先想象的更糟，他预感到他

的生活将陷入无尽的黑暗中，面对他老婆和他的大红虾，他就是一个被驱逐到天涯海角的流放之人。说白了，他预感到将来肯定会有不少糟心事。他再也不属于那种有心思开玩笑的人了，从今往后他将归属于那类麻烦不断的人了。

她让他去市政府做新生儿登记，登记的名字就是他们在几个月前就选好的"热雷米"。他照做了。

他在登记册上写下了"热雷米"。

在那下面，他签下了自己的名字。

他尽力把家里拾掇了一番。他扔掉了婴儿房里的婴儿床。他在再也派不上用场的换尿布桌子上放了一架玻璃水族箱。水族箱可以装 50 升咸水，配有一台可以对水进行过滤和适度加热的 12 伏电泵。水族箱底部铺满了彩色的小石子，还有模仿大堡礁一角的塑料珊瑚礁加以点缀。

他寻思是不是要把墙壁漆成海蓝色，但最后觉得这么做太过刻意了。他留下了动画电影《神奇的旋转木马》的海报，他留下了《蓝精灵》海报，《海底总动员》的海报让他犹豫不决，但最后还是留了下来，生怕就此陷入某种偏执的恐慌。

他在放婴儿衣服的抽屉前站了很长时间。抽屉里装满了沓沓小帆船品牌的婴儿连体衣、100 欧元的宝宝爬服、绣花睡衣。他心想还能不能退换，可问题是购物小票已经找不到了。

关于孩子出生的喜函，他决定还是等玛嘉丽来弄。她应该有主意，而他完全不知道该怎么写。

到公司上班的时候，同事们纷纷向他表示祝贺。他尽力让自己显得开心一些。同事问他有没有孩子的照片，他说没带在身边，但他保证很快就拿来给大家看。销售经理发起了众筹，同事们从出生礼物清单中挑了儿童车用安全座椅一起买了送给他。他表示万分感谢，把安全座椅安在了汽车后座上，对 ISO-FIX 固定装置的简便实用赞叹不已。他闭上眼睛，想象怎样才能把安全带扣到大红虾身上，但根本想不出办法。

他妈还是得到了消息。她指桑骂槐地想要说服他这全是玛嘉丽的责任。她说看到玛嘉丽在怀孕期间喝过酒。玛嘉丽真的戒烟了吗？夏天的时候去摩洛哥马拉喀什度假真的是好主意吗？为了装出一番好意，她织了一件小羊毛衫，还说是正反两面都可以穿的。但他绝不会给热雷米穿的。儿科医生已经用体谅宽容但又坚定不移的语气告诉他们，10 至 15 摄氏度的咸水，避免光线直射，富含蛋白质的针对性食谱，这就是全部……

他把那件正反两面可穿的小羊毛衫和五十多件孩子衣服一道放进了一只黑色新秀丽大旅行箱里，塞到地下室的储物柜下面，希望能尽快把它们忘掉，而且永远也不要想起来。


7


他到医院去接玛嘉丽的时候，玛嘉丽正坐在大厅里等他，脚边放着装零碎东西的包，怀里紧紧抱着一只灌满了咸水的透明塑料袋。大红虾热雷米在水里悄然无声地晃动着它那五对节肢。他拿起放在地上的包，替玛嘉丽打开车门，一边慢慢地开车，一边问她晚上过得怎样。

对于他的问题，玛嘉丽简单地回答说是或不是、挺好、也许。他心里想着是不是要带玛嘉丽去看心理医生，可不能让她患上产后抑郁症。他不知道怎样才能处理好销售经理、客户代表和照顾大红虾的问题。他没法休3个月的产假，我去！

回到家，他给玛嘉丽看了婴儿房的新样子。她似乎并没注意到婴儿床和孩子衣服都不见了。她的背看上去有点驼了，仿佛千钧重担一下子压到了她的肩上。水族箱里的电泵发出轻柔的嗡嗡声，数十个气泡在水面激起阵阵涟漪，紫外光灯管发出的幽光让人恍若置身鬼宅。

他一边把之前买的比萨放进微波炉加热，一边想着玛嘉丽在楼上会做些什么。她下楼的时候，说已经把热雷米放进水族箱了，热雷米躲到了塑料珊瑚礁下面。他对玛嘉丽说，要让热雷米适应新环境，这对热雷米来说是重大的转变，它年纪还小，一切都会好起来的。

这番话，他自己听起来都觉得就和断掉的琴弦弹出来的音符一样假。玛嘉丽草草吃了两口，对他说要去睡一会儿。

他陪她上楼。玛嘉丽把自己关进浴室里。他听到浴室里传出锡纸摩擦的声音，可能是玛嘉丽在服用某种镇静剂。他希望玛嘉丽不会服药成瘾。她回到卧室，几乎不着寸缕。他不想看到她的身体，看到松弛的腹部、因乳汁而胀大的乳房。这乳汁派不上什么用场了，头些天还得吸出来。他装作已经入睡。

玛嘉丽在床上躺下的时候，他一动也没动。

他心烦不已。

8

夜里，玛嘉丽起了好几次床。他也跟着起了一次床，看到玛嘉丽在婴儿房里，俯身看着水族箱，紫外光让她的脸庞透出诡异的死气。

"你觉得他还好吗？我感觉他的呼吸停止了。不知道为什么，我总是不停地想到那些婴儿猝死的事情。"

他靠近水族箱。大红虾半藏在彩色小石子下面。12伏电泵激发的水流使它的触须有节奏地缓慢转动。

"不是的，瞧，它在动呢……别担心……它没事的……别站在那儿了……要知道，这个年纪的孩子就像海绵一样。如果你显得紧张焦虑，它会感觉到，并且也会紧张焦虑的。"

玛嘉丽回到床上重新睡下。

"要是他叫我们的话，我们怎么才能知道呢？要是他做噩梦呢？……要是他不舒服呢？……"她接连问道。

所有这些问题，他都没有办法回答，最后只能说道：

"会有办法的……我保证……"

玛嘉丽翻过身背对他，说道：

"对你来说，一切永远都那么简单，从来都不会有什么问题。"

他没有回应，听任一阵狂怒涌上心头，让他产生把玛嘉丽的脑袋在宜家衣柜上撞碎的冲动。随后，一阵沮丧绝望的巨浪又将他吞没，将他推入苦涩梦魇构成的睡眠中。

9

第二天他醒来的时候，发现床上只有他一个人。玛嘉丽在热雷米房间里的扶手椅上睡着了。他想要不要把她叫醒，但最后还是打消了这个念头。

接下来，他冲了澡、刮了胡子、穿戴整齐，准备出门上班，去那个和销售经理、客户代表抬头不见低头见的地方。玛嘉丽出现在楼梯口，叫住他：

"你就这么走了，也不说声再见？"

"我这不是想让你多睡会儿吗，你应该累着了。"

"你不亲亲宝宝再走？"

他面露微笑。这微笑假得让他感到难受。他放下公文包，走上楼梯。

"我以为它还在睡呢。"他说道。

"他醒了。"她说。

他走进婴儿房。

热雷米已经醒了。

大红虾在水里上上下下，穿行在玛嘉丽放进水里的蛋白粉饲料之间。他走到水族箱边上，心想要不要说些什么。他感觉玛嘉丽的目光注视在他身上，于是说道：

"早安，宝贝……你看上去很精神呢。"

大红虾的上颚做出奇怪的转圈动作。

"他饿了，看他吃得多开心。"玛嘉丽说道。

"你看，它好得很。"

他转身想走。

"你为什么不愿意亲亲他?"玛嘉丽问道。

"这个……怎么亲……"

他话音未落，玛嘉丽不等他说完，走上前来，把手伸进水里。热雷米试图躲到塑料珊瑚礁后面。

"我不知道是不是……"他努力解释道。

玛嘉丽灵巧地用手握住大红虾，把它提出水面。她张开手指，微微露出她儿子浅灰色的甲壳。

她亲了一口。

"瞧，就这样。"她说道。

他凑了过来，弯下身子，亲吻了一下。感觉凉凉的，咸咸的。有一股菜市场的味道。

玛嘉丽把大红虾放回水族箱里。大红虾迅速把自己埋进彩色小石子堆里。

"我要给儿科医生打个电话，孩子的疫苗得抓紧了。你跟我一起去吗?"她问道。

"那什么，我这两天忙得要死，恐怕抽不出时间。"

他一边开着车，一边嚼着口香糖，回想起那个匈牙利实习生女孩。他心想，为什么人生就没有倒带键、退回键或删除键。他的这份责任心是不是有一天能够得到补偿。是不是每一回遇上糟心事，命运在他脸上吐的每一口唾沫，他都能积攒点数，好让他在某一天能够打折享受幸福的体验。

上班的时候，他的精神难以集中。销售经理不得不对他重复好几次"积极主动"一词，脸色难看的客户代表语气生硬地对他说："如果您对我说的话不感兴趣，最好现在就说出来。"

他道了歉。他心想会不会因为工作严重失职而遭到解雇。他心想如果没有这份薪水，他要怎样去面对玛嘉丽和大红虾。他惊恐地意识到失业就意味着每天待在家里照管水族箱。于是，他决定投入工作，全力投入工作，每天早出晚归。只有这样才好。只有这样他才不用烦心，才不用去见儿科医生，才不用给大红虾报名上学，才不用去开家长会，才不用听老师说热雷米有社交障碍，有交流困难，特别是在课间休息的时候，它不应该总是那么腼腆，不要总是躲在塑料珊瑚礁下面。他可不想组织什么生日派对。

他只想疯狂地工作，这些他什么也不想知道。


10


最困难的还是发出生喜函的事。他们犹豫要不要放上热雷米的照片。玛嘉丽觉得要放，她看不出有什么理由不放热雷米的照片。而他呢，则试图说服玛嘉丽用别的东西来代替，一张风景照、一束花、一只毛绒玩具……他们争论了半天，最后他还是做了妥协。

一开始，他觉得无所谓，但后来他想到，喜函也会寄到公司，销售经理会打开喜函，大家都会传阅，都会知道他是一个会生出甲壳动物的男人。在公司吃饭的时候气氛会变得尴尬，别人不知道应不应该和他谈起孩子的事情，应不应该问他孩子的近况，应不应该给他安慰。

他看来是躲不过去了。

他们请了一位专业摄影师到家里来。那位摄影师表示，她给小宝宝拍照，最关键的就是捕捉"目光中的情感"。摄影师有没有成功地捕捉到大红虾"目光中的情感"？这一点他永远也不知道。摄影师口口声声说捕捉到了，玛嘉丽也觉得看到了某种"光芒"。

出生喜函是周一上午寄出去的，到了周二他就开始犯恶心。他清楚地知道，这种感觉会持续很久。


11


热雷米1岁的时候，玛嘉丽离开了他。

这完全出乎他意料。日复一日，他全身心地投入工作当中。

一天比一天愈加屈服于销售经理的专横和客户代表的刻薄。

吃饭的时候，同事们从来不会向他问起热雷米。新来的实习生也从来没有和他谈起过有关家庭的话题。她也许是从其他人那里事先得知了此事。尴尬的气氛再明显不过了，但尴尬的沉默总比不得不谈起大红虾这个让人感到窘迫的话题要好。

复活节的时候，玛嘉丽提议一家三口出门度周末。于是，某一天早上他们登上了前往布列塔尼的"大力士"高铁。他提着行李，而她抱着半透明的塑料盒子，透过盒子可以隐约看到热雷米的身影。

神奇的是，关于这个周末的事情，他压根也想不起来了。他唯一记得的就是，住了一家价钱又贵、位置又偏的民宿，在海边散步的时候顶着大风走了很长一段路，玛嘉丽一句话也没说，紧紧抱着那只装着热雷米的该死的盒子看着大海。

玛嘉丽在向他宣布要和他离婚之前，把事情全都想好了。她租了一间公寓，把房子留给了他。她并没有向他要求赡养费，她要的就是再也别见到他，或是因为探视大红虾，尽可能少地见到他。

玛嘉丽告诉他，她事先咨询过儿童心理医生，对于像热雷米这么大的孩子，最好的做法就是由父母轮流照管。

平时"每周轮换"，每逢长假的时候"按月轮换"。

他完全无法理解。他想要发火，他也的确发了火。他质问玛嘉丽到底在想什么，难道她以为事情就这样了？她是不是外面有人了却还想瞒天过海？她有没有替他考虑过，哪怕就一秒钟的时间？她有没有想过，他要怎样才能兼顾工作和所有这些事情？

她非常冷静，情绪并没有激动。他觉得玛嘉丽也深谙神经语言规划的"寄托"技巧。玛嘉丽告诉他，她并没有什么外遇，就是没办法"这样继续下去了"。半个小时之后，她带着放在塑料盒子里的大红虾离开了家。出门的时候，她口中念念有词：

"没关系的……没关系的……下个星期你就可以见到爸爸了。"

他独自一人留下。

他独自一人吃饭。

他独自一人入睡。

他觉得自己简直就像一只动物，整整一个星期这个念头一直困扰着他。不仅如此，星期天下午 4 点，玛嘉丽将会回到他们家，哦不对，是他家，带着大红虾，哦不对，是热雷米，装在塑料盒子里，而他将要独自一人面对他的独子，他一想到这就更加心烦，完全不知道该如何处理这件事情。

他思量了一番，星期四的时候，他得出结论，这件事情可以看作是一种疾病。

一种慢性病。

就像疟疾一样。

一种一辈子都无法根除、会定期发作的疾病。

12

　　玛嘉丽是星期天 15 点 50 分到的。

　　她捧着塑料盒子，里面装着大红虾。她还带来一盒高蛋白食物以备"不时之需"。她说已经和儿科医生约好了星期三下午 4 点，并且把她的社保信息系统卡留给了他，还说下个星期天要把卡还给她。

　　她和他道了别。

　　她轻轻抚摸着塑料盒子，轻声说了一句，大概就是"过得开心，我的心肝宝贝"之类的话。

　　他觉得她看上去精神不错。

　　然后，他又独自一人了。

　　独自一人面对热雷米。

　　过了 5 分钟，他说道："你好吗?"

　　他克制住给自己来一杯伏特加的渴望。

　　他把塑料盒子放到二楼婴儿房，大红虾悬停在 15 厘米深的水里。

　　他把大红虾放进水族箱，又放了些高蛋白食物。

　　"这个星期就我们父子俩了，这实在太棒了。"他说道，听着就像是追思弥撒。

　　他下了楼，给自己来了一杯伏特加。

　　他寻思着该怎么办。

　　他重新上楼。大红虾就在那儿，纤细的节肢在水中划动。

他坐了下来，等待了一会儿，期望心中能够产生类似父爱的东西。但是不行。他又期望就算不是父爱，心里面能够产生爱就行。但还是不行。他期望能在心里产生好感，但是什么也没有。在他眼前的，就是一只大红虾，和他以前配着西班牙什锦饭吃过的几十只大红虾没什么两样。

他回到楼下，又给自己来了一杯伏特加。

他的家里空荡荡的，他的心里空荡荡的，他的床上也是空荡荡的。

他踌躇了一阵，呆望着厨房的墙壁，随后做出了某种决定。

他下定决心。

要爱大红虾，要爱热雷米，要爱他的儿子。

没什么可讨论的，他能做到的。

他又上楼回到婴儿房。

他坐了下来。

他看着大红虾。

他打起精神集中注意力。

嗡嗡作响的 12 伏电泵让他有点分心，紫外光线也是如此。但他经历过比这更糟糕的情况。他领教过销售经理，一年以来一直对他招之即来，挥之即去。他领教过客户代表，冷冷的一瞥就能让他觉得自己还不如高速公路休息站餐厅男厕所地砖上的一块尿渍。

毫无疑问他经历过更糟的事情。

他问道：

"你呢，你爱我吗？"

没有回答。

他问道：

"等我老了，又得了老年痴呆，你会照顾我吗？"

没有回答。

"我给你讲故事好吗？"

没有回答。他给大红虾念了《巴巴尔和圣诞老人》。

没有反应。

他对它说道：

"不管怎样，我呢，我是爱你的。"

说完他就去睡觉了。

第二天，在讨论一周工作目标的周一例会上，他把销售经理给揍了。当面狠狠一拳。砰！因为好几个月以来销售经理一直给他找麻烦，发给他的文件不是 Excel 的，而是 PDF 的。

然后，他在一阵鸡飞狗跳之间差点把客户代表给掐死。客户代表的脸憋得通红通红，直到同事们把他给拉开。

他一回家，就上楼来看大红虾。

"我丢了工作。"

没有反应。

"他们报了警。"

没有反应。

"这下我们有的是时间待在一起了。"

没有反应。

"和妈妈在一起过得怎么样？她有没有和一个叔叔一起生活？"

没有反应。

"知道吗，你妈妈就是个大骚货。这话可别说给她听噢。终有一天你会明白的。"

没有反应。

现在他再也不用去上班了。星期二不用，星期三也不用，永远都不用上了。

星期五那天，玛嘉丽给他打了个电话，问问热雷米好不好。他回答说：

"好极了，我们玩得可开心了。"

婴儿房的水族箱里，大红虾悄然无声地在水中缓慢游动。

挂上电话之后，他心想自己的一生是不是就这样完了，形单影只，独自站在水族箱前面。

然后他对自己说，应该可以找到一个好的前途。

他下楼走进厨房，取出一口平底锅，放在电磁炉上，在锅里倒了些油，放了洋葱和一瓣蒜，然后上楼去找热雷米。

他说道：

"还好吗，我的大男孩？"

他抓起热雷米，放进塑料盒子里，回到楼下。油已经热了，洋葱已经开始熔化。厨房里充满了年末节日大餐的诱人气味。

他把热雷米从塑料盒子里拿了出来。热雷米的节肢一阵晃动。他把热雷米放到水龙头底下冲了冲。热雷米的节肢晃动得愈加厉害了。他在热雷米灰色的甲壳上亲了一口，松开手，任由它掉进油锅里。

油锅刺啦作响。甲壳从灰色变成大红色。他从冰箱里翻出了一瓶喝剩一点点的白葡萄酒，给自己倒了一杯。他用叉子给热雷米翻了一两次面，然后从油锅里取出，剥了壳，去头去脚，放进嘴里。

味道好极了。

他露出笑容。

他已经很久没有像这样笑过了。

他感到一阵轻松。

所有的事情都重回正轨。

他爱他的儿子。